稲葉祥子

あやとり巨人旅行記

鳥影社

あやとり巨人旅行記

目次

あやとり巨人旅行記

大和川

「大和川って日本で一番汚い川ですよね」

　ＰＣが事務所の学生課窓口に来てそう言った。

「まあ、ね」

　窓口に一番近い私は、パソコンから目を上げる。ガラスの前でそのままＰＣが動かないので、立ち上がって窓口に出た。

「三松原《みまつばら》さん、大和川、見たことあります？」

「毎日、見てます。南海電車の窓から」

「電車の窓から見えるところに実際に行ってみたくないですか」

　千早野《ちはやの》パトリック、通称ＰＣは少し背中を曲げながら窓口の小さな枠越しにこちらをのぞき込む。

「阪堺線《はんかい》って知ってます？」

「路面電車でしょ、乗ったことはないけど」

「大阪の人でも、そういうことありますよね」ＰＣはうなずいた。「阪堺線の大和川駅って、川の堤の上にあるんです」

「へえ」

「三松原さん、一緒に行ってみませんか」

「行って何をするんですか」

「散歩、散策。三松原さんと歩きたいなあ」

背中の向こうにいる同僚の耳がいっせいにこちらに向けて静かにそばだてられる。私はうなずいたようで、じゃあ、今度の日曜日、三時に、ＰＣはまじめな顔でそう言って去って行く。振り返ると、

「でえと？」

学生課最古参の鹿田《しかだ》さんがパソコンから顔を上げてにこにこしている。

「未成年に手を出すのはちょっと、あかんのとちがう」

「いえ、大和川見に行くだけですし……」

腕組みしてこちらを見据える鹿田さんの目は老眼鏡の奥でまんまるに輝いている。

「なんやろ、千早野君って農学部やったっけ、……水質調査かなあ。三松原さん、助手頼まれたんちゃう」

さやさやと同僚たちから笑いが起こる。

ＰＣは文学部二年、国文学科近代文学専攻です、を飲み込んであいまいな微笑みを返し、私はパソコンに向かって起案作成業務を続ける。


誕生日が来て三十六になった。それなのに、まだふらふらしている。

仕事は地元の公立大学の事務をそれなりに務めている。毎日八時半から五時十五分まで、片付かなければ残業もいとわず、迅速に丁寧に次から次へとやってくる学生に関する事務処理をこなしている。はためには、結婚をしないことを選んだ仕事のある女、というカテゴリーにもう入れられているようで、それはそれで落ち着いて見えるらしいのだが、ずうっと腰が定まらないというか、心がそわそわするというか、地に足のつかない気分を抱えて生きている。父が三十六の年に病を得て死んだので、今年は特に心が騒ぐ。

鹿田さんにはああ言ったが、日曜日、私は階段を上りながら、「でえと、か」と呟いたらしい。「お姉ちゃん、彼氏できたん」と騒ぐ五つ年下の妹をたしなめる母の声を聞きつつ、二階の自室のドアを閉めた。

いや、まさか。「でえと」ならＰＣだって人前では誘わないだろうし、いくら何でも大和川は選ぶまい。十七も年上で、誰の目にもそういう対象とは思われにくい。そんなこと、わかっているのだけれど、「でえと」という言葉には足の裏を地面から三センチぐらい浮かせる力がある。私はあからさまなおめかしには見えないように心を配っておめかしをし、いそいそと天王寺へ向かう。

路面電車の乗り場には水色と黄色のチェックのシャツを着たＰＣが所在なげに立っていた。私を見ると、「ああ三松原さん」と救われたような顔をする。

「来てくれてありがとう」

「お誘いありがとう。お天気もよくて大和川日和」

お互いに頭を下げあって一両の電車に乗る。

路面電車の中から見る街は白っぽい光の中にゆるりと動いている。

阿倍野、松虫、東天下茶屋、北畠、姫松……。典雅な駅名が続く。はじめのうちは両側に商店が並び車の行き交う大通りの真ん中を走っていたが、だんだん道も細くなり、線路際の建物が近くなる。車内に次に降りる人が鳴らす鈴が楽しげに響く。そこそこいっぱいで、少し緊張して吊革を握る私の横に、ＰＣもいつものまじめな顔で吊革を握って立っている。まじめな白い顔だ。そう、ＰＣはあらゆる肌の色を混ぜ合わせた結果生まれたような沈んだ白い顔をしている。その下に隠れた黄色や茶や赤銅色や黒が、うっすら見えそうで見えない。

ＰＣはちょっと特別な人なので、去年の入学前に全職員に通達があった。正規の手続きを踏んでの入学で、他の学生と何ら変わることはない、そのように扱うべし、とのことだった。同僚は皆、別に興味津々というわけでもなく、私もＰＣと初めて話したのは去年の夏休み前に交通費の学生割引証をもらいに彼が窓口へ現れた時だった。

帰省します、と言った。え、と思わず声が出た。新大阪と東京の往復だったが、帰省、という当たり前の言葉にどきりとした。白い無機質な建物が頭の中に浮かんだ。緑の芝生の中に立つ研究所。リュックを片方の肩にかけたＰＣが門の前に立つと、センサーが働いて音もなく門が開く。出迎えるのは白衣の研究者だろうか。白い寝台にＰＣを横たわらせてほんのわずかな狂いも見逃すまいと聴診器を胸に当てる……。全くの想像なのに、私はどうも落ち着かない気分になった。

その次に話したのは、冬休み前にたまたま学食で相席になった時だった。ＰＣはまた学割、もらいに行きます、と言った。私は妙な顔をしていたのだろう。

「なんか変ですか」

逆に聞かれてしまった。

「ううん、東京出身ってあんまりいないから」

「そうですか」

「そうよ、うちは理系はそこそこ名前が売れてるから、遠くから来ている学生もいるけど、文学部はめったにいない。大阪へようこそ」

ごまかしたつもりだった。はあ、と気の抜けた声を出すＰＣに、

「で、どうして大阪を選んだの」

畳みかけてみる。ＰＣは首をかしげ、

「よく聞かれるんですけど、これっていう理由はなくて、あえて言うと関西弁が好きっていうのもあるんですけど、後付けって気もするし……」

と、ごにょごにょ言った。

「あ、ＰＣや」

「えっ、ほんまや、竜田揚げ定食なんか喰うねんなあ」

昼練が終わったらしい体育会サッカー部の連中がどやどやと学食に入って来た。

「ＰＣ、ありがとう、お前のおかげで助かってるで」

赤黒く日焼けしたのが、手を振ってくる。あまりに無遠慮だったから、「注目されるのってしんどくないですか」と思い切って聞いたら、

「いえ、初めは興味持たれるんですけど、二回目からはもうぜんぜん、普通ですよ」

ＰＣは涼しい顔をして、小さく手を振り返し、大盛りのご飯をかきこんだ。

ＰＣが当局のプロジェクトによって、人々のパソコン立ち上げ時間を集めて生み出された

人間であることは日本中の知るところだ。十九年前のことである。それまでゆうに五分はかかっていた起動時間がゼロになり、時間革命だとかなんとか日本中が大騒ぎだった。しかし、これでもっと効率よく仕事ができると当局に賛同する者に対して、こんな隙間時間さえ埋めて当局は我々をどこまで働かせるつもりなのか、と反論する者も現れた。賛成派は、パソコンを待つために奪われていた時間をその手に取り戻してこそ、人間性が回復できるのだと主張し、当時の新聞、テレビなどでは激論が交わされた。

高校生だった私は、パソコンの電源を入れて瞬時に準備の整った画面が現れるたびに、この時間を集めて生まれた子供に思いを巡らして、なんとなく気の毒だと思っていた。生まれた子供を生まれなかったことにするわけにはいかないだろうし、と大人を斜めに見ていたら、いつの間にか議論は下火になり、パソコンが電気スタンドのようにボタンを押すと同時に起動することに誰も特別な感慨は持たなくなった。

ＰＣは大きな鶏肉を口に入れ、小首をかしげた。

「ここの竜田揚げはいまいちですね」

「学食に多くを求めてはいけません。三百九十円でお腹一杯食べさせてもらっているだけでも感謝せねば」

「はあ」

「千早野君、もし、お金が余ってるんだったら、学食を捨てよ、町へ出よう」

「……寺山修司、お好きですか」

「まあ、ね」

PCは箸をおいて、リュックから『寺山修司全歌集』を取り出し、おずおずとこちらに差し出した。

「……千早野君って、情報工学科とかには、行かなかったんですね」

「はい、根っから文系なんで」

あの時、ちょっといいな、と思ってしまった。本もいいけれど、骨のしっかりした手に目がいってしまい、親指の爪を深爪ぎりぎりぐらいに切り込んでいるのを見たら、なんだか笑えた。ページをめくりながら、同じクラスにいたら好きになったりしたのだろうか、とぼんやり考えた。

帝塚山三丁目、帝塚山四丁目、神ノ木、住吉、住吉鳥居前、細井川、安立町《あんりゅうまち》、我孫子道《あびこみち》……。

電車はゆったりとした住宅街を走り抜け、やがて堂々たる燈籠の並ぶ神社の前を通り過ぎ、手を伸ばせば庇に届くほど家々に接近して進んで行く。そのうちに緩やかな上りに差しかかったかと思ったら、急に視界が開け、世界が一度に白くなった。

「三松原さん、大和川です」

ＰＣが興奮気味に言う。電車は鉄橋へ滑り込み、とたんに車輪の音が大きく響く。川面に日が当たって白い光をはね返すのを楽しむ間もなく、あっという間に電車は橋を渡ってしまう。

堤の上にある停車場に降りたったのは私たち二人だけだった。こんなところで本当に降りてしまっていいのだろうか、と心細くなるようなところである。だんだん小さくなる電車の後ろ姿が妙に取り残されたような感覚を煽る。振り返ってみると、今来た線路がずうっとまっすぐに続いている。まっすぐな道でさみしい、とか、ＰＣが山頭火を呟くのではないかとそっと様子をうかがったが、ただ黙って辺りを見回している。コンクリートの床と屋根と時刻表が貼ってある壁だけの、だれもいない小さな停車場で私たちは静かな興奮と、どうしようもなさをいっぺんに味わっていた。

停車場のすぐ横の小さな踏切を渡る。黄色と黒のだんだらの棒は天を指し、踏切をゆく私たちをまるで衛兵のように見守ってくれる。

そこを抜けると、アスファルトの堤が続いている。コンクリートの土手とのわずかな隙間にカラスノエンドウの紫の花が咲いている。

どこからか打楽器の音がする。

「三松原さん、遠い太鼓です」

PCが指さす方を見ると、向こう岸にドラムセットを置いて立ったまま叩く人がいる。電車はさっと通り過ぎるが、こうやって実際に川岸に立つと、川幅が思ったよりずっと広い。向こう岸の人がひどく小さく見える。PCがブルージーンズの足ではねるように石段を下り、川に向かって走り出した。私はあらあらとおばさんっぽく呟いて、後からゆっくりとついていく。

暗い水面だ。川は元気のない昆布と湿気た鰹節でだしをとって、薄いコーヒーを混ぜたような色をしている。たいした深さはないらしく、遠く右の方では川底がやるせない楕円を描いて顔を出している。コンクリートで舗装されたただっ広い川岸を横切って、川縁から恐る恐るのぞき込んでみたが、水がよどんで何も見えない。ゴミは、なさそうだ。

「これが日本一汚い川だったら、日本は環境がいいってことですよね」

「まあ、そうね」

PCは感慨深く言う。

うなずいたけれど、川はやはりうっすらにおった。

「ちょっとにおいがあるね」

ＰＣは川の方へ体をぎりぎりまで向けてにおいをかごうとする。

「ぼくはあんまり感じないけど」

「たとえば、ここでおにぎり食べられる？」

「えっ、おにぎりあるんですか」

「あるとして、よ。私はここでは物を食べる気にはなられへんわ」

「なられへんですか、やっぱ」

「大阪弁、下手やね」

「これから、練習します」

「別に練習しなくても。……何かを食べる時って、その場所とか風景に向かって心を開いてこそ、食べられると思うんだけど……日本一汚い川っていう言葉が、心を開かせないのかなあ。実際そんなに汚いわけじゃないのにね」

「だけど、よるべないところですね、ここは」

「うん。この川の前ではどうしたらいいかわからなくなる」

「こういうところに三松原さんと来たかったんですよ」

どういう告白かわからない。

「普通の人はここでは物が食べられないんですね。だけど、僕はどんなによるべないところででも、物が食べられるんです。……そういうのが、ほんとの人間とは違うのかな」

ＰＣの髪が日に透けてやさしい茶色に光っている。私は思わず、ＰＣの腕を取る。きれいに筋肉のついた腕がシャツの下に感じられ、若い男の子の汗のにおいがする。ＰＣは私より、少し体温が高い。

「おにぎり、食べよう、ＰＣ」

「ほんとにあるんですか」

土手の階段に並んで座って、私は風呂敷を広げた。梅干し入り、塩昆布入り、明太子入りのおにぎりと麦茶を並べる。

「におい、大丈夫ですか、三松原さん」

「慣れました」

「早くないですか」

「においとはそういうものです」

ＰＣは納得顔でうなずいている。

右には阪堺電車の赤い鉄橋、左には人や車の通る水色の橋、その向こうに南海電車の緑の鉄橋が続く。そのまた向こうの海までもそう遠くはないはずだが、海の気配はまるでない。

向こう岸からアフリカンな太鼓のリズムが川を渡ってこちらで広がって消えていく。時々その上に電車が鉄橋を渡る音が重なり、踏切の甲高い音が何かを呼び覚ますように降りかかる。目の前を、暗い川の水が右から左、右から左と流れていく。

ＰＣは梅干し入りの三角おにぎりをほおばり、「おいしいです」としみじみ言う。

そうでしょう、そうでしょう。うちは母が結婚と同時に購入した、マッチで火をつけるタイプの古いガス釜で未だにご飯を炊いている。炊きあがりのご飯は一粒一粒がつやつやしていておいしい。母と妹の好奇な目をよけつつ、おにぎりを作ってきてよかったと思う。

「おととい誕生日で、三十六になりました」

唐突に言ってみた。

「それはおめでとうございます」

ＰＣは礼儀正しく言う。

「めでたくもないけど。うちの父がこの年で死んだの、だから、なんか、びびってる」

「びびる……」

「父は癌で死んだの。私はまだ九つだったんだけど、病院のベッドでみた父の死に顔がね、びっくりした顔なの。なんていうか、思っていた道が半分ぐらいしかなくて、もうあとはあの地震で折れた高速道路みたいに、はい、終わり、後はどうぞ飛び降りてくださいってなってたら、そりゃあ誰だってびっくりするでしょう。あたしも心配、まったく根拠はないんだけど」

「……僕には、そういうのはちょっとわからないんです。僕は突然死んだりしないから」

ＰＣは二つ目の梅干し入りおにぎりを手に持って、静かに言った。

「寿命はだいたい男性の平均寿命だそうです。それぐらいの時間を集めて作られているので、途中では死にません」

「そうなの」

「はい、中学の時、酔っ払い運転のトラックに轢かれたことがあるんですよ。僕は自転車に乗ってて、ぶつかった衝撃で空を飛んだことは覚えてるんですが、その後は記憶がありません。父の話ではすぐ先生のところへ運ばれて、どんな処置がされたのかわかりませんが、今も生きています。中学生で死ぬようには設定されていないんです。年を取って本当にその時が来たら、たぶん病気か何かで死ぬことになると思います。先生が言っていました、目立たず、その時に一番普通の死因で使命を全うするからって」

「先生……って」

「僕の設計者です」

わかってはいたけど。「先生」なる者へこみ上げてくるこの胸くそ悪さをどうすればよい。白衣を着た先生が、コンピューターでＰＣの設計図を描いたのだろうか、数十年後の死もプログラミングしてあるというのか。

　向こう岸のドラマーが興が乗ってきたのか、リズムがますます激しくなってきた。小指の先ほどの大きさにしか見えないのだが、動きが明らかに尋常ではない。トランス状態に入ったかのように見えるドラマーは、体を右へ左へ揺らしながらいくつものドラムを叩いている。

「ＰＣ、あのドラマー、もしかして下手なんちゃう」

「いやあ……、たぶん、そういうリズムなんだと思いますけど」

「下手くそー」

「三松原さん、落ち着いてください」

　むかむかしてしまう。先生って何者だ、こんないい子に普通の死因でって何を言わせるんだろう。

「ＰＣ、休みのたびに帰省してたよね」

「はい」

「あれは先生のところに帰るの」

「いえ、世田谷の両親のうちに帰ります」

　ＰＣは明るく言った。

「僕は生まれてすぐの赤ん坊の頃、先生のところから、そちらに移りました。父は東京都の水道局で技師をやっていて、母は家で書道教室を開いています。帰省してドアを開けた時は、墨のにおいがするんですけど、すぐに感じなくなります。いや、川のにおいと一緒ってわけじゃないんだけど、そういうことを思い出します。

母のおにぎりは俵型のおかか入りで、高校三年間、毎日弁当に入っていました。三松原さんのおにぎりで、初めて梅干し入りを食べました。おいしかった、ごちそうさまでした」

ＰＣは育ちのよさのにじみ出る笑顔でそう言った。

いえいえ、と私も頭を下げつつ、ああ、私はこの人が好きなのだ、好きで好きでたまらないのだと思った。なぜ、と聞かれても困る。蓋がなくなったら、好きがあふれ出た、としか言いようがない。

あの日、私は蓋はしない、と決めたのだった。普通の人とは違うとか、十七歳の年の差とかの蓋は、しない、と決めたらもろいものだ。だから、結局、この日は正真正銘、「デート」だった。私たちはそのましゃべり続け、夕日が落ちる寸前に、キスをした。ドラマーはいつの間にかいなくなった。どっぷり夜の闇に覆われてから私たちはしぶしぶ立ち上がり、堤の上に戻って、来た時とは反対方向の停車場から電車に乗った。

明くる朝、何か言われるかと身がまえて事務所に入ったが、誰も何も聞いてはこなかった。鹿田さんも、炭酸せんべいを配りながら日曜に姑を温泉へ連れて行った話をするのに忙しくて、私がＰＣと、デート、もしくは水質調査を行ったかの確認はなくほっとした。

それから幾度かデートを重ね、私はＰＣの下宿で一緒に夜を過ごした。

実をいうと、私はもうずいぶん長い間そういうことがなかったので、死にたくなるほど恥ずかしく、早々に電気を消して布団に潜り込んだ。ＰＣはそっと布団を持ち上げて私を抱きしめた。その途端、電話が鳴った。ＰＣの体の力が一度に抜け、私は白い布団の上で支えを失ったような気分になった。ＰＣは立ち上がって電話に出た。街灯の明かりがＰＣの体の輪郭線を闇に浮かび上がらせるのを、私は布団に横になって見上げていた。以前ＰＣは、先生は僕が世界のどこへ行っても溶け込めるように平均的な姿にしました、と話していた。紛れて生きるのが理想です、とも言った。しかし、その平均的な顔、平均的な体のなんときれいなことか。

ＰＣは幾度か相槌を打ち、短く答えて電話を切った。

「男前、もてもてやね」

振り返ったＰＣにそう言ってみた。

「電話、先生からですよ。一日一度、僕がちゃんと動いているか、確認するんです」

ＰＣは布団をめくりあげて言った。

「子供の頃からの日課です」

心がしびれそうになった。手を上げて、ＰＣの心臓のあたりに触れてみる。なめらかな濁った白い肌の下にあったばら色が、熱を持って浮き上がる。熱は私の寂しい体を流れ、そうして私の指先、足先からまたＰＣの体へ還っていく。瞬間、ＰＣの焦げ茶色の瞳に緑の光が流れ、ふうっと私も向こうの体の中に引き込まれそうになった。そうできたら、どんなによかったか。

「三松原さん、僕をきらいにならないでください」

終わった後で、布団に横に並んだＰＣがそう言った。

「僕も、人間だから、……気持ち悪いと思わないでください、どうか、……僕をきらいにならないで」

ＰＣは白い顔を大きな手で覆って泣いていた。好きが極まっている私にはひどくかけ離れた言葉だった。私はゆるやかに中年へと進みつつある腕で、しっかりとＰＣの体を抱きしめた。

ＰＣが大学を卒業し、大阪の公立中学の国語教師になってすぐに、私たちは住吉大社で家族だけの式を挙げた。先生も招待する？　といちおうＰＣに聞いたら、ちょっと考えて、先生はそういうことは要らないと思いますというので、参列者は私の母と妹、ＰＣの方は両親だけにした。

結婚することになったと告げた時、うちの家では予想通りひと悶着あった。

妹は美形の若い義兄ができたとうれしそうだったが、母は眉間に険しい皺を寄せ、正面に正座したＰＣに「子供は？」と聞いたのだ。ＰＣは白い顔を強ばらせ、一瞬息がうまくできなくなったように見えた。

「ええやん、そんなん、あたしがお姉ちゃんの代わりにボコボコ産んだるから」

妹は剛毅に言い放ったが、「結婚する気ぃもないくせによう言うわ」と母に一蹴された。私と真逆の妹は、その豊富すぎる恋愛遍歴と安定を一切求めない気性ゆえに結婚とは縁遠かったのだ。

「あなたと結婚して、子供はできるんですか」

母はＰＣに向き直って更に声を荒げた。

「僕は子供はできません。すみません」

ＰＣは畳に手をついて頭を下げた。

母は押し黙ったままだった。私は四十に手が届こうかという娘の結婚相手に生殖能力がないことを責める母がうっとうしく、

「とりあえず、ＰＣは平均寿命までは生きるねん、三十六では死なへんわ、お父さんとは違

うねん、それでええやない」

雑な言葉だったと思う。母をぼろぼろ泣かせて力尽くで結婚を認めさせてしまった。

東京からやって来たPCの両親は、あたりまえだがPCとは似ても似つかぬごく普通の日本のおじさん、おばさんだった。頭のはげ上がったお義父さんはにこにこして、来年は水道局を定年になると話していた。

「遅くに授かった子なんで、どうも親が年寄りでいけないね」と言ってから、うちの七十を越える白髪の母を紹介されてむにゃむにゃと言葉を濁した。おそらく私の歳も同時に思い出したのだと思う。

お義母さんはふっくらした、留め袖の似合う人で、おにぎりの定番梅干しを禁じ手にし続けた人には見えなかった。

PCは両親の前だと、甘ったれが顔を出すきらいがある。このままでは僕も両親もダメになると思って東京を離れることを決意したんです、とつきあってから教えてくれたが、なるほどお義母さんはPCに張り付き、着物の襟元や帯の具合をやたら気にしていた。

「母さん、もうやめてよ」

「裏返しのセーターを後ろ前に着てたの、だあれ」

「それ、小三の学芸会の話でしょ」

Ｐ Ｃは憮然としていたが、お義母さんは聞いてはいなかった。私の方に向き直り、

「パトちゃんが、大阪の大学に行くって言いだした時は、わたくし、正直目の前が真っ暗になりました。それが就職も大阪ですることになって、次は結婚、ですものね」

詰め寄られて、ああこれが噂の嫁姑確執かとどきどきしたが、お義母さんはすいっと身を引いて、

「もう、腹をくくりましたの、だって、パトちゃんが選んだ人に間違いはないわ」

微笑んで、私の白無垢の襟を直してくれた。

結婚を機に先生からの電話はなくなった。僕に何かあったら、妻が連絡しますから。毅然としたＰＣの声を私は布団に横になって聞いた。長い話し合いの末に、先生もわかってくれたようだった。


路面電車の沿線に家を買い、私たちは暮らした。電車の音はじゃまにはならず、不思議に心が落ち着いた。小さな庭にバラを植え、丹精して咲かせて二人で愛でた。バラが増えたので、勝手に線路脇にプランターを並べて挿し木をしてみたらうまくついて、以来うちのそばはバラ香る線路として知られるようになった。時々二人で大和川の堤に降りたって、あの日のことを思い出すこともあった。実はおしっこを我慢してたと言ったら、僕も膀胱が破裂し

そうでした、とＰＣも笑った。

　ＰＣは長く大阪で暮らしたのに、いつまでたっても大阪弁が下手だった。雨、降ってへん、と、いちおう語尾は変えられるのだが、雨はいつまでも東京の「あめ」で、大阪の「あめ」にはならず、「目」が「目ぇ」になることも「手」が「手ぇ」になることもなく、さわやかな日本語を話し続けた。国語教師としてはそれでよかったのではないかと思う。

　定められたとおり、私たちには子供はできなかった。けれど、その分お互いが常に一番の存在だった。朝は共に目覚め、路面電車の駅へ向かった。職場は反対方向で、線路を挟んだ向こう側の停車場に立つＰＣを見ると、なぜかいつも、切なさがこみあげてきた。晴れの日も雨の日も、ＰＣがどんなにうまくいっている時でも、中年と呼ばれる年になっても、その姿は切なかった。ずいぶん後になってそう言ったら、三松原さんも、いつもよるべない少女に見えるよ、とＰＣはまじめな顔で言った。私たちは昼間それぞれの職場で一所懸命に働き、夜は、また共にいられることが、この上ない喜びだった。ＰＣは気長な性格で、その手をにぎって話をしていると、たいていの心の荒波はやがて凪いでゆくのだった。

　結婚して十年たった頃、「先生」から電話があった。ご飯を炊く時間を集めて女の子を作る計画があるから、育ててみないか、という依頼だった。私たちは丁重にお断り申し上げた。子供がほしいと思ったことは一度もなかった。ご飯が炊きあがるのを待つ間に、おいしい味噌汁が作れることも先生は知らないのかと、あの温厚なＰＣが怒っていたことを覚えている。その後、炊飯に要する時間は変わらないので、計画は頓挫したものと思われる。

今年、八十三歳でＰＣは逝った。死因は最近大流行の飛行術訓練中の事故死だ。あの人はああ見えて、意外に流行り物に弱いところがあり、最新の装備を買い込んで、このところは毎週末、飛びに出かけていた。ゴーグルと羽をつけ、風を待って崖に立つ姿は老天使のような静けさがあり、飛び立つと大胆に風を切った。コーチにも年の割に筋がいいとほめられていたのだが、事故は起こる時には起こる。野原からの垂直飛翔に初めて成功したかと思ったら、突風に煽られて墜落した。飛ぶ姿が好きだなんて言わなければよかった、と悔やんでも悔やみきれず、涙がかれるほど泣いた。

次の日の夕刊にＰＣの死を報じる記事が小さく載った。死の直後、電源を入れたパソコンはなかなか起動せず、メーカーへの問い合わせの電話が殺到し、日本中に動揺が走ったのだそうだ。けれど、私から見れば、ばかばかしい話だ。起動できなかったのは、たったの五分。五分後にはパソコンは立ち上がり、その後は以前と変わることなく瞬時に起動し、世の中の営みはつつがなく続いていった。新聞にはパニックになったオフィスの写真が載り、技術の進歩はＰＣの存在そのものをいつの間にか超えていたのだという評論家のコメントが掲載された。宙ぶらりんの五分間はＰＣへのせめてもの追悼の時間だったのだろうか。聞いてみたいところだが、先生も、もうとっくにこの世の人ではない。

この日の新聞も、遺品の折れた羽も、もう見るのもいやだったので、ＰＣの亡骸とともに天王寺の寺で荼毘に付した。

帰りに阪堺線の大和川駅で降りてみた。私はふらつきながらもやっとの思いで石の階段を下り、川に近づいた。川は水面に白い光の編み目を作ってはほどき、作ってはほどきしながら、目の前をただ流れていった。どのぐらいそれを眺めていただろうか。

ＰＣの遺灰をひとつかみ、川へ撒いて手を合わせた。この先、あなた無しでどう生きていけばいいのか、百歳にもなっているというのに、私にはまるでわからない。目を閉じた私の耳に遠くからドラムの音が聞こえてきて、やがて、だんだんに激しさを増していった。

贋夢譚　百年

こんなところで足止めされるなんて、夢にも思いませんでした。私の一張羅のスカート、赤いベルベットのたっぷりと広がったスカートに、よりによって薔薇の枯れ枝が刺さるなんて。

私は夜道をまっすぐにあの人の部屋へ向かっているところなのです。あの人、いとしい男、ずっと年上の、私の恋人。男は今頃、金物屋と牛乳屋に挟まれたあのうらぶれたアパートの部屋で私が来るのを待っているでしょう。

男はいつもアパートの階段をひそやかに上る私の靴音を聞きつけて、呼び鈴を押すより早く戸を開けてくれるのです。薄暗い小さな玄関で私は男の皺の寄った頬に口づけをし、短い銀髪をなで、そのたびに男に出会えたことを奇跡のように思います。

男の体はいつも冷たく清潔で、私は自分のほてった頬が恥ずかしい。

「もう少し、若い男のほうがいいだろう」

いっしょに布団に入って男はそんなつまらないことを聞くのです。そんな時、男の目には若い男への嫉妬の影が少しは浮かんでいてもよさそうなのに、くやしいことに影は微塵もありません。

「若い人はあまり好きではないの。だって、みんな、どうしようもない見栄っ張り。自信のあるふりか、ないふりのどちらかよ。私の目に映った自分の姿ばかり見ているの」

「あなたは信じないかもしれないが、俺だって以前は若かった。女の目に映った自分の姿に溺れたものさ」

男はこちらの姿が映らない色の薄い目をして、そう言いました。

男の言う「以前」には何が詰まっているのでしょう。男の過去はこの夜空のようにとっぷりと広がって、そこには星の欠片《かけら》さえなく、時の深さに私は不安になります。

とにかく、私は今、こんな枯れた薔薇になどかかわっていられないのです。あんまりあの人に逢うのがうれしくて、狭い歩道を飛ぶように歩いていましたら、ひらひら舞い上がったスカートが、何かにひっかかって私はもう少しで転んでしまうところでした。

目を凝らしてみると、陰気なビルの前に並んだ鉢から枯れ枝をのばした薔薇がスカートにからみついているではありませんか。薔薇はスカートの左前から右の後ろへと斜めに枝を這わせ、それがまた、細い枝に分かれて広がり、無数の棘がベルベットにしがみついてちょっと引っ張ったぐらいではびくともしません。

暗い通りは人っ子一人通りませんし、頭の上では切れかかった街灯が、命の瀬戸際みたいについたり消えたりしています。そっとスカートを持ち上げて枝をはずそうとしましたら、ああ、痛い。枯れていっそう剣呑になった棘が指を鋭く刺しました。傷口からぷくりと血が盛りあがり、ねっとりと流れ落ちるのが、一瞬意識をとりもどした街灯の光の中に見えました。指の血は、うんざりするような黒っぽい赤でした。

あの人の血はどんな色かしら。私は血が嫌いなくせに、好きな男の血を思い描いてしまう癖があるのです。男の血はその瞳に似て清らかなはず、と私は思います。試験管に入れて陽に透かしてみれば、きっと朝焼け色に輝くでしょう。

ふいに、胸がきしむように痛みました。そういえば、朝日はさわやかなものばかりではありません。私は男の部屋で初めて見たまがまがしい朝日を思い出します。

いつもいつも男は私がアパートに泊まることを穏やかに拒むので、ある晩、意固地になって寝たふりをしていた私は、ほんとうに眠ってしまったのです。

目覚めると、夜明け前でした。体中の血の流れる音で騒々しい夜が去り、日々の営みの物音がわき上がる朝には間のある、無音の時でした。男はもう起きてきちんと着物を着、大きな窓越しに空を見上げ、畳の上に端然と座っていました。私も妙に静かな気持ちで寝床の中から男のまっすぐな背中を見ていました。

　すると、赤い日が東の空からのっと出ました。何かの間違いではないかと思うほど、大きな太陽でした。

　男は日を仰いで、「三万六千四百十七」と呟きました。銀髪が日に透けて黄金色に揺らめき、男は赤い日にすがりつくように見えました。

「なんの数」

　私は怖くなって、きわどい声で呼びかけました。のどが締めつけられたようにへしゃげた声が出ました。

　男はぎくりと振り向きました。日を背にした男の顔は、濃い紫の影に塗りつぶされて見えません。男は私の足下の布団を持ち上げると、頭からもぐりこんできて私の体にしがみつきました。

「もうすぐ百年だ」

　私の脇腹に冷たい鼻先を押し当てて男は言いました。

「なにが」

「あいつが死んで」

「あいつって」

「ずっと昔の恋人さ」

「どんな女」

「色白の瓜実顔で睫の長い、いつも花に囲まれて微笑んでいるような女だった」

「ずいぶんなお嬢様」私は自分の浅黒い顔をゆがめました。

「なんで死んだの」

「俺が悪かった。俺がほかの女によそ見をしたばっかりに、あいつは気が狂って死んだんだ」

「ずいぶんなうぬぼれ屋」

私は男の耳を引っ張りましたが、男はかまわず続けます。

「百年経ったら、あいつが逢いに来るんだよ」

私は焼け付くような嫉妬を飲み込んで、男の言葉を笑い飛ばしました。

「あなたに逢いに来る女なんて、あたしのほかにいるわけないじゃない」

男はしばらく黙っていましたが、布団の奥からついと私を見上げ、思い詰めた声で言いました。

「あなたが好きだ」

「そんなこと、生まれる前から知ってるわ」

さっきの嫉妬に燻されて、意地悪く私は答えます。

「聞いてくれ、本当だ」

「聞いてるわ」

「俺は心底、あなたが好きだ」

男は私の胸に頬を寄せ、こぼれるように言いました。

「あなたの胸は、なんて甘い匂いがするんだろう」

私は黙って男の髪をなでました。ごわごわとした感触が、いとしく思われました。

「俺はずっとこの匂いを嗅いでいたい……だけど、毎日毎日、日が昇る」

「ええ、そうね」

「怖いんだ、あなたに逢ってからあいつが来るのが怖くてたまらない」

「死んだ女なんて忘れてしまいなさい」

私は男のかつては精悍であったろう肩をなでました。突き出た骨を離れてたるんだ皮膚が指に当たり、私は初めて男の老いに胸をつかれました。

「なあ、教えてくれ。死はあっちから来るのか、俺から行くのか」

「そんなこと、あたしにはわからない」

「俺は、どうしたらいいんだろう」

男はひどく無防備に言いました。

「どうもしないで、ただ、あたしを愛して」

男は口を閉じました。私もそれ以上、何も言いませんでした。沈黙の中に死んだ女と老いた男がもつれあっていました。女に引きずられ、男の体はどこまでも沈んでいくように思えました。

空一杯の朝焼けが遠慮会釈なく入り込み、障子や畳や文机や男のわずかな家具を赤く染めました。私はまぶしさに耐えきれず、男のように布団にもぐり込みました。抱きしめた男の体はいつにもまして枯れて冷たかったので、私はいくら触れあっても冷めることのない私の体温で、男を温めてやらなければなりませんでした。

この薔薇はいったいなんのつもりで、私たちの逢瀬の邪魔をするのでしょう。赤い日が昇っては落ち、昇っては落ちする間に、男の時は少しずつ、減っていくのです。私だってこの世から少しずつ外れていくのだけれど、私の血はまだ黒く見えるほど、生臭い。それに比べて男の血は、年月に濾過され、さらさらと澄んだ水のごとく、時の砂時計のくびれを通り過ぎてゆくように思います。

スカートを揺すってみましたが、薔薇はかたくなにスカートとともにかくかくと動き、どうかするとその棘がベルベットを通して私の脚を刺そうとします。ああ、いまいましい。私は葉も花もない棘ばかりの薔薇をにらみつけます。鋏さえあればこんな薔薇、ちょきんちょきんと切り刻んでやるのに。――鋏、鋏、そう、あの鋏。

男に初めて逢ったのは、鋏の縁でした。

ある土砂降りの日の夜に、私は前の男と別れました。喫茶店でコーヒーとココアなど挟んで向かい合っているのに疲れ、私は雨の中に出ました。失恋、といえば髪を切る。しかも自分で切るのが魂の抜かれた女にふさわしい。私は背中に垂れただらしない髪が急にたまらなくなりました。

傘もなく、雨に打たれるに任せ、でたらめに街を歩き続けているうちに、裏通りの金物屋の明かりが目に留まりました。黄色い電球の下で店番の男が一人、本を読んでいるのがガラス戸の向こうに見えました。棚や壁には、鍋やお玉やおろし金、それにくぎやねじや刃物などが、ずっと前からそうであったかのように男を取り囲んでいます。私は憑かれたように戸に手をかけました。男はこちらをちらりと見ましたが、すぐに文庫本に視線を落としました。私は店の中を一周し、男の鼻先へ大きな鋏を差し出しました。

「何を切るんです」

男は座ったまま私を見上げました。年取った男でした。低い声と同時に、皺の寄ったのど仏が上下しました。

「髪を」

風と雨に絡まった前髪からしずくが垂れました。下を見れば、コンクリートの床が汚らしく濡れています。

「自分で」

「ええ」

男は鋏を受け取って軽く握りました。私はその厚い掌に見とれました。

鋏は銀色に輝き、なんだって切れそうです。

「切ってあげましょうか」

「お願いします」

言ってしまいました。

男は壁にかかった鍋釜や箒を取り払い、売り物の大きな鏡を立てかけました。そして、その前に自分がさっきまで腰を下ろしていた丸椅子を置いて私を座らせ、白い布で私の体を覆いました。これは、きっと、死体。鏡には、身投げをしくじって、川から引きずり上げられたような女が映っています。男は琥珀色の櫛で髪をくしけずり、私に近くなり、遠くなりして、髪と鏡の中の私を見比べます。静かに熱心に、鋏は私の髪の周りを自在に動き、頭のあらゆるところで清潔な音を立てました。

「動かないで」

男は片手で私の頭を押さえ、耳のそばに鋏をあてました。ぞくっとしました。私は息を詰めて、じんじんと男の鋏を感じ、恥ずかしさで気が遠くなりそうです。

すべてが済んで、鏡に映った私はまるで別人でした。

「ありがとうございます」

私は赤みの差した頬を男に向けました。

男は頭を振りました。

「金物屋さんに髪を切ってもらうなんて」

「まねごとです」

「お上手」

「きっと、短いのが似合うだろうと思って」

男は刷毛で細かな髪をはらいながら、ほんの少し照れたように言いました。

「似合っているかしら」

「似合っているさ」

男は鏡の中で頷きました。やさしい目でした。出逢ったばかりなのに、まだこの男とは始まってさえいないのに、私は男を失った自分を想像して胸が痛みました。艶を取り戻した唇を、私はもう一度開きました。

「あたしたちは、似合っているかしら」

男は鏡の中の私を見ました。

「――それは、まだわからない」


あの問いへの答えを、男はまだ宙ぶらりんにしたままです。急がなければ。こんな道ばたに薔薇ごときに留めおかれている暇はないのです。

私は棘をおそれず枝に手をかけ、スカートを高く持ち上げて激しく振りました。ベルベットを貫いた棘が脚を斜めに引っ掻いてしびれるほどの痛みを感じました。そのとたん、急にスカートが軽くなりました。驚いたことに薔薇の木が鉢から抜けたのです。その勢いで鉢は倒れて割れました。乾いた土がぼろぼろと、あたりに飛び散り惨憺たるものです。まあ、それなのに、薔薇の奴、しみったれた根っこをさらしてスカートにからみついたままです。

もう、どうにでもなればいい。

私は駆け出しました。コンクリートビルの並んだ通りを抜け、ねじれた縄のような石段を駆け下り、薄緑の陸橋を一段飛ばしで駆け上がります。早寝の浮浪者たちが整然と並んだ夜のアーケードを抜け、外国語を話す娼婦の群れにからかわれ、気の荒いトラックに轢かれそうになり、酒場の入り口で嘔吐する酔っぱらいも、飢えた野犬も、ナイフをしのばせた輩も、何一つかまわず、私は男のもとへと走ります。

その一歩一歩、踏み出すたびに薔薇の棘が脚を引っ掻きます。男に逢ったら、私はスカートをそろそろとたくし上げ、血の流れる脚を見せてやりましょう。あなたに逢うために、ほら、私の脚はこんなに傷だらけ。男は脚をかき抱いて泣いてくれるに決まっています。

アパートの鉄の階段を上って、男の部屋へとたどり着きました。戸は開いていましたが、男は出てこず、めずらしく中で、二つ折りにした座布団を枕に、畳の上に横になっていました。私は荒い息を抑え、つけっぱなしの蛍光灯に照らされた男の寝顔に顔を寄せました。男の閉じた瞼の上も下も細かな皺で一杯です。筋の通った鼻から漏れる寝息が、年取った人間のものでした。眠っている男は起きている男より、ずっと死に近い男でした。

「あなた」

耳元でそっと呼んでみました。

男はまばらな睫をしばたたせて目を覚まし、「百合」と私の名を呼んで、温かな皺の波を起こして微笑みました。

「すまない、眠ってしまった」

「いいのよ」

私は甘く囁きます。

男は肘をついて体を起こし、薔薇に気づいて驚愕しました。

「どうしたんだ、それは」

「あなた、あたしの脚が……」

私は少し涙ぐんでスカートに手をかけました。

けれども、男の耳には私の声は入りません。男は私の手を制し、腕を伸ばして薔薇をつかみました。

薔薇は難無くはずれました。棘も男の手を傷つけようとはしませんでした。そればかりか、薔薇の枯れ枝は男の手の中で見る間にうつくしい緑の枝へと変わりました。柔らかな新芽がそろそろと出てきて、枝のあちこちで丸い葉を広げました。そして、枝の先には蕾まで生まれ出て、赤く染まりました。私は薔薇のあまりの臆面のなさと、それに溺れる男に体の芯から震えました。この恐ろしさを私は遠い昔に味わったことがあるように思います。捨ててしまわねば、この薔薇を一刻も早く捨ててしまわねば。わかっています、わかっています。けれど体が動きません。

「お前、逢いに来てくれたのか」

蕾に向かって男が言いました。

――違う。

喉もつぶれるほど叫んだ私の声は私の耳にしか響きません。

男の目が潤み、涙が頬をつたって流れ落ちました。それが薔薇の蕾に当たったかと思うと、蕾はこうべを上げて毒々しい愛を告げるように開きました。

「百年、たったんだな」

男はむせび泣きました。骨を震わせ、男はその場にくずおれて事切れました。

その刹那、体中が砕け散りそうに痛みました。それとは裏腹に、私の意識は冴え冴えと明るく、その奥底で一つの声がしました。

――百年前に男が弔った女は、この私。

総身の血が逆巻きました。その流れに乗って、ずっと昔、男が私に残したあらゆる記憶が駆けめぐりました。若き日の男は漆黒の髪をかき上げて、私の目を見つめ、そこに映った自分の姿に溺れています。男はふと、見つめ続けることに飽いて視線を逸らし、名も知らぬ女に目を止めます。女の腕が伸びて男の体に巻き付き、赤い唇から漏れるのは薔薇色のため息。私の心は嵐となり、嵐は私の体を蝕んで、この世からあの世へ、一直線に真っ暗闇の穴の底へ連れて行こうとするのです。

――百年、待っていてください。きっと逢いに来ますから。

私の声の真摯さに動揺し、男は病に伏した私を困ったようにのぞき込みます。両手一杯に私が一等好きだった白い百合の花を持ち、「死ぬんじゃなかろうね、死ぬんじゃなかろうね」おろおろと繰り返すばかり。

ああ、そうです。百年前のあの日、私は瞳に男の姿を浮かべたまま、死んだのです。

足下に転がった男の死に顔は至福そのものです。無性に腹が立ちました。薔薇なんぞと心を通わせて勝手に死ぬなんて。私を、薔薇と、そう、あの女と間違えて逝ってしまうなんて。

私は、怒り、泣き、それから苦笑しました。男はもともと少しぼうっとしたところがありました。私は生来せっかちでした。百年。数え間違えたのは、男か、私か。男と一緒に指折り数えなおしてみたいところですが、今となっては空しいばかりです。

私は男の指をこじあけて、よこしまな薔薇をひったくると、開いた窓から投げ捨てました。それから、死んだ男を背負ってアパートを出ました。自慢の爪で穴を掘り、男を埋めてやらなければなりません。男の体は思ったより重く、私の体は全身から噴き出る汗に甘く匂い立ちました。この香をいとしく思ってくれた男が、今はただの重い塊となって背中にいることが悔やまれます。

案の定、階段の途中でふらつきました。

その途端、東の空から赤い日が笑いながら昇ってきました。

「ひとつ」

日を見据え、無惨な脚をふんばって、私は勘定しました。私と男はこんなふうにずれながら、生きて死んでいくしかないのだと、私にはわかっていました。

装飾棺桶

1

その記事が彼の目を引いたのはほんの偶然だった。日曜日の食卓で新聞を広げた彼の横に九つになる娘が座り、お父さんこれなあにと指さしたのだ。「装飾棺桶展覧会」という見出しの下に、異様なオブジェの写真があった。ピンクと緑の毒々しい物体で、ザリガニ型棺桶というキャプションがついている。ザリガニ、といえばそうだが、異国の基準で作られたザリガニだ。頭部と頭部から伸びた足はピンクで、触角は黄色、背中から尻尾にかけては緑の地に鮮やかな黄色とピンクの縞模様が入り、全体がてらてらと光っている。

「カラフルな木彫彫刻の棺に遺体を納めることが、ガーナで流行。死者の生前の職業や好物にちなむデザインの棺を家族が注文する」

有名進学塾に通う娘は一般紙を読むのに困らない。彼は薄く産毛の生えた娘の口元を見やる。

「注文から一、二週間で完成。遺体は冷凍装置のついた安置所で保管し、葬儀の時に棺に納めて土葬する。棺桶はベンツ、ビール瓶、携帯電話、聖書、ジェット機、漁船、ナイキのスニーカー、カカオ豆……、お父さん、これおもしろい」

娘のおかっぱ頭が揺れる。濃い眉と睫が動き、黒目がカワウソのようにいたずらっぽい光を帯びる。うん、そうだね。彼はこたえ、それから新聞に目を落とす。妻が食卓に卵料理を置き、向かいに座る。そして黙ったまま胚芽米のご飯を口に運ぶ。

「来月までK博物館別館に展示中だって。これ、見に行きたい。今日行く？　お父さん」

娘は彼の肩をつかみ、飛び跳ねる。はしゃいでいる。

「今日は洋子ちゃんのピアノの発表会、行くんじゃないの」

妻が箸を止めて言う。あっ、そうだった。ザンネーン。娘はついっと彼から離れてしまい、何着ていったらいいかなあ、と妻に向かって体をねじらせる。

「何着たっておんなじ、でぶは隠せない」

中三の息子が箸でソーセージを突き刺して言う。

「お兄ちゃん、うるさい」

「紺色のワンピース、白いブラウスとグレイのスカート、そのほか何でも」妻が言う。

「赤いお花のワンピース、着たいなあ」

「あれは洋子ちゃんの妹にあげたのよ。もう小さくなったから」

「ええっ、なんで」

「だってもう着られないじゃない」

「あたし、あれが一番好きだったのに」

口の中に苦みが広がるような気がするのはこんな時だ。赤いワンピースは彼の母親が誕生日のお祝いにと送ってきたものだった。まだ半年にもならないのに、小さくなったりするものか、おまえの好みに合わないんだろう。以前の彼だったら、そう妻を問い詰めただろう。

今は何も言わず、黙って妻の作った朝食を咀嚼するだけだ。それから自分の皿を持って席を立つ。茶碗に少し残った胚芽米を流しのゴミ袋に少し乱暴に捨てる。胚芽米は嫌いなんだ。雑穀も。ただの白い飯が食いたい。口には出したことがないが、いつもそう思っている。十日ほどベトナムに出張して帰って来たら、家の中の様々なことが少しずつ変わっていた。白米はぼそぼそした胚芽米と雑穀になり、壁の絵や写真はどこかへしまい込まれ、彼が娘と縁日ですくった金魚は死んでいた。

下駄箱の上に置かれていた水槽は観葉植物に取って代わられていた。慣れない海外出張で極度に疲労した彼は白々とした思いで、斑《ふ》のある作り物めいた葉を見つめた。みっちゃんが世話するっていうから飼ったのに、何にもしないのよ。妻の声が背中に届いた。

子供が餌をやるのを忘れるのなら、お前がやればいいじゃないか。彼が怒気を含んだ声でそう言うと、妻は白い顔を曇らせて洗い物を続けた。忙しかったのよ、あたし。仕事があって、夫がいなくて、二人の子供の世話もして。金魚、どうした。流したわ、トイレに。トイレ? じゃあ、どこに捨てるの、生ゴミに出すよりいいじゃない。茶碗を洗う水音がいつもより激しく感じられた。彼は思わず、食卓の果物籠を床に投げつけた。バナナと洋なしが飛び、籠は編み目が裂けた。妻は洗い物の手を止めてこちらをにらみつけ、奥の座敷へ行ってしまった。驚いたことに、八畳の座敷は妻の自室になっていた。彼がいない間に自分用の机や書棚を購入し、掛け軸を替え、床の間には名前のわからない花があたりを払うような佇まいで生けられていた。

誓って言うが、彼が妻に対して怒鳴ったり、腹立ち紛れに物を投げたりしたのは、十六年の結婚生活の中であれが最初だ。そしてこれからもないと思う。

あの日以来、妻は彼の方へ視線を向けることさえ、ほとんどしない。彼の発する言葉はトイレの水音のように、気にすれば不快だが気にしなければただの雑音として意識の外を流れてゆくようだ。

彼は茶碗と味噌汁の椀をスポンジでこすって水ですすぐ。ぬれた手をタオルで拭き、もう一度新聞の記事に眼をやる。

「おい、これ、お父さんと行くか」

向かいに座ってスマホの画面に見入る息子に言うと、

「無理」息子は即座に首を振る。

「お父さん、お兄ちゃん、今日試合だよ」娘が言う。息子はサッカーに入れ込んでいるのだった。彼は息子の日に焼けた顔と色の薄い髪を見る。同じ家族にしばしば起こることだが、彼と息子はよく似ているにもかかわらず、彼は十人並みの容貌で、息子は小さな頃からその容姿に際立ったものがあると認められていた。二人ともやや面長で控えめな目鼻立ちなのだが、鼻筋の通り方やあごの線がわずかに違うだけで女たちは息子の容姿をほめる。別にそれが気にくわないわけではないのだが、大きくなるにつれ、息子は彼の息子ではなく、自分の少年時代に出会って距離を置いていた少年たちに似てくるような気がしていた。彼とは全く違うタイプの少年たちだ。男子からも女子からも先生からも一目置かれ、常にその場での発言権を持つが自己中心的で、彼のような無骨なガリ勉は空気のように無視する、そんな少年だ。

「お前、まだサッカーやってんのか。引退はいつだ」

「十月」

「それで受験は間に合うのか」

「ん、まあ」

「まあって、どうなんだ」

「なんとかなるんじゃないの」

「なめたこと言うんじゃない」

「勉強でだめだったら、サッカーで高校行くから」

「サッカーで入れる高校なんかに金は出さん」

だん、と音を立てて息子が茶碗を食卓に置いた。目が吊り上がっている。

「早く行きなさいよ」

妻はこちらの顔も見ず、息子を促す。息子はご飯をかき込むと、派手なミサンガを巻きつけた手でスポーツバッグを持ち上げる。

「晩めし、クラブのみんなと食べてくるから」

「がんばって」

女たちは笑顔で手を振る。息子はにっと白い歯を光らせる。ワックスで立ち上げた髪を振って出ていく息子を見やり、彼は憮然とした顔で新聞に目を落とす。勉強の出来の良さで一直線に進学、就職した彼の頭の中には、サッカーで進学しそれで後の人生を作っていくマニュアルは入っていない。

玄関の扉が閉まる音と同時に、女たちは再び今日何を着ていくか、の話を始める。

彼は新聞をテーブルに置き、みっちゃん、と娘に呼びかける。妻がすうっと言葉を吸い込んで横を向く。なあに、とこちらを向く娘は両目の間が開きすぎて、妻に似ている。

「父さん、ちょっと出かけてくる」

「うん、いってらっしゃい」娘はうなずく。

「何時頃帰るのかしら」

妻が娘に言う。

「お父さん、何時頃帰るの」娘が彼に聞く。

「わからない」

「わからないんだって」

「晩ご飯いるのかな」

「お父さん、晩ご飯いる？」

彼は首を振る。

「いらないって」

それから妻と娘の話題は晩ご飯に何を食べるか、に変わる。彼は新聞を手にし、リビングルームを離れる。

妻の気配の消えた寝室は広々としている。彼は身支度を整え、家を出る。

K博物館別館は電車を三度乗り換えて、自宅から二時間ほどかかるところにあった。駅前の商店街を抜けて十分ほど歩くと石造りの橋があり、それを渡った先である。川は緑と黒と白を混ぜた水彩絵の具のバケツの水の色をしていた。その川に沿って戦前から続いた家屋の裏側が見える。蔦に乗っ取られたような家がめしやの看板を掲げている。あんな店でめしを食おうという人間がいるのだろうか、と思ったら、向こうから歩いてきた三、四人の男たちがすいっと吸い込まれていった。男たちはみな白い半袖シャツに黒っぽいズボンをはき、首から提げたネームプレートを左胸のポケットに突っ込んでいた。連れだって昼飯を食いに来た会社員、といったところか。日曜だっていうのにな。彼はふっといやな気がした。

数日前に昼飯を食いに会社を出たところ、同期のある男が後ろからやってきて、彼の横に並んだ。

「パワハラで訴えられてるぞ、お前」

開口一番、男はそう言った。彼は言葉が出なかった。

「昨日、お前のところの若いのが、診断書を持って俺のところに来た。俺、今年から社内の苦情相談係ってのになってってな、セクハラ、パワハラ、モラハラ、なにかあったら相談が来る。あいつ、心療内科に行って、鬱病だってよ。上司からのストレスが原因だと証明できましたって、ちょっとうれしそうだったぞ」

誰のことかすぐに見当がついた。彼よりひとまわりほど年下の男のことだ。切羽詰まった仕事がある時も、きっかり一時間、昼休みを取る。どんなに仕事が詰まっていても、始業の九時からしか働かない。体調不良とかでこの半年の方針を決める会議に欠席しておいて、次の日、たった一時間ほどの残業を約束があるからというなめた理由で断って帰って行った。残業を断るなどということが頭をかすめたこともない彼はあの男のいちいちが気に障った。

「わかるよ、俺たちは残業代もつかないのに朝の七時から夜の九時まで働いて、文句も言わん。でもな、今は時短だ、なんだって会社はうるさい。あの日は全社あげてのノー残業デーだ、そんな日に残業しろとは普通、言えんだろ」

彼はめまいがした。ノー残業デー？　そんな茶番を本気にする人間がこの会社にいることが信じられなかった。くってかかる彼を制して、同期の男は更に追い打ちを掛けた。

「聞いたぞ、あの件。女の子たち、泣かしたんだって？」

彼は背中に冷たい水を浴びせられたような気がした。

先週のことだ。彼が一言指示を与えた途端、言われた二十代の女性社員が突然泣き出した。それを見たもう一人の女性社員が手で目頭を押さえ、また次の女性社員が涙ぐみ、連鎖的に五人の女性社員が、自分の席に座ったまま、泣いたのである。周りの男性社員たちも驚いて顔を上げたが、一番驚いたのはもちろん彼だった。彼はただ、その女性社員が作成した文書のグラフについてコメントしたに過ぎなかった。どうした、なにか気に障ったか、と問いかけても、彼女らからは何ら答えが返ってこなかった。女たちは泣き続け、周りの男たちの視線が体に絡みつく中、彼はおろおろとむなしい問いかけを発し続けた。

同期の男は肩をすくめてみせた。

「なんで自分の席で泣くのかね、そういった時は伝統的にトイレか給湯室に行くんじゃないのか」

結局、あの場から逃げたのは彼だった。トイレに行き、建物を出て裏口の外にある喫煙場所でまずいタバコを二本吸った。なんだ、なんなんだ。彼女らから泣いて抗議されるほどのことを自分がしたとはとても思えなかった。そもそも泣かれるほどの関係は彼女らとの間にはない。俺は上司だ。比較的いい上司だ。面倒見がよく、我慢強く、決断力のある、仕事のできる上司だ。彼の思考は混乱し、十年ほど前に、いわゆる不倫の関係にあった女性社員のことなどを思い出した。その女性社員は他の部署に移り、移った先で知り合った取引先の男と結婚して退社していた。女たちは俺の知らないところで繋がっているのだろうか。女性社員が今の部下たちに囲まれて何事か話している場面が脳裏をぐるぐる回った。別れたいと最初に言ったのは彼のほうだったが、相手はすんなり受け入れてあっけない別れだったたし、その女性自身、けっして彼とのことを触れ回るようなタイプではなかった。にもかかわらず、彼は女性たちが裏でなんらかの組織を結成し、幼稚でかたくなな態度で自分に向かってきているような気がした。大きく息を吐いてなんとか自分を落ち着かせ、部屋へ戻ると女性社員たちは何事もなかったように仕事をしていた。彼は何も言わずパソコンに向かって仕事を続けたが、あの時たちこめた悪い空気は今でも残っている。

「訳は知らん、お前のせいじゃないと俺は思う。しかし、女が泣くのはよくない。若いのが鬱病になるのもよくない。お前の査定に響く」

思わず、彼は同期の男をまじまじと見つめた。査定、などという言葉が男の口から出ようとは思いもしなかった。男の黒縁眼鏡の奥にかすかな同情が浮かんでいるような気がして、それもまた、彼にはたまらなかった。男は目の前のうどん屋を指さした。

「俺は今日はここって決めてるんだ。お前、どうする」

彼は首を振って隣の定食屋をあごでしゃくった。そうか、じゃあな。男は藍染めの暖簾を払って奥に消えた。男の刈り上げた首筋が妙に太くなっているような気がした。彼は隣の定食屋を通り越し、ずっと遠いカレー屋へと足を進めた。

「特別展　ガーナの装飾棺桶」と書かれた帯が石造りの博物館別館の正面に垂れている。その帯に向かってまっすぐに短い橋がある。博物館は周りを池で囲まれており、そこに白や桃色の蓮が今を盛りと咲いている。すらりと伸びた茎は彼の娘の背丈ほどもあり、夕立の雨よけになりそうなほど大きな葉を広げている。じっと見ていると、彼は足下が揺らぐような不思議な感覚に襲われた。この葉もあの葉も池じゅうのすべての葉が、まるで景色を狂わすようにゆっくりと回っている。その中にある博物館もまた、かすかに揺らいでいる。いや、まさか。風で蓮の葉が揺れているだけではないかと思い直し、橋を渡る。

鈍い金色のドアを開けて中へ入り、チケットを入り口の黒いワンピース姿の女性に差し出すと、ふつうよりもほんの少し長い時間、女性は彼を見つめた。その分、彼の方も女性の顔を見る時間ができた。色素の薄い女だと彼は思った。茶色の目は両端が心持ち上がっていて、頬や鼻にソバカスが芥子粒《けしつぶ》のように散っている。ごゆっくり、女が微笑みもせず頭を下げると、すれすれで肩にかかる茶色の毛先が一斉に白い鎖骨へ向かって流れた。彼はぞくりとした。

会場へ一歩足を踏み入れると、鼻腔に嗅ぎ慣れない匂いが届いた。彼のほかには客は誰もいない。薄暗い館内のあちこちに大きな物体が鎮座している。真っ黄色のカカオ豆、白いメルセデスベンツ、茶色の毒々しい蛾。赤土色のライオンが血を流す獲物をくわえて立っていて、頭に船を載せた青い魚が目を見開いて垂直に立っている。携帯電話、ジェット機、赤唐辛子、聖書、コテ。実際にはずいぶん大きさに差があるはずのものたちだが、ここではみんな似たような大きさだ。そう、人が一人入れるぐらいの大きさ。すべては人間用の棺桶であり、その証拠に背中の部分に切り込みがある。そこに手をかけて蓋を開ければ、一人の人間が横たわるだけの空間が用意されているはずだ。ペンキを塗られ、ぴかぴかに磨かれた、張りぼて、と呼ぶには精巧すぎる最期の住まい。

彼は壁にかけられたボードの説明に目をやった。

——一九四七年が始まりの年だった。

テシという村の村長が、ガー族の主神であるサクモをかたどった輿を乗りまわし、それを見た隣村の長がうらやんで、村一番の大工にカカオ豆の形をした輿を作らせた。その輿が完成する直前に彼は亡くなってしまったが、残された家族はちょうどいいとばかりにそのカカオ豆の輿に彼の遺体を納め、葬ることにしたのである。その葬儀にインスピレーションをひらめかせた大工のカネ・クエイは飛行機に憧れていた祖母が死んだ際、飛行機の形の棺桶を作り、その中に入れて埋葬した。以来、カネ・クエイのもとには死者にちなんだ様々な棺桶の注文が来るようになった。

彼はゆっくりと足を進め、壁に掛けられた写真を一枚一枚見つめる。

青空の下、屈強な男たちが巨大な黄色いカカオ豆を頭に載せて運んでいく。赤い式服の男たちが金色の鷹の周りで歌っている。棺桶をかついだ男たちの前で踊る裸足の女、赤土色のライオンと共に墓穴の中に立ち地上の人間に話しかける男。それら黒人の男や女は皆葬儀を行う者のひたむきさを顔に浮かべている。ひたむきで切実でどこか不安げだ。強烈な日差しを受けて彼らの全身から湯気のように汗が噴き出し、充血した目は疲労の色が濃い。掲示された解説によると、一人あたりの国民所得が年間五万四千円の国で、この棺桶ひとつに四万円を超える金がかかるらしい。葬式を出すまで遺体は冷凍保存される。豪華な葬式を出せば、全体の葬儀費用は五十万円以上というから、残された家族にとっては一世一代の晴れ舞台とも言える。

一枚の写真の前で彼は足を止めた。豪奢なガウンをまとった遺体がなにか白っぽいものの中に眠っている。近づいて目を凝らしていると、後ろから声がした。

「玉ねぎですよ。この老人は生前、玉ねぎ長者と呼ばれていました」

はっと振り返ると、小柄な黒人の男が斜め後ろに立っていた。ぴったりした黒いスーツの真ん中に銀色のストライプのネクタイがぎらぎら光る。

「あの写真のジェット機はビジネスマンのものです。しょっちゅう飛行機に乗って、アメリカや中国に行っていましたから。オウムは教師で、魚は漁師、あのドラム缶はガソリンスタンドの経営者、コテは左官です。あっちのスニーカーは靴好きの男のために作られたもので、聖書はクリスチャンに好まれる形ですね。みんなそれぞれの職業や好きだった物の形の棺桶を家族が注文して作らせ、その中に入るんです。その人の生涯が一つの形になるんです」

男は流暢な日本語を話したが、ほんのわずかに粘つくような訛りがあった。肉厚の頬がくるくる動く目とともに上がったり下がったりした。

生涯が一つの形、か。そのシンプルさは妙に彼の心に引っかかった。彼は大学を卒業してから四十四歳の現在まで大手の損害保険会社の社員であり、資産運用関係の部署で会社の金を回している。まさか巨大な札束の棺桶というわけにもいくまい。そんな棺桶に入れられたら天国へは行けそうにない。彼には趣味、と呼べるものはほとんどない。あえていうなら、読書だろうか。書店で平積みになった時代小説の中で、たまたま目についたものを購入し、夜寝る前に数ページ読むのを趣味と呼べるならばだが。ジム通いも英会話も長続きしなかった。とびきり凄い車に乗っているわけでも、何かの宗教の信徒でもない。彼が今までの人生において、最もがむしゃらに追求し、大部分の時間を費やしてきたものは、やはり仕事以外にはなかった。

黒人の男は足音もさせず、棺桶の間を縫うように歩いて行き、一枚の写真の前で足を止めた。

「これが工房の職人たちです」

写真の男たちは上半身裸で、膝丈のズボンにゴム草履を履いている。赤茶けた土の上のできあがったばかりらしい木彫りのメルセデスベンツに頬を寄せたり、白木の鶏にかんなをかけたりしている。赤いペンキで魚の目の縁取りをする男は、夕日を浴びて男自身の身体が金色に縁取られている。

「工房には外国から観光客が毎日のようにいらっしゃるんですよ。棺桶、といいましても、実のところ、装飾品として購入される方もいます」

「けっこうな値段なんでしょうな」

「まあ、装飾用ですので、硬くて上質な木材を使いまして、ちょっと値段ははりますが、みなさん満足されますよ。先日ひとつ、ドイツ人の医者のお客様からご注文いただいたものを納品したばかりです」

「いくらでした」

「二〇〇〇ドルです。どんな形だと思います？」

「さあ」

「子宮です。婦人科の医者だったんでね」

「ほう」

「実を申しますと、今回のこの催し、展覧会というよりも展示即売会と考えていただけたらいいかと存じます。ここにございますものはすべてご購入可能な品物です」

会場内の棺桶を見渡した男の目がぴたりと彼の顔に据えられた。

「あなたも一つ、いかがですか」

とんでもない。彼は真顔で首を振った。二〇〇〇ドルの買い物など、住宅ローンを抱えた身にはそうそう手が出ない。たとえ買ったとしても、あの家のどこにもこんな大きなものを置く余裕はない。

そのくせ、どうしようもなく、彼は一体の棺桶から目が離せないでいた。それは、あのザリガニだった。その圧倒的な存在感に彼は身がすくむような気がした。新聞の写真でも興味を惹かれたが、予想以上にすばらしかった。頭部と足は表面がざらざらとした触感になるように不規則に小石のようなものを貼りつけた加工が施され、それに対して背中と尻尾は完璧な滑らかさを備えた曲線を描いていた。ザリガニ、というけれど、それは彼が子供の頃どぶ川でうどんを餌に獲ったザリガニとはほど遠く、また、舞台の大道具のようなほかの棺桶とも一線を画した美を秘めている。

「あれ、気になります？」

男は彼の心を見透かすようにザリガニを指した。

彼の返事を待たず、男はザリガニのそばまでやって来ると、彼に向かって手招きした。その場に膝をついて、ザリガニの背中の切り込みに手を掛ける。

「中もご覧ください」

男が蓋を外すと、薄い桃色の布張りの空間が現れた。光沢のある生地のせいか、薄暗い博物館の中でそこからほのかな光が溢れ出し、誘うように彼には感じられた。

「ちょっと入ってみます?」

膝をついたまま、男は彼を見た。眉が山のように上がり、口角がぐいっと持ち上がった。

しかし、男の目は少しも微笑んではいなかった。

「冗談でしょう」

「私は相手を選んでいるんです。必要とされる方にしか、お勧めはしません」

男は声をひそめたが、その分、凄みが増したような気がした。

「靴を脱いでください」

言われたとおり、彼は履いていた革靴を脱ぐと、ザリガニのそばにきちんとそろえた。

「さあ、どうぞ」

棺桶の縁を持ち、おずおずと中へ足を入れる。

「そのまま足を奥まで入れてください、ええ、寝ていただきたいのです。そう、そんなふうに」

内部に敷かれた布の上に彼は体を滑らせた。足を伸ばし、体を完全に横たえると、内部は思ったより広いことに驚いた。黒人の男がささやいた。

「目を閉じて」

「いや、それは」

「目を閉じてください。そうすれば、この寝床の良さが一層おわかりいただけると思います」

目を閉じた瞬間に何か薬でもかがされてどこかへ連れて行かれるのではないか。ほんの少しの好奇心が命取りになるのではないか。さあ、と男の目が迫る。ひげの一本一本まで見えるほど近い。香水と男の体臭が混ざった匂いに彼はむせそうになった。男がさらに近づいて来るのを避けるように、彼は目を閉じた。

まぶたの裏の闇が次の瞬間、明るいグレーの細長い空間に変わった。目の前にいる部長が彼の顔をのぞき込んでいる。会社の廊下だ。部長の大きな顔が間近に迫り、声を落として、お前に決まった、と言う。昇進だ。体中の血が激しく回り始める。来月、内示が出るが、早いとこ言っといた方がいいと思ってな。ありがとうございます。彼は頭を下げる。同期の中でも異例の早さだった。部長はにやりと笑い、しっかりやってくれよ、と彼の腕を叩く。彼は顔を紅潮させて、また頭を下げる。その瞬間、まぶたの裏は再び闇になり、彼は深く短い眠りへ落ちていった。

それから十五分後、目を覚ました彼に、黒人の男がにこやかに微笑みかけた。

「見たいものが見えたでしょう」

彼はどきりとしたが、何が見えたかなど、この男にわかるはずはないと思い直した。

「よく眠れました」

「ええ、そうでしょう。見たい過去が見えるのです。よく眠れないはずがありません」

三十分後、彼は契約書類に記入を済ませていた。売約済みの赤い札が受付の女によってザリガニの背中にべたりと貼られると、彼は喜びと不安と恥ずかしさがないまぜになり、胸が詰まるような気がした。


ザリガニ型棺桶は展示期間の三週間が終わった翌日の夜、彼の自宅に届いた。インターホンにこたえて彼が出ると、ランニングにジーンズ姿の二人の見知らぬ黒人が巨大な包みをトラックから降ろそうとしていた。

「どうも、ガレージの方へ回ってもらえませんか」

「コンバンハ、コンバンハ」

棺桶の包みを頭上に持ち上げた男たちは汗をだらだら流しながら、門を入り、ブロックの階段を上ろうとする。こっちじゃなくてガレージに入れてほしいんだ、と彼が言っても、日本語はまるでわからないようで、階段の上に広がった芝生の上に包みを下ろす。

「ウケトリ、サイン、オネガイシマース」

一人が暗記した言葉をそのまま言いながら差し出した紙に彼が署名をすると、

「アリガトゴザイマース。ナニカアッタラ、ココニオデンワクダサアイ」

英語で書かれた名刺を彼につきだした。

「イイ夜、イイ朝、タノシンデ」

まるでテレビコマーシャルのように二人は声をそろえ、トラックのエンジン音を陽気に響かせて去って行った。

「すげえ」

庭の芝生の上で梱包をといていると、息子が出てきて目を見張った。

「すっごーい」

娘も飛び出てきて三人でザリガニを囲む形になった。月と門灯と街灯の明かりを受けてザリガニはその異様な美しさを発揮していた。娘はザリガニの飛び出た目玉をおっかなびっくり触ってきゃあきゃあ言い、息子はスマホで盛んに写真を撮っている。で、お父さん、これ何？　文字を打ち込みながら、息子が顔を上げる。

まあ、ベッドみたいなものだな。彼は言葉を濁して、包み紙を集めたり紐をぐるぐる巻いたりした。それから息子に手伝わせてザリガニをコンクリート造りのガレージに運び込んだ。ザリガニはひどく重く、いっぱしの若い男となった息子の腕も、彼のややたるんだ腕もひとしく汗をかいていた。お兄ちゃん、左、当たる、お父さん、がんばって。二人の周りを娘がちょろちょろ歩いて騒ぐ。やっとのことで、シャッターを開けたガレージの床にザリガニを置き、背中の蓋を開けると、息子も娘も歓声を上げた。

「これ、お父さんのベッド？」

「ああ」

「じゃあ、お布団、敷かなきゃ」

娘がはしゃいだ声を上げ、三人はうちの方へ駆けていった。奇妙な熱狂が三人を包んでいたのは確かだった。寝室に飛び込んで、彼は夏布団、娘は枕、息子はシーツをそれぞれ手に持ち、また出て行こうとした時だった。

「何なの」

妻が数ヶ月ぶりに彼に向かって口をきいた。

「あれは何なの」

「ザリガニ型の棺桶さ」

「なに、それ」

「ガーナのでさ」

「ガーナ？」

「ほしかったんだ」

「どうして」

「なんとなく」

「どこに置くの」

「ガレージの中」

「車は？」

「駐車場を借りた」

「どこの」

「ここの坂の下」

「もう動かしたってこと？」

「ああ」

「あたしに何にも聞かないで」

「ああ」

「うちにガレージがあるのに、どうして駐車場を借りなきゃいけないのよ」

妻は険しい目をしっかりと彼の目に合わせ、さらに言葉を続けた。リビングルームの白い照明の真下で、彼は妻の顔をしげしげと見た。ひどく老けている。額の上の地殻のねじれのような横皺や両方の目頭から斜め下に向かって頬にハの字を書いたような皺、醤油の飛沫のような染みが頬に見えることは自分より二歳下の女としてうなずけたが、妻の歯には軽い驚きを覚えた。歯全体がうすく黄ばみ、八重歯の隣の半ば隠れた歯に至っては茶渋がこびりついたのか茶色に染まっている。妻の内奥をのぞき込んだような気がして、彼は手に持った花柄の布団に視線を落とした。彼の沈黙は妻の限界点を超すのに十分だった。妻は食卓のコップをつかみ、壁に向かって投げつけた。コップはいやな音で割れた。

これでおあいこだな、と彼は思った。自分が果物籠で妻がコップか。しかし、割れるものを投げるのはよくないな。彼は不思議に落ち着いた気分で割れたコップを片付けた。大きな破片を手で拾って新聞紙に包み、ガムテープで細かな欠片を取った後、掃除機までかけた。一連の作業を彼は淡々と行った。息子はうんざりした顔でシーツを投げ出して二階へ上がってしまい、娘は身の置き所に困ったふうに枕を抱えたままリビングの隅に座った。妻はその間も何かかみつくようにしゃべっていたが、言葉はすべて彼の耳の横を通り過ぎていった。掃除機をかけ終わると食堂は以前より整然と見えた。

寝具を一通り持って、再びガレージへ戻った。後ろを見ると娘がついてきていた。

「お母さん、怒ってるだろ、向こう行ってていいんだぞ」

娘は首を振った。膨らんだ頬が白桃のようだ。

二人でシーツを持ち上げて一度ぴんと張ってから、そろそろとザリガニの中へ敷き込んだ。もういいよ、と彼は言ったが、娘は夏布団の皺を伸ばし、何度も枕の位置を整えようとした。彼は娘がもっと小さかった時に、おもちゃのガスレンジの前に立ち、料理のまねごとを繰り返ししていた様子を思い出した。その時の黒髪にできた光の輪や一心にフライパンを揺する小さな手に対するのと同じ気持ちで、彼は娘をしみじみと見つめた。

ガレージの中は片付いていた。壁面に据えたスチール製の棚の上にキャンプ用具や息子のグローブやバドミントンのラケットなどが見え、灯油のタンクや巻いた絨毯などがなんらかの秩序をもって積まれている。彼はキャンプ用のパイプ椅子と小さなテーブルを広げて着替えをし、ふだんのパジャマでザリガニの中へ体を横たえた。硬すぎず、柔らかすぎず、窮屈ではなく、ちょうど頃合いの寝床だった。

「なんでザリガニなの」

穴の縁に手を掛けて、娘が彼の顔をのぞき込んだ。一瞬、どきりとした。天井の蛍光灯を背負って娘の顔がひどく暗く見える。九つの大きさのまま年をとった娘が、棺桶に入った彼の遺体を眺めているような気がした。

「ザリガニ、きらいか」小さな声で彼は聞いた。

「きらいじゃないけど」

「なんでザリガニかは、お父さんにもわからないんだ」

彼は夏布団を胸まで引き上げて答えた。実のところ、それは彼にとっても気にかかる問題だった。自分はザリガニ獲りではないし、今までの人生でザリガニが自分に与えた影響など皆無といえた。何事においても意味づけの好きな真面目な彼は、この説明のつかなさが会社の懸案事項のように頭の隅に引っかかってはいた。あのガーナ人のいうところの生涯を象徴するものが、ザリガニと自分の関係の中に見いだせないのは確かだ。

「あたし、シマウマの方がよかったな」

「うん、それもいいかもしれない」

とっさに口ではそういったものの、瞬時にその姿が彼の頭に浮かんでこない。シ・マ・ウ・マという音だけがこつこつと頭を叩く。当然知っているはずのものだ、なぜ思い出せないのだ。

「お父さんはちょっとシマウマに似てるよ」

娘は秘密を打ち明けるかのようにそう言った。彼は黙ってうなずいた。娘が大切そうにい

うシマウマがやはり彼の頭には浮かんでこないまま、

「──みっちゃん、電気、消してくれる？」

天井の蛍光灯が消えると、ガレージ内は本当に真っ暗になった。娘は小動物のような声を上げてガレージから出て行った。娘が庭を横切り、ガラス戸を勢いよく開け、また閉めるのを彼は闇の中で聞いた。子供特有のばたばたした物音がいとおしく思えた。すうっと息を吐き、それから目を閉じた。

と、まぶたの裏が白くなった。

史郎ー。雪で覆われた野山に、彼を呼ぶ声がする。彼は雪の積もった斜面の天辺にいる。頬を紅潮させ、毛糸の帽子をかぶった小さな男の子の彼だ。厚手の大きなビニール袋を尻に敷き、急な斜面の上から下を見る。史郎ー、斜面の下から自分を呼ぶのは母だ。母は若い。赤いオーバーを着て、頭は白いショールに包まれている。大丈夫、滑ってらっしゃい。母はこちらに手を上げる。彼は決意を固め、ビニール袋の端をぐいっと持ち上げる。するりと、滑り出す。斜面がどれだけ急だったか、滑り出して初めて彼は気づく。風が激しく顔を刺し、景色は高速で流れ出す。細かく削られた雪の粒が周りにまきちらされ、太陽を反射してきらめくのが彼の目に映って消える。斜面のでこぼこに小さな尻が跳ね上がる。わああっ。自分の幼い歓声が耳元で聞こえ、彼は一瞬で斜面の下の新雪に突っ込んで止まる。母が近づき、雪まみれの彼に笑いかけ、やさしい手がこちらに伸びてくる。その瞬間、まぶたの裏は暗くなり、彼は眠りに落ちた。

翌朝早く、彼は目覚めた。季節は初夏だというのに、研ぎ澄まされた冬の気が体中の細胞の隅々まで行き渡っていくように爽やかだった。ザリガニの寝床に入ったまま、彼は小学校低学年のある冬の日、温暖な彼のふるさとでは五年に一度あるかないかの大雪の日に冷たい風が耳たぶを切ってゆく感覚を思い出していた。それから、寝床を出て、玄関の鍵を開けてうちへ入った。誰もいない台所で自分のためにトーストを焼き、カフェオレを淹れて朝食をすませると、いつものように自転車で駅へと向かった。電車を降り、会社へと向かう間、彼は携帯を手にしていた。話す相手は母だった。父は十年ほど前に亡くなっており、それ以来、母は地元で結婚した姉と暮らしていた。電話代がかかるからとそそくさと電話を切ろうとする母に、腰は痛くないか、風邪は引いていないか、困っていることはないかと彼はしつこいほど尋ねた。

その夜、帰宅して夕食と風呂を済ませた彼はガレージに戻った。ザリガニの寝床についてい目を閉じると、今度は大学のキャンパスを歩く彼が見えた。誰もが一流と呼ぶ大学で、浪人覚悟で受験したのだが、郷里の高校からすんなり合格したのは彼だけだった。履修登録前のいくつかの授業を見て、夕刻になった。まっすぐに学生寮に帰るには早すぎるように思うが、かといってどこかへ行くあてもない。グラウンドで槍投げの練習をする選手たちの姿が見える。白衣のポケットに手を突っ込んで歩く学生たちとすれ違う。彼はまだ、クラブやサークルにも属しておらず、これといった友達もなく、むろん、恋人もいない。見上げると、葉桜が暮れかかった空に枝を広げている。どこからか、ブラスバンド部のホルンの気の抜けたようなぷあーんという音が風に乗って聞こえてくる。ふと、自由だな、と彼は思う。悲しいぐらい自由だ。そんな言葉が頭の中を流れた途端、目の前が真っ暗になった。

翌朝、昨日と同じ時刻に彼は目覚めた。鼻先に懐かしさと切なさがほんのり残っているような気がした。

なんということもない場面ばかりだった。まさかこれほど長い時を経て、脳裏に浮かぶとは思えないものばかりだった。ザリガニの寝床に入って目を閉じる、その瞬間、見えるのだ。過去の場面が。幾重にも折りたたまれたビデオテープの一コマが、覚醒と睡眠のあわいで、ひょいと顔を出す。何が見えるのか、目をつぶるまで予測がつかず、見えたと思ったら、次から次へと見え、そして突然真っ暗になって眠りの淵に落ちる。一旦眠ってしまえば夢も見ず、寝過ぎることも寝足りないこともなく、朝が来れば健やかに目が覚める。

彼はそのうち、前の晩に見た過去の場面を目覚めと共に手帳に書きとめるようになった。時系列どおりには進まず、ささやかなことがほとんどだったが、どの場面も不思議に彼の心を高揚させ、忘れてしまいたくなかったのだ。彼はそれを記録することに深い満足を覚えた。手帳はガレージに置かれた紺色の古いスーツケースにしまって鍵を掛けた。見る者などいないと思っても、用心するにこしたことはなかった。このスーツケースを最初に使ったのはシンガポールへの新婚旅行の時で最後に使ったのはベトナムに出張した時だ。毎朝鍵を掛けるたびにそのことが頭をかすめ、彼の心をほんの少し曇らせた。

ザリガニ型棺桶がうちに来てしばらくして、彼は子会社に出向になった。型どおりの送別会には例の鬱病の男も泣き出した女性社員たちも出席し、彼と離れたテーブルで盛んに飲み食いをしているのが目に入った。

あっちの会社、テコ入れしてこい、と同期の男に肩を叩かれたが、新しい職場は全く畑違いで、若い者に頭を下げて聞かなければならないことだらけだった。半年ほど苦労して仕事を覚え、一から人間関係を作り、どうにか要領をつかんでその場での自分の存在が認められ始めると、途端に彼は倦んだ。仕事は量も緊迫感も、以前いた本社とは比べものにならない。いつ本社に戻れるのだろう。そればかりが頭の中で回っていた。

定時には仕事はすっかり終わり、会社に残る理由はどこを探してもなかった。まだ明るいうちに会社を出ると、真っ赤な夕焼けが自分に押された脱落者の烙印のように見えた。うちに早く帰るのが気が引けて、はじめのうちは本屋やパチンコ屋へ寄って時間をつぶしたが、そのうちばかばかしくなってやめた。彼はまっすぐに帰宅した。息子も半官半民の日本語学校勤めの妻もまだ帰っておらず、娘が一人、塾の宿題をしていた。ひもじそうな娘にインスタントラーメンなど作ってやると、非常に喜ぶ。しかし、彼より二時間ほど遅れてスーパーの袋を両手に提げて帰宅した妻は、お父さんのラーメン、おいしいという娘の報告に眉間に皺を寄せた。ほとんど物も言わず、鍋に水をはって火に掛け、その横で白菜やにんじんを切り始める妻の背中は何者もよせつけないほど硬く、まな板にあたる包丁の音がきりきり聞こえた。

彼は黙って水炊きを食べ、自分の分の食器を洗った。それから入浴を済ませ、その日自分の着ていたものと洗濯籠にあった家族の汚れた衣服を洗濯した。ベランダでワイシャツや息子の体操服や娘のスカートといったものを干した。放射線状に広がった物干しハンガーの洗濯ばさみに靴下やハンカチをとめていく間じゅう、雑草の茂る庭から秋の虫の声が聞こえた。特に悲しくもないが、うれしくもない。

早くザリガニの中に入ろうと彼は思う。ザリガニは彼にとって寝床であり、また劇場でもあった。まぶたの裏のスクリーンに毎晩上映される過去に彼は陶然となり、それを軸として彼の一日は回った。

次第に彼はほかの娯楽から遠ざかっていった。時代小説もテレビ番組もインターネットも彼には必要なかった。そんな時間があれば、その分早くガレージに入り、手帳を読み返し、それから寝床について目を閉じてしまいたい。

2

妻は地下鉄に揺られている。冬の格好をした人々がぎっしり詰め込まれた車内はふだんよりもさらに息苦しい。彼女の心は重かった。今日、引きこもっている学生を訪ねたのだ。学校へも来ず、アルバイトをするわけでも遊び回っているわけでもなく、国にいた時同様、自分の部屋から出られなくなってしまう学生が年に一人か二人、必ずいるのだ。教務主任である彼女は地下鉄で三駅離れたところの学生会館へ行き、エレベーターで八階へ上がって呼び鈴を鳴らした。返事がないので、ひかえめにノックをし、チョウさん、と呼んでみた。やはり、返事はなかった。もう一度ノックをし、さらに、チョウテンメイさん、いますか、と呼びかけた。すすけた緑の小さなドアは黙ったままだった。だが、彼女はスウエットの上下を着た青白い顔の学生がこの薄いドアの向こうで息をひそめているのをじんじんと感じた。まるで舞台上に置かれた家の断面を観客席から見るように、ドアを挟んで自分と学生が対峙しているのが見えるようだった。しばらくそのまま彼女はじっとドアの向こうの学生を見つめていたが、やがてじりじりと後ずさるようにその場から離れ、ちょうどやって来たエレベーターに駆け込んだ。

死んではいないよね、生きてるよね。出席日数が足りなくて卒業もビザの更新もできないかもしれないけれど、そんなことちっぽけなこと、とにかく、その部屋の中で生きていて。極端に狭いエレベーターが降下する間じゅう彼女は祈るようにそんなことを考えていた。

降りる駅が近づき、やっと空いた席に座り込んだ彼女の目に健康飲料の派手派手しいポスターが飛び込んでくる。

家族のために働く！　家族のために飲む！　乳酸菌ＸＸ！

中年のサラリーマンが小さな瓶を持ち上げて笑っている写真が目の前の窓いっぱいに貼られている。ふと夫を思う。出世の階段を三段飛ばしのスピードで上っていたはずの夫が子会社に出されてからもう二年になる。

地下鉄を降りて、私鉄に乗り換え、最後にバスに乗り、寒さの中を白い息を吐きながら我が家に帰ったら、夫が娘と水餃子を食べている。炭水化物は胚芽米と雑穀で十分。夫の作るおやつのせいで、娘は前にもまして丸々と肥えている。

「お母さん、お父さんの水餃子、おいしいよ。すごいの、皮も手作りなの。晩ご飯なあに？

あ、唐揚げ、わあい」

娘がうれしそうにスーパーの袋をのぞき込んでいる。照明の真下にいる娘の膨らんだ頬は薄いピンクでまるでハムのようだ。急いで支度した夕食を娘はさらに幸せそうな顔をして食べる。唐揚げも、いかの刺身も、野菜スープも、そして、それでも足りない顔をして、なんかない？　と彼女を見上げる。

「ない」冷徹に彼女は答える。

「おまえ、食い過ぎ。俺より食ってんじゃん」

高校二年生の息子が言う。自分が生んだとは思えないほど顔立ちの整った息子だ。涼やかな目元、高い鼻、長い手足。前は細いばっかりだったが、去年あたりから精悍さが増し、生来の甘さと混じり合ってまぶしいばかりの魅力を放っている。

「いいじゃないか、みっちゃんは十二歳、成長期だから食べるんだ。好きなだけ食べればいいさ、ほら、お父さんの唐揚げ、あげようか」

夫が皿を娘に向ける。なんにもわかっていない。

「だめよ、もう終わり」彼女は娘に言い放つ。

「なんでえ」不満げに娘が体をよじる。

なぜなら、あなたは肥満体質だから。これから思春期に入ったら、さらに太って、醜くなって、そして、自分の体にゼツボウして口の中に指を突っ込んで食べたものを吐いて、また食べてまた吐いて、過食と拒食を繰り返すに決まっているから。なんでわかるか？　わかるのよ、この私がそうだったから。

彼女の思考とは裏腹に娘は足踏みしてだだをこね、ぽちゃぽちゃのお腹が揺れる。彼女は思わず目をそらす。

「もう一個、唐揚げ食べたい」

「それ以上太ったら、着る服なくなるぞ」

「お兄ちゃん、きらい」

そう、息子の言うとおり。

以前誕生日に義母にもらった赤いワンピースを着た娘はまるで太った金魚そのもので、動くたびに揺れるフリルがひれに見えてボタンがはち切れそうだったから、すぐに人にやってしまった。――うちの方はどっちかっていうとみんな細いんだけどね。久しぶりに孫娘に会うと、社交ダンスで鍛えている義母は決まり文句を呟く。

「みっちゃんはもう終わり。水餃子だって食べてるんだから」

「え、水餃子なんかあったんだ、お父さん、唐揚げ俺にちょうだい」

「お父さんはみっちゃんにあげたいんだ」

夫のあけすけなひいきぶりに彼女は唖然とする。娘に対する愛情の大きさと息子への無関心を夫はそのまま示してしまう。公平に見せようと取り繕うことさえしない。どうしてもっとうまくやらないのだろう。

「俺にはくれないわけ」

息子がむっとして、箸をおく。

「食べ物のことなんかで、もめないでよ」

彼女は自分の唐揚げを息子にやり、娘にはにらみをきかす。

「みっちゃんはもうおしまい」

「じゃあ、プリン食べようっと」

「だめ、やめなさい」

娘はかまわず、冷蔵庫から取り出したプリンの蓋をはがす。食べ物のことになるとやることが早い。彼女は立ち上がり、怒鳴る。

「だめって言ってるでしょ、いつまで食べてるの、そんなに食べるから太るのよ。いい加減にしなさい」

食卓は一度にしんとした。言い過ぎた、声が真剣すぎた、わかってはいても口から出た言葉はもう食卓の空気の中にしみ込んでいて、それをつかんで飲み込むというわけにはいかない。娘は黙って食卓にプリンを置く。

「お風呂に入って、さっさと勉強して寝なさい、受験まであとひと月もないのよ、いつまでも起きててどうするの」

引っ込みがつかない彼女はさらに追い打ちを掛け、娘は風呂場へ駆けていく。かわいそうな娘。かわいそうな昔の私。

「もーらい」

息子はプリンをつかんで席を立つ。

「あんたも勉強」

「ダイジョブ、ダイジョブ」

どうだか。息子は二階の自室へ上がってゆく。たぶんそこでネットやらゲームやらに時間を費やすのだろう。最近また成績が落ちている。

息子はそこそこの私立高校にかろうじて入った。サッカー推薦でもないが、部活動の履歴は助けにはなったのだろう。夫は息子の学校名をできるだけ伏せていて、聞かれた時だけ答え、その後にサッカー馬鹿なもんで、とつけ加える。彼女はそんなことはしない。ただ娘よりずっと息子を愛しているからこそ、彼女には息子の欠点が見えすぎるほど見える。あの子は頭の良さからは見放されている。自分や夫がごく普通にできていたことが、どうやってもできない。その点、娘は違う。生来の真面目さも加わって、娘は日本でトップレベルの私大の付属女子中学校の合格圏内にいる。しかし、その受験の面接のことを考えると心が重くなる。特別の理由のない限り、両親そろっての面接なのである。

斜め前に座った夫が立ち上がって自分の分の茶碗を洗い出した。この場を離れたいのだろう。もうずいぶん前から夫婦は二人きりになることを避けている。口をきいたのはザリガニがうちに来た日が最後で、この三年、二人は同じ場所にいても視線を交わそうとさえしなかった。

茶碗を洗う夫の後ろ姿を彼女は見つめる。やや薄くなった毛髪に白い物が混じり、裾のほつれた古いセーターの背が静かに動く。ほどよい厚みの背中だ。この背中にもたれたり、軽く叩いたり、そんな何気ないふれあいが遠い日の向こうにあった。今頃そんなことを思い出してどうするのだろうと、こみ上げてくる苦みを飲み込んで、「あの」と、小さく呼びかける。

「話があるんだけど」

夫の手が止まる。

「なに」

「大事なことなの」

「それは今じゃなきゃだめかな」

「そういうわけじゃないけど」

「じゃあ、明日にしてくれる」

夫はまた背を向けて皿洗いを続ける。食器をすすぐ水音だけが二人の間に流れる。夫は皿を持ち上げて水を切り、水切り籠に置くと、濡れた手をタオルで拭いて出て行った。

彼女は立ち上がり、水切り籠の彼の茶碗を壁に向かって投げつけようとして、やめた。これが割れたら、片付けるのは自分だ。思わず深い息を吐いて椅子に座り込む。仕事柄、世界のあらゆる肌の色の人々に微笑みかけ、言葉を教え、相手から言葉を引っ張りだそうと試みているというのに、最もそばにいる男とは視線さえずらして生きている。

このまま自分たちは永久凍土の上でお互いを無視し合って生きていくのだろうか。沈黙はもう煩わしかった。娘の受験面接という外からの流れに乗って、この気詰まりな間柄に変化を与えてもいいと思っていたのだ。

本当のことを言えば、彼女は一度、夜にガレージの前まで行き、扉の前に立っていたことがあった。ガレージのドアは銀色のアルミで、引きこもりの学生のうちの扉より、もっと薄い。しかし、彼女はどうしてもノックをすることができなかった。もし夫が扉を開けたら、なんと言えばいいのだろう。一度、午後から半休を取って帰宅し、夫の留守に扉を開けたこともあった。ザリガニが床の中央に置かれていた。その中には布団が敷かれ、パイプ椅子と机、電気スタンド、ステンレスの本棚、衣装ケースやスーツケースなどが手を伸ばせば届く距離にあり、夫が真ん中に座ればぴたりとはまるパズルのようだった。ザリガニはまがまがしかった。棺桶だと思うとぞっとした。つまり、夫は毎晩死んで棺桶に入り、朝になると蘇生して会社へ行っているというわけなのだから。

夫が立ち去った食卓には息子と娘と自分の食器、流しやコンロには汚れた鍋が残っている。ふと、夫は子供の分までは洗わないのだな、と思う。そして、子供に自分で洗うようにしつけるのは夫婦どちらの仕事だろうかと考え、いやな気分になった。

彼女は食卓の片付けをすませたら、明日の夕飯と息子の弁当の下ごしらえをし、娘の学校のプリントに目を通して印を押し、息子の新しい体操服にゼッケンを縫いつけてから、明日の朝までに次期タームの講師たちの時間割を組まなければならない。仕事はやってもやっても終わらない。今すぐ立ち上がって皿を洗い始めなければ、また寝る時間がなくなってしまう。壁の時計を見上げると、真っ白な文字盤の上を黒い秒針が震えながら動いていく。彼女の時間が一秒一秒削られていくのを針はおどおどと、謝りながら告げる。自分の目の前で音を立ててシャッターを下ろした夫の行為よりも、彼女は待ち構えている労働に心底疲弊していた。すぐベッドに潜り込み、朝までなにもかも忘れて眠りたい。二つ並んだベッドの片方を空けたまま一人で眠る白々とした解放感を思いだし、彼女はため息をつく。

先に寝室を移したのは自分のほうだ。夫がベトナムへ出張に行く前の夜だ。夫は彼女の体に腕を回し、分厚いなと言った。そのうえ、なんかにおう、と追い打ちを掛けた。彼女はねじるように体を離し、別に今する必要のない洗濯をした。思春期から大学に入る頃まで体重の増減を繰り返した彼女は夫と出会った二十歳の頃には、やや太めで落ち着いていた。その頃から、それほどの変化はない。たしかに昔から彼女は分厚かったし、夏場には体臭がきつくなった。けれど一度もそんな言葉を夫から言われたことはなかった。ベッドに帰ったら、夫は明かりをつけたまま、うすく口を開けて眠っていた。そばによってみたが、なんのにおいもしない。無味無臭。若い頃と比べてそれほど痩せもせず太りもしない。ただ少し乾いて薄い皺が顔の表面全体に浮かんでいる。夫の体から少しずつ水が抜けていくのではあるまいか。水と一緒になにかが体から漏れ出しているのではないか。夫が出張に出たその晩から彼女は布団一式を座敷に運び込んでそこを寝場所とした。しばらくしたらあのザリガニがうちに来て、今度は夫が寝室を出た。ひと月後、彼女は元の寝室に戻った。一人横になって天井を見上げると、さまざまな思いが頭を駆け巡って眠れなかったが、その時期は長くはなかった。自分の怒りを怒り続けたり、悲しみを悲しみ続けたりする暇が彼女にはなかった。しなければならないことは次々に目の前に現れ、彼女は一つ一つ、つぶしていく。

椅子から立ち上がり、唐揚げで汚れた皿を流しに運ぶ。体の重心をどこかに置き忘れてきたようによろめく。一日のゴールである布団に体を横たえるまで、あと数時間、彼女の仕事は終わらない。

庭に出ると、寒さが心臓にまで届くような気がして、彼は思わず拳を固く握りしめた。黄色い実をたわわにつけた柚の木が月明かりに冴え冴えと見える。芝生を突っ切り、ガレージに駆け込んだ。半ば地下にあるせいか、中は想像以上に温度を保っている。それでも寒いことは寒い。石油ストーブをつけ、パジャマの上に古いセーターを着込みダウンジャケットにくるまる。ストーブの上に載せたやかんが湯気を吹き上げる。キャンプ用のアルミのカップにウイスキーを注ぎ、湯で割って腹に流し込む。熱い物がじんわりと体中に広がってゆく感覚を頼りに彼はストーブを消し、ザリガニの寝床の中に横たわる。吐く息が白くなる前に眠ってしまいたい。

今日妻に話しかけられて彼は心底驚いた。まともに顔さえ見られず、話も聞けなかった。妻の声の思い詰めた響きが芝居のようでたまらなかった。一刻も早くあそこから逃れたくて早々にガレージに駆け込んでしまった。

彼はぐっと目を閉じる。

闇が広がっている。だが、その中にこもった熱とかすかなほこりっぽさがある。二十八歳の彼が古家の廊下を、ネクタイをむしり取りながら歩いている。汗がこめかみや脇の下からにじみ出す。仕事から帰ったばかりだ。「ただいま」と声をかける。返事はない。はじめからわかっているのに、言わずにおれない。新婚の妻はまだ帰っていない。日本語教師など、彼にとっては遊びの延長に見える仕事であるのに、一日のほぼすべての時間を妻は仕事に費やし、理不尽に安い給料に文句を言いながらも、それで満足しているようだった。

建てつけの悪い雨戸を押したり叩いたりして開けると、ちょうど真横に立った街灯に照らされて庭が見える。物干し台と自転車を置いたらいっぱいになる猫の額ほどの庭だ。地面に繋がっているところに住みたいとこれから結婚する女が言い、家賃と相談して電車の駅から歩いて三十分ほどもかかるこの家を借りた。隣との境のフェンス一面に朝顔が咲くのを妻は意外な拾いものをしたように喜んでいた。

と、裏木戸が音を立てる。ベランダに飛び出してすだれをはらうと、ちょうど自転車を押した妻が庭へ入ってくる。

——さき、帰ってたんだね。

闇に浮かんだ朝顔というものがもしあるとすれば、妻はそんな顔をしている。

——くつ、はいてよ。

照れたように妻が言う。ああ、と足下を見る。裸足だ。そのまま、彼は妻の自転車のかごに詰まったスーパーの袋を持ち上げる。

――足、汚い。

――うん。

彼は黒い毛が数本生えた足指に目を落とす。

――裏だよ、裏。

――うん。

やっぱりそのまま畳に上がり、スーパーの袋を食卓に置く。

――しかたないわねえ、今日は酢豚だよお。

妻は物干しから洗濯物をはがし、両手にいっぱい、シャツや靴下やパンツを抱えて中へ入って来る。明るいところで見る妻は、朝顔なんかではない。少し離れ気味の両目が濡れて光り、こちらが気恥ずかしくなるほどの生気に溢れた熱帯植物のようだ。その昔、妻は彼の大学の後輩の恋人であり、学生寮に遊びに来ていて彼と知り合った。寮の台所でかいがいしく料理を作り、そこにいた誰にでも振る舞ってくれたのだが、彼が強烈に惹かれたのは料理などではなく、その生気だった。酔っ払った後輩がいびきをかいている隙に、つきあってくれと彼が口走り、そうしむけた彼女はそれを受けた。

今も、弾力のある体が狭い台所と居間の彼のすぐそばで動く。妻は彼の背や肩に触れる。野性味のあるにおいが鼻腔に伝わる。ほとんど体臭のない彼はそれをどう扱っていいものかよくわからない。距離を置きたくなるような、それでいて巻き込まれてしまいたくなるような、甘くふてぶてしいにおい。それは食事と風呂を済ませ、電気を消した夜の布団の中で一層濃くなって彼を打つ。彼は渦に巻き込まれまいと目を見開く。

彼のまぶたのスクリーンは真っ暗になり、彼は穴に落ちるように眠った。

翌朝、不思議な高揚感に突き上げられて彼は目覚めた。まっすぐに起き上がって電気をつけた。ザリガニの背中のピンクと緑と黄色の縞がいつもより冴え冴えと目に飛び込んできた。手帳に新婚の妻を抱く、と記す。書いた瞬間、激しい恥ずかしさに襲われたが、手帳にまで嘘はつきたくなかった。スーツケースに手帳を放り込んで鍵をかけ、外へ出ると、夜明けはまだだった。西の空に硬質な月が出ている。冷気に白い息を吐いて庭を大股で突っ切りながら、その実、彼は少しも寒さを感じなかった。

寝ている妻のそばへ行って、昨日の話は何だったのか聞いてみたい。もしできるなら、そのまま布団に潜り込み、あのにおいに巻き込まれ、こちらをはじき返すような肌に触れて、なし崩しに体を合わせてしまいたい。これほどの強い欲望を持ったことに彼は自分でも驚き、当惑していた。まるで夜這いじゃないか。全く、三年も口をきかないでいたあげく。ほかの女との可能性でも考えればいいものを、やはり俺は妻のところへ行くのか。そう考えると、笑いが腹の底からこみ上げてきた。しかたがない、しかたがない。彼は開き直った。今現在、妻ほど自分に欲望を感じさせる女はいないし、その欲望に何の言い訳もせずそのまま引っ張られてしまいたいのだ。

妻が自分を受け入れてくれるかどうか、彼にはわからない。しかし、三年の沈黙を先に破ったのは妻の方だ。大事な話があると妻は言った。この不自然な関係に終止符を打って、離婚したいというのだろうか。いや、そうではないだろう。あの声は思い詰めてはいたが、かすかに媚びのようなものが含まれていた。俺に手を伸ばしたいのにわざときつい言葉を投げかけてくる、以前の妻の名残のようなものがあったじゃないか。

心臓がどくどくと鳴り始める。自分のうちの鍵を開け、廊下を進むのに俺はどうしてこんなにこっそりとやっているのだろう。笑いが本当に口からこぼれそうになり、彼はあわてて飲み込んだ。

かつての二人の寝室のドアを開ける。薄暗い室内にこもった妻のにおいが鼻腔をくすぐった。壁側のベッド、以前自分が寝ていたところには妻の衣服が乱雑に置かれ、ぱっと見たところ彼の所有物はひとつもない。胸の笑いが消えていく。妻が窓際のベッドで顔を真上に向けて眠っている。緊張が体の芯を徐々に硬くしていく。自分はここへ入ってもいいのだろうか。自分たちは気安く部屋へ入ったり、寝床へ潜り込んだりできるようなそんな関係なのだろうか。

真っ白い毛足の長い敷物がドアとベッドの間に敷かれている。初めて見る物だ。彼は恐る恐るその敷物を踏んで、窓際のベッドへ近づいた。

枕のこちら側に立って、そのまま数秒、彼は妻の寝顔を見下ろしていた。昨日まぶたの裏に見た妻とは随分違っている。以前の溢れかえるような生気はするりと抜け落ち、ひどく静かな中年の女の顔がそこにあった。

そのうち、眉間の辺りを開くようにして、不安が彼の脳裏をよぎった。静かすぎるのではないか。まさか、眠っている間に死んでしまったのではないか。彼は少しかがんで妻の口元に耳を近づけようとした。寝息は聞こえてこない。自分の早鐘のような心臓の音に邪魔されてなのか、あたりに立ちこめた沈黙が耳に刺さるせいか……。いや、やはり、妻は死んだのだ。そう考えて、あっと気づくことがあった。昨晩まぶたに映った妻は自分が死んだことを俺に知らせたかったのではないか。それなのに俺ときたら、頭の天辺まで欲望で一杯になって夜這いにやってきたというわけだ。なんて夫婦だ。心臓マッサージか、人工呼吸か、救急車を呼ぶべきか、ああ、どれもこれも遅すぎる、妻はもう死んでいる、死んでいるにちがいない。彼はおろおろと辺りを見回し、それからもう一度、横たわった妻にかぶさるように近づいた。

と、その時、かっと妻の目が開いた。

「なにしてるの」

上下逆さまになった妻がこちらを見上げて言った。虚を突かれてうろたえたのは彼の方だった。

「いや、昨日のことが気になって……、何か言いかけただろう。話があるんじゃなかったのか」

妻は全く姿勢を変えず、じっと彼を見つめていた。

「昨日はあったのよ、だけど今日はもうないわ」

そういうと、妻は再び目を閉じた。

「昨日あったんなら、今日もあるだろ、何だ、何なんだ」

閉じたまぶたに向かって彼は詰め寄った。妻は答えなかった。

「待てよ、寝るなよ、何が言いたかったんだ、おい、答えろ、答えてくれ」

答えの代わりに妻の寝息が聞こえた。ただまぶたを開けて閉じる、それだけの動きで彼は追い払われるのだ。寝るな、起きろ、答えてくれ。彼の声は行き場を失って壁に当たり、落下すると落ち着きなく転がった。彼はいまや完全に妻一人のものとなった寝室を飛び出した。

自分の声の最期など見ていたくはなかった。

3

それからひと月ほど経った一月半ばの早朝、彼と妻と娘の三人は正装して玄関の門を出る。

「行って来ます」

紺色のコートを着た娘が門の内側にいる兄を見上げる。

「お前、それ着ると細く見える」

兄の言葉に妹ははにかんで笑う。今日は第一志望であるK女子中学の受験の日だ。

「ダイジョブ、俺と違って、お前は頭いいから、絶対受かるって」

妹は小さく手を振ると、道で待つ両親のもとへ駆けだした。

前々から、受験の日は父と母と三人で行くのだと、うれしそうに兄に告げていた。この日まで妹は互いに一言も口をきかない両親の間を走り回ってつないだ。塾からもらった面接の資料を二人に配り、それぞれと練習を重ねて今日に至る。今、妹は強ばった顔の父の腕を取り、あれは持ったかこれは持ったかといらいらと尋ねる母に言葉を返しながら、これ以上ないほど満ち足りて見える。

妹の満足はうれしいが、息子は三人がいなくなってくれたことが一番うれしい。すぐにスマホを取り出し、緊張した面持ちでメールを送る。恋人へ、いや、そう思いたい女へ、待っていると書く。一時間後、ショウコはやって来る。Pコートにロングブーツ姿でポケットに手を突っ込んで、門の向こう、さっき妹が立っていたのと同じところに立っている。前から約束はしてあったにもかかわらず、来るかどうか半信半疑だった息子は動揺し、顔を赤らめて満足にしゃべることもできない。

「ザリガニ、見せてくれるんだよね」

ショウコは余計な挨拶をしない。余計な飾りや余計な人間関係も極端に嫌う。長い髪はそのまま染めたこともなく黒々として、化粧もまったくしていないが、どんな化粧品を塗ったとしてもただ肌を汚すことになりかねないほどつややかな肌をしている。彼女は誰とも交わらない。いつも一人で本を読んでいるか、眠っているか、さもなければ、窓の外を見ている。きれいだけれど、変わった女、あれって自閉症?、人と会話できないんだろ、というのがショウコに関する大まかな評価だった。

その彼女が、息子に話しかけてきたのはほんのひと月前のことだ。スマホの写真を他の生徒に見せていたら、学生服の裾をつかまれた。

――それ、ガーナの装飾棺桶でしょ。

面食らった。

――絶対そう、ガーナの棺桶。

白い顔がみるみる紅潮して目には強い光が宿った。まともに彼女の顔を見たのはそれが初めてだった。度肝を抜かれた。きれいだ。滔々と装飾棺桶について語っている。息子は、彼女の睫の震えや、柔らかな唇の動きを目で追うのに精一杯で、話は全く頭に入らなかったが、もう夢中だった。

これまでの恋愛もどきは膨大な無駄としか思えなかった。息子は何回かショウコが校門を出るところを待ち伏せ、そのうち並んで歩くことを許されるようになった。息子は有頂天になり、デートに誘ったが、ショウコは映画にもカラオケにも遊園地にもしらけたような顔しか見せない。どこ行きたい、と聞くと、あんたんちのザリガニが見たい、としか言わない。

息子は緊張を抑えつつ、門を開ける。

「うちの中でなんか飲むか？」

「いいよ、ザリガニ見に来ただけだから」

ショウコは首を振る。息子はうなずいてガレージへ連れて行く。

薄暗がりの中に黒い塊が見えた。電気をつけるとやはり異形としかいいようのない姿が現れる。ザリガニはこちらを向いてはさみを振り上げている。黄色と黒の離れた目はどこにも焦点が合わない。頭部と長い触角の上に無数につけられた黄色い突起がぎらぎら光る。

ショウコの顔に前に写真を見せた時の興奮が表れる。

「すごい、ライオン型が一番かと思ってたけど、やっぱりこのザリガニの方が洗練されてる。ねえ、触ってもいい？」

息子は深い満足を得る。ショウコはザリガニの目を撫で、触角をつつき、派手派手しいはさみを、ざらざらした甲羅をなめらかな指と掌で撫でる。

「布団がある」

「オヤジが寝てるんだ」

「お母さんと？」

「まさか。オヤジ一人でだよ」

「中に入ってもいいかな」

息子は少し驚いたが、すぐうなずく。布団をきれいにしておけばよかったな、と思う。この中に入りたいと言うとは思ってもみなかった。ショウコはPコートをパイプ椅子の背にかける。それから長いブーツのファスナーを下げ、紺色のハイソックスの足をそろりと持ち上げる。黒いタートルネックにカーキのショートパンツでザリガニに入ったショウコの姿をほとんど崇拝に近い気持ちで息子は眺める。これってなんかの絵みたいだよな。貝殻の上のビーナス、ザリガニの上のショウコ。ショウコのほうが百倍きれいだ。

「ちょっと、横になってもいい」

「どうぞ、好きにしてくれ」

ショウコはそろりと棺桶に潜り込むと、青い花柄の布団を首のぎりぎりのところまで引き上げて目を閉じた。黒々とした長い髪を敷いて、眉も睫も濃い白い顔がザリガニの中に不思議に収まった。息子は棺桶のそばのパイプ椅子に座り、その様をまじまじと見ていた。やがて長い息をひとつ吐いたかと思うと、ショウコに異変が起こったことが息子にはわかった。それが何なのか、うまくいえない。ただ明らかに尋常ではないことが、この白くなめらかな皮膚の下で起こっている。薄皮一枚下を流れていくものがあるのだ。ショウコ、ショウコ、言いようのない恐怖を感じ、息子は呼びかける。いやな気配は、ものの三十秒もすると消え、代わりに小さな寝息が聞こえた。息子はほっと息をつき、棺桶の隣でタバコに火をつけた。キャンプ用のアルミの皿に灰を落とし、一本吸い終えた時、ショウコが眠りから覚めた。

「不思議」

目を覚ましたショウコがこちらを見上げる。

「さっき、目を閉じたら、水の中だったの。汚い緑色の。あたし、五つの時に近所の池で釣りしてたお父さんの横で遊んでて、落ちたの。すぐお父さんが助けてくれたから、溺れたわけじゃないんだけど、一瞬、もう死ぬんだって思ったことは覚えてる。水の中で上の方を見上げたら、ゆるい光があって、そこからお父さんが下りてきた。ああ大丈夫だって思った」

「夢、見てたんだな。いや、なんか変だったんだ」

「夢じゃない。さっきここに入って目を閉じたら、すぐに見えたのよ。池に落ちたのは本当にあったこと。あの日、二人ともびしょびしょになって、うちに帰ったら、お母さんが血相変えて、怒鳴った」

「まあ、そうだろうな」

「両親は次の年には離婚したわ。別にそのせいじゃないけど」

「そうか。今はどっちと暮らしてるの」

「お母さん。はじめは月一ぐらいでお父さんとも会ってたけど、そのうち会わなくなって」

「お母さんが会わせない、とか」

ショウコは首を振る。

「ちがう、お父さん、めんどうくさいのよ、あたしと会うのが」

「うちはオヤジとオフクロ、典型的な家庭内別居だぜ。目も合わせないし。まあ、こんなとこで一人でオヤジが寝てるんだから、わかるだろうけど」

「ねえ、あなたの最初の記憶って何」

息子はショウコに断って二本目のタバコに火をつける。

「んー、俺が四つぐらいかなあ、オヤジに殴られたんだ。オヤジ、口は出すけど、手は出すタイプじゃなかったから、正直、痛いっていうより、びっくりした」

「なんで殴られたの」

「それが未だにわかんないんだけど、ハンバーグ食べてるオヤジに、俺、それ猫肉だって言ったんだ。なんかその日近所の小学生と遊んでて、そいつが、あそこのハンバーガー屋は猫の肉使ってるんだぜ、気をつけろって言ってたからさ。俺がそんなこと言ったのは、ただふざけてただけ。だけど、オヤジ、マジになってハンバーグ吐き出して、いい加減なこと言うなーって張り倒された。それが俺の最初の記憶」

「気の毒」ザリガニ型棺桶に横になったまま、ショウコがげらげら笑う。頬に赤みが差して、なまめかしい。

「ザリガニ、気に入った?」

「うん」

「だけど、なんで、こんなもの」

「棺桶は安心できる。死んだ人を守ってくれる。しかも、ポップ」

「俺はなんか気色わるいけどな」

「あたしは気持ちいい」

ショウコは上半身を起こし大きく伸びをする。そのついでみたいに「あなたも入れば？」

息子は耳を疑う。

「さあ」ショウコの手が伸びる。息子はあわてて手を振る。

「いや、いいっす。俺、このシチュエーションでそこに入ったら、何するかわかんねえから」

「いいよ、何したって」

ショウコはセーターをめくりあげる。

「ここで、しよう」

セーターを脱ぐと、そっけない白いタンクトップが現れる。

息子は固く結んだ靴紐をほどくのももどかしく、乱暴に靴を脱ぎ捨て、ばくばくいう心臓をショウコの静かな体に押し当てる。ザリガニは二人が横になるには狭苦しい。

「俺のベッド、行かない？」

「ここでなければ、しない」

ショウコの黒い瞳が射るようにこちらを見据える。二人の息づかいが荒くなる。息子は掛け布団を放り出す。抱き合った彼らが震えると、ザリガニも小刻みに震え、コンクリートの床に当たってがたがたと音を立てる。ザリガニが砕けてしまうのではないかと息子は思う。触角が取れ、目玉が落ち、足がもげ、無数に貼りつけられた黄色い突起がはね飛び、そして殻が砕け、最後には自分の熱とショウコの熱で燃え上がるにちがいない。

しかし、実際にはザリガニは丈夫だ。砕けもしないし、燃えることもない。すべてが終わった後、二人は重なり合って死んだように横たわり、自分たちは今、一番ふさわしい場所にいると思った。

K女子中学校入学試験の面接官は、硬い表情の両親の間に座ってはきはきと答えるかなり肥満気味の娘に、ある種の感銘を受ける。これほど面接でにこにこしている娘はいなかった。お嬢さんはどんな性格ですかと聞かれた母の答えが短すぎると感じたらしい父親が付け足しをし、また娘さんが小学生時代に参加した活動はという質問に即答できない父親に母親が代わって答えた時、娘は頬を紅潮させて自分の左右に座った両親の顔をかわるがわる見ていた。では、これで面接は終わりです、と面接官が言うと、娘は立って一礼し、父と母の手をそれぞれ握って「ああ、幸せ」と呟いた。母親はきまり悪げに娘をたしなめたが、父親はある種の思いに胸をつかれたようだ。やっと終わってほっとしましたか、と校長が声をかけて一同笑いが起こり、母親も父親も曖昧な笑顔を見せて退室していったが、面接官だけは心中違和感を感じ続けていた。娘は面接会場に入ってきた時からずっと笑顔だった。それは表面だけではなく娘の心の底の喜びが、抑えても抑えても全身にあふれ出てくるといったように見えた。

しばらくしてすべての面接が終わり、ふと窓の外に視線をやった面接官は、校舎を出ていく受験生と親たちの群れの中に三人の姿を認めた。採点中だったので、じっと見ていることはできなかったが、母親が先頭に立ち、その後ろに娘、そしてずいぶん離れて父親が続いた。母親の角張った歩き方と、母親を追いかけようと鞠のような体を弾ませる娘と、どちらからも遅れて所在なげにのろのろと歩く父親の姿に面接官は心が削られるような気がした。

次の日、娘の受験番号はほかの合格者の番号と共に貼り出された。この学校の教頭であるところの面接官は後ろに手を組んで、掲示板の横に立っていた。娘は母親と二人で発表を見に来ていたが、たいしてうれしそうでもなく、あの面接の時のような幸福感はどこにも感じられなかった。

ガレージでの息子たちの密会はしばらく続く。誰もいない昼間、もしショウコの気分が乗れば、二人はそろって授業を抜けだし、ザリガニ型棺桶に潜り込む。息子の頭の中にはショウコしかいない。ショウコと会っている時は目がショウコに釘付けになり、会っていない時は思考のすべてにショウコが影を落とす。問題は二人の思考方法が大きく違っているということだ。ショウコの文法は息子の文法とは異なっている。いくら話しても抱きしめても、息子には核のようなものがつかめない。息子の成績はさらに落ち続け、サッカー部ではレギュラーを外される。中途半端なことが嫌いな監督は眉間に皺を寄せる。お前は優秀な選手だが、練習をサボる奴は志気を下げる。練習に真面目に来るか、すっぱりクラブを辞めるかどっちかだ。息子は簡単にクラブを辞めてしまう。両立は無理だ。ショウコを何かと両立させるなど、今の彼には不可能に近い。

妻はすぐに息子の変化に気づく。息子は時として快活にしゃべり、次の日には沈み込んで部屋から出てこなくなる。自分から恋人の話をしたことはないが、気がつかないうちにショウコとのあれこれの片鱗を母親の前でこぼしてしまう。母は欠片を拾い集め、「恋わずらい」と診断を下す。息子も夫もいない夜のリビングで娘を相手に自分の見立てを話す。お兄ちゃんはかなり重症。でも、まあ、そんなこともなくちゃ、若いうちに女の子に振り回される経験もしておかなきゃ、本当にいい男にはなれないから。

そうだよね。娘は丸々とした顔をほんの少し強ばらせてうなずく。一度、娘は兄の恋人を見かけたことがあるのだ。ある日、学校から帰って門を開けようとしたら、ガレージのドアが開いて、兄の高校の制服を着た女の子が出てきた。女の子は鹿の精みたいにほっそりとしてきれいだったが、自分がきれいであることには何の価値も置いていないように見えた。整えたあともない黒々とした眉毛の下の大きな目でじっとこちらを見つめ、イモウト？　と聞いた。妹は白い襟のついた明るいグレーのセーラー服に包んだ体を、できる限り縮ませて、はい、とうなずいた。似てないんだ、と女の子はすらりと言った。妹は門扉の向こう側に突っ立ったまま、ほとんど泣きそうになった。玄関のドアが開き、兄が慌てて出てきた。お前、早いな、何やってんだよ、入れよ。兄は門扉を開け、妹は体をすくめて入り込んだ。女の子はじっとこちらを見ていたが、ふいっと兄に向かって首を回し、あんたに似てなくてかわいいと言った。なんだよ、そうかよ。兄は女の子の肩に手を回し、女の子はふふっと笑った。妹は真っ赤になり、玄関からうちの中へ駆け込んで自分の二階の部屋へ階段を駆け上がった。おそろしく息が切れたが、生まれて初めて他人に言われた「かわいい」だけが頭の中でがんがん鳴った。二階の窓からそっと下を見ると、兄は恋人の腰に手を回し、道を歩いて行った。娘の心臓は苦しくなり、頬は依然として赤かった。古今東西の恋愛小説を読みあさっていたので、頭の中には様々な恋の喜びや痛みが折りたたまれて詰まってはいたが、娘は人を好きになったこともなく、恋人たちの姿をこんなに近くで見たことさえ初めてだった。兄とその恋人の生々しさは娘を苦しませた。

彼だけが蚊帳の外にいる。彼には息子はもともと自堕落で落ち着きなく見える。それだけだ。ショウコとの逢瀬の後、息子は棺桶の中をのぞき込み、注意深くその痕跡を消していたので、彼は全く気がつかない。いつもどおりザリガニで以前の記憶をまぶたに蘇らせてから眠り、爽快に目覚めると会社へ行き、そこで求められるだけの仕事をした。多すぎることも少なすぎることもなく、彼は働いた。

葉桜の緑が目に柔らかな頃のことだ。もう石油ストーブもしまい時だと考えながら、ガレージに入った瞬間、彼は奇妙な違和感を覚えた。パイプ椅子とテーブルの上に見慣れないTシャツとブルージーンズがのっている。目を疑った。ザリガニの蓋が閉まっている。今まで閉めたこともなかったのに。そういえば、ガレージのドアは開いたままだった。彼はザリガニに近づき、気配をうかがう。何かがここにあるに違いない。蓋と本体の切れ目に手をかけ、持ち上げる。

「わああああっ」

叫び声をあげ、彼は棺からとびのいた。裸の若い女が目を閉じて横たわっているではないか。女の顔は紙のように白く、長い黒髪がその顔を縁取って、若い乳房から白い腹へと流れている。とても生きているように見えない。全身から冷たい汗が噴き出した。

俺が女を殺してここに埋葬したのだろうか。

女はまったく見たこともない女で、彼には女を殺した覚えなどなく、まして、棺桶に詰め込んだ覚えもなかった。それにもかかわらず、自分の悪事を自分で暴いたような奇妙な感覚が彼をとらえた。

「おい」

ドアのそばから、棺桶に向かって恐る恐る声をかける。おい、起きろ。目を覚まさない女に向かってさらに声を強め、近づいていってその頬に手を触れた。温かい。生きている。彼は少し気が大きくなり、女の肩をつかんで数回揺らした。と、女の白い顔が歪み、ふっと目が開いた。

「お前は、誰なんだ」

女は眉を寄せ、うっとうしそうにこちらを見上げた。

「お前、生きてるよな」

女はよろよろと右手を挙げて棚を指さした。「ウイスキーとって」

「なんだと」

「気付け薬よ。その二番目の棚にあるでしょ」

「なんで俺のウイスキーの場所を知ってるんだ」

「なんでもいいじゃない、早くっ」

わけがわからないが、女の言うことには逆らえないなにかがあった。女はアルミカップについだ酒を一口あおって首を振り、体を伸ばすと、瞳をぐるりと回して彼を見た。

「どういうわけでここにいる」

「それはあなたの息子に聞いてください」

「息子の友達か」

「さあ、なんといったらいいかわからないわ。——おじさん、そこにあたしの服があるからとってくれない。それから、ここから出て行ってあたしがいいというまで入ってこないで、わかったわね」

彼はおとなしくガレージを出て、ドアの向こうでショウコに呼ばれるのを待った。たっぷり十分ほどして「いいわ」という声がし、扉を開けると、服を着たショウコがパイプ椅子に座って膝までのブーツを引っ張り上げている。

「ごめんなさい、ブーツってちょっとめんどう」

ブーツのファスナーをピシッと上まで上げると、立ち上がった。美しい女だった。

「息子となにがあった。あいつがあんたをここへ連れてきて、閉じ込めたのか」

俺は犯罪者の父親なのだろうな。女は冷静に首を振った。

「それは半分正しくて半分間違っています。あたしは自分でここへ来て、ザリガニの中へ入って、それからあなたの息子さんが蓋を閉めただけ。で、それからどこかへ行っちゃったのよ。彼はあたしが中から開けられると思ってたの、たぶん。知らなかったわ、あの蓋はけっして中からは開けられないのね。おじさんも気をつけて」

「あいつ、なんてことをしたんだ、待ってろ、呼んでくる。いや、まだ帰ってなかったぞ、どこへ行ったんだ、呼び戻してはっきりさせてやる」

あわてる彼の腕を女はつかんだ。

「おじさん、落ち着いて。あたしたち、もう会わないって決めたんです。まあ、決めたのはあたしだけど」

女は彼に微笑んだ。

「ザリガニさんのおかげで、あたし自分のお父さんに会わせてもらった。感謝します」

女の一言が彼を揺さぶった。

「俺のザリガニで寝たのか?」

「何回か。だけど、もういいかなって思う。飽きたっていうか。だってあたしの過去なんてたかがしれてるから。マインドリーディング教えてくれる友達ができたんで、まあそっちのほうがおもしろいかなって思って」

「帰れ」

彼は怒鳴った。帰れ、帰れ、二度と俺のザリガニと俺の息子に近づくな。彼は女の肩をつかんで門の方へ連れて行った。

「キレ方、息子とおんなじー」

女は面白がってけらけら笑い出し、されるがままになっている。彼は怒りで顔を真っ赤にし、女を門の外へ押し出した。

「おじさん、ザリガニって飽きない？」

女は手を振って帰って行った。

その夜遅く、帰って来た息子を彼はガレージに引き入れた。息子は酒臭い息を吐き、足下もおぼつかない。

「お前、なんだあの女の子は」

「ショウコ、いたの」

「ああ、ここで寝てたぞ。お前が蓋をしたから開けられなくて大変だったんだぞ」

息子は黙って棺桶を蹴りつけた。

「何するんだ」

思わず息子の頬を張ると、重心を失った息子はガレージの床に尻餅をついた。血走った目で彼を睨み、息子はのそりと立ち上がった。身長は彼よりはるかに高く、Tシャツの下の鍛え上げた筋肉が迫ってくるようだった。殴り返される、と身構えたところ、

「異常なんだよ、オヤジ」

息子がぼそりと呟いた。

「ザリガニの棺桶なんかに寝やがって。お母さんのこと、考えろよ、こんなとこで寝てるって、おかしいだろ、好きで結婚したんだろ、一緒に寝てくれよ」

意外なことに息子は最後には涙声になった。

いや、俺だって、がんばろうと思ったことはあって、だけど……。もごもごと彼は口走った。

「好きな女と結婚できたら、俺だったら、別々になんか寝ない」

息子は彼の言葉は耳に入らないようで、さらに泣きじゃくり始めた。顔が真っ赤になり、泣きながら怒っている。それはずっと昔の幼児の頃と同じだった。小さかった息子は短気ですぐに泣いて暴れた。整ったかわいらしい顔が怒りのために狂ったようになり、小さな手足をめちゃくちゃに振り回して爆発したものだ。

「おい、泣くな、泣くなよ」

一瞬彼は息子の大きさを忘れ、幼子をあやすようにその肩に手を伸ばした。

「お前、一回ぐらいの失恋がなんだ」

息子は赤い目で、きっと彼を見据えた。

「あの子じゃなくたって、ほかにいろいろいるだろ、お前なら」

「うるせえ」

息子はいきなり、ザリガニの頭に跳び蹴りをかました。黄色と黒の飛び出た右目がぐらりと傾いて床に落ちた。

「出て行け」

彼は顔を真っ赤にして怒鳴った。息子は叩きつけるようにドアを閉めた。ドアの向こうにいたらしい妻が息子に何か言っている。どいつもこいつも、出て行け、出て行け。彼はぶつぶつ言うと、ウイスキーをあおってザリガニに横になった。

目を閉じると、まぶたの裏は雨だった。

激しい雨が車のフロントガラスに叩きつけている。ワイパーがせわしなく動き、雨をかきわける。彼は汗ばんだ手でハンドルを握り、峠を越えようとしている。夜が迫り始めている。早くうちへ帰らなければならない。出掛けに玄関でジョギングシューズの紐を結んでいる彼の背に四つの息子がもたれかかり、パパ、どこ行くのと聞いた。ジムだよ、運動してくる、と彼は答えた。ふうん、何時、帰るの。息子はさらに聞いた。六時頃と彼は答えた。晩ご飯、ハンバーグってママが言ってた。ああ、わかった、いっしょに食べような。うん、いっちょ、食べる。息子は小さな手を振って、行ってらっちゃいと言った。サ行がすべて夕行になってしまうその声は、車で走り出てからしばらくの間、彼の脳裏に小さく響いていた。

今、時刻は五時半を回り、彼は自宅から一時間はゆうにかかる山道にいた。眉間に皺を寄せ、アクセルを踏み込む。車が唸りをあげる。

後部座席に女がいる。隣県の女のアパートと彼の自宅との間には山地が横たわっていて、急カーブの多いこの山道を越えるのが、もっとも早かった。

もっとゆっくり運転してくれる、恐いわ。女が静かに言った。わかってる。彼は前を見つめたまま不機嫌に言い返す。女の足下には猫がいる。さっき彼が山道で轢いた猫だ。白地に黄土色と茶色の斑《ぶち》がある野良で、かたく目をつぶり、腹は血で汚れている。当たった衝撃はそれほど感じなかったが、助手席の彼の女はその大きな目ではっきりと見ていた。ハイスピードで迫る車に猫が怯えて止まり、それから錯乱したように飛び出して車にぶつかって飛ばされ、道路に叩きつけられるまでを目に焼き付けたのだ。アスファルトに横たわった猫を女は抱き上げて、動物病院へ運ぶのだといって聞かなかった。女は雨と猫の血と泥で汚れ、隈取りのように目の周りを赤くさせて彼を見据えた。彼はひどく動揺した。猫を病院へ連れて行くなどしていたら、うちに帰るのは何時になるか。だいたい土曜日のこんな時間に動物病院が開いているのかどうか。

帰りたければ帰りなさいよ。ぐずぐずしている彼を道の真ん中で女は怒鳴りつけた。あたしはタクシーでもなんでも呼ぶから、あなたは帰ればいい。だいたい、来なくていいって言ったのに、あなたなんで来たのよ。

彼は車から外へ出もせずに、びしょ濡れで叫ぶ女を呆然と見つめた。女は彼の部下だった。入社して五年ほどの二十代の後半という若さで、もし女が望めばどんな男でも心を動かされそうな美しさを持っていたが、女は会社では喜怒哀楽を頬の緩み程度でしか表さず、驚くほどの速さと正確さで黙々と事務仕事をこなした。そして、ある夜を境に彼と不倫の関係にあった。恐る恐る仕掛けた誘いに冷静で美しい若い女がのったことに、彼は面食らいながら非常な誇らしさを感じていた。女は彼にそういった気持ちを抱かせるような資質を備えていた。誰に見せるわけでもなく、むしろ見られてはいけない関係だったにもかかわらず、彼はほかの男たちへの優越感でいっぱいになった。

彼はこの若い女にのめり込んではいたが、家庭をこわしてどうこうするといったことは考えてはいなかった。女もそれを望んでいる気配は見られなかった。男の家族とふたりの関係は全く別の次元に存在し、衝突することはおろかすれ違うことさえないように振る舞っていた。事実彼は、女が少しも嫉妬に乱れないことが物足りなくもあり、また、誇らしくもあった。

今日、女はさっきまで助手席に座って上機嫌だった。白い指で彼の頬をはじき、ふふっと笑った。彼がむきになって語った何かの言葉に対する答えだったのだが、女の顔はのぼせたように頬がばら色で、彼は今更ながらどきりとした。雨っていいわね、女は降りしきる雨を黒いワイパーがかき分けるのを見て呟いた。もっと大雨が降ればいいのに。女は子供っぽくそういって伸びをした。女の仕草に数時間前の情交が頭をよぎった。

それなのに、なんなのだ、これは。豹変、としか思えない。

何かの復讐なのか。女がただ彼に当てつけるためにだけ、死にかけの猫にしがみついているような気がした。彼は女と猫を車に押し込み、ますます激しくなる雨の中、とにかく市内に向かって車を走らせた。外の景色はしだいに建物の密度が増しはじめ、女の言う動物病院が視界に入ったところで、目の前が真っ暗になり、彼は眠りに落ちた。

いつもどおりの時刻に目覚めて、彼は寒さに震えた。激しい雨音がガレージを包み、ザリガニの樋桶を伝って心臓に響く。ああ、と彼は女を思った。感情をむき出しにした女の顔が目覚めてなお鮮明に彼のまぶたにあった。病院へついた時、猫はすでに死んでいた。彼は女をそこへ残して、まっすぐに帰宅した。玄関へ転がるように出てきた息子を抱いて台所へ行くと、冷えたハンバーグがテーブルに載っていた。気が進まないながらも口に入れ、咀嚼していると、それ、ネコニクだよと息子がはしゃぐ。思わず、息子の頭を殴っていた。火のついたように泣き出す息子を抱いて妻がわめく。ちょっとふざけただけじゃないの、この子を殴るのなら、まずあたしを殴りなさいよ、だいたいこんな時間までジムにいることないじゃない。わかっている、悪いのは全部俺だ。

女が動物の葬儀社に電話して、翌日、一人で猫を荼毘に付したと聞いたのは別れの場でだった。女は彼を憎んでいたのだ。それはなにも猫を轢いたあの日からではなく、つきあいの始まったその日から、女は彼を憎んでいた。女と別れて十年の歳月を経て、彼はそのことに初めて気がついた。

あなたの見たいものが見える、と黒人の男は言った。

これが俺の見たかったものか。

いっちょ、食べる、パッパ。小さかった息子の声が、ますます激しくなる雨音にも消されず、耳の底でよみがえる。俺は息子を二度殴ったのだな。

片目のザリガニの寝床に横たわったまま、彼はしばらく動けなかった。

4

それから三ヶ月ほどして、彼は本社へ異動となった。

「お前になんとかこっちへ帰って来てほしくてな。俺も苦労して根回ししたんだぜ」

上司になった同期の男が黒縁眼鏡越しに微笑んだ。男は前にもまして固太りし、何かの拍子に振り返った時に見えたうなじが、まるで土佐犬のように頑強だった。

「仕事内容はまったく変わるが、お前ならなんだってできるだろう。あっちみたいにラクじゃないが、ま、仕事ってのはそういうもんだし」

新しい仕事はレンタカーによる自動車事故の損害保険に関わるものだった。保険金を不正に請求する手口がインターネット上に公開され、詐欺が急増している部署だ。モラルを逸脱する一見普通の人々を彼は調査し、必要な時に必要なやり方で処置を行う。客から罵声を浴びてもひるまず、怒鳴り返すこともせず、相手に飲み込まれず、丁寧な言葉でゆっくり相手の急所をついていく。毎日人間の狡さと向き合い、それを超える方法で詐欺の皮を剥いでいく。その結果、逆ギレされることもあれば、悪びれない相手にさらに苦しめられることもある。ひどくなれば、弁護士や元警察ＯＢの社員を頼っていくような仕事だ。大きな悩みの種は女性社員がすぐ辞めてしまうこと。同期の男は彼に言う。部下がいつかないって、お前何

郵 便 は が き

料金受取人払

諏訪支店承認

2

差出有効期間
令和5年4月
30日迄有効

3 9 2 - 8 7 9 0

〈受取人〉

長野県諏訪市四賀 229－1

鳥影社編集室

愛読者係　行

ご住所　〒 □□□-□□□□	
(フリガナ) お名前	
お電話番号　(　　　)　　-	
ご職業・勤務先・学校名	
e メールアドレス	
お買い上げになった書店名	

鳥影社愛読者カード

このカードは出版の参考にさせていただきますので、皆様のご意見・ご感想をお聞かせください。

書名	

① 本書を何でお知りになりましたか？

i . 書店で
ii . 広告で（　　　　　　　）
iii . 書評で（　　　　　　　）
iv . 人にすすめられて
v . DMで
vi . その他（　　　　　　　）

② 本書・著者へご意見・感想などお聞かせ下さい。

③ 最近読んで、よかったと思う本を教えてください。

④ 現在、どんな作家に興味をおもちですか？

⑤ 現在、ご購読されている新聞・雑誌名

⑥ 今後、どのような本をお読みになりたいですか？

◇購入申込書◇

書名　　　　　　　　¥　　　（　　）部

書名　　　　　　　　¥　　　（　　）部

書名　　　　　　　　¥　　　（　　）部

鳥影社出版案内

2021

イラスト／奥村かよこ

choeisha

文藝・学術出版 鳥影社

〒160-0023 東京都新宿区西新宿 3-5-12 トーカン新宿 7F

TEL 03-5948-6470 FAX 0120-586-771（東京営業所）

〒392-0012 長野県諏訪市四賀 229-1（本社・編集室）

TEL 0266-53-2903 FAX 0266-58-6771 郵便振替 00190-6-88230

ホームページ www.choeisha.com メール order@choeisha.com

お求めはお近くの書店または弊社（03-5948-6470）へ

弊社への注文は 1 冊から送料無料にてお届けいたします

＊新刊・話題作

永田キング

澤田隆治（朝日新聞ほかで紹介）

今では誰も知らない幻の芸人の人物像に、放送界の名プロデューサーが長年の資料収集と関係者への取材を元に迫る。　3080円

空白の絵本

――語り部の少年たち――

司 修（東京新聞、週刊新潮ほかで紹介）

広島への原爆投下による孤児、そして「幽霊戸籍」。NHKドラマとして放映された作品を小説として新たに描く。　1870円

そして、ニューヨーク

【私が愛した文学の街】

鈴木ふさ子（産経新聞で紹介）

この街を愛した者たちだけに与えられる特権それは〝魅力の秘密〟を語ること。文学、映画ほか、その魅力を語る。　2090円

出来事

吉村萬壱（朝日新聞・時事通信ほかで紹介）

季刊文科62〜77号連載「転落」の単行本化芥川賞作家・吉村萬壱が放つ、不穏なるホンモノとニセモノの世界。　1870円

有吉佐和子論

――小説『紀ノ川』の謎――

半田美永

小説『紀ノ川』に秘められた謎とは何か。有吉佐和子と同郷であり、紀ノ川周辺にも詳しい著者により封印された真実が明らかに。　2200円

魚食から文化を知る

――ユダヤ教、キリスト教、イスラム文化と日本

平川敬治（読売新聞ほかで紹介）

日本人に馴染み深い魚食から世界を知ろう！魚と、人の宗教・文化形成との関係という全く新しい観点から世界を考察する。　1980円

オートバイ地球ひとり旅

アフリカ編（全七巻予定）

松尾清晴

19年をかけ140ヵ国、39万キロをたったひとりで冒険・走破したライダーの記録。本書では命懸けのサハラ砂漠突破に挑む。　1760円

親子の手帖

鳥羽和久（四刷出来）

現代の「寺子屋」を運営する著者による、親と子の幸せの探し方。現代の頼りない親子達が幸せを見つけるための教科書。　1320円

5Gストップ！

古庄弘枝

電磁波過敏症患者たちの訴え&彼らに学ぶ電磁放射線から身を守る方法　550円

5G（第5世代移動通信システム）から身を守る

古庄弘枝

商用サービスが始まった5G。その実態を検証し、危険性に警鐘を鳴らす。　550円

香害から身を守る

古庄弘枝

よかれと思ってつけるその香りが隣人を苦しめ大気を汚染している。「香害」です。　550円

愛知ふるさと素描

河村アキラ

『名古屋ふるさと素描』に、新たに40枚を追加。愛知県内各地に残されたニッポンの消えゆく庶民の原風景を描く。1980円

純文学宣言

季刊文科25〜86

（61より各1650円）

〈編集委員〉伊藤氏貴、勝又浩、佐藤洋二郎、富岡幸一郎、中沢けい、松本徹、津村節子

【文学の本質を次世代に伝え、かつ純文学の孤塁を守りつつ、文学の復権を目指す文芸誌】

新訳金瓶梅（全三巻予定）

田中智行訳（朝日・中日新聞他で紹介）

三国志などと並び四大奇書の一つとされる、金瓶梅。そのイメージを刷新する翻訳に挑んだ意欲作。詳細な訳註も。　3850円

小竜の国——亭林鎮は大騒ぎ

韓寒著　柏葉海人訳

中国のベストセラー作家にしてマルチに活躍する韓寒の第6作。上海・亭林鎮を舞台にカワサキゼファーが疾走する！　1980円

スモッグの雲

イタロ・カルヴィーノ著　柘植由紀美訳

樹上を軽やかに渡り歩く「ぺンのリス」、カルヴィーノの一九五〇年代の模索がここにも。他に掌篇四篇併載。　1980円

キングオブハート

G・ワイン・ミラー著　田中裕史訳

心臓外科の黎明期を描いた、ノンフィクション。彼らは憎悪と恐怖の中、未知の領域へ挑んでいった。　1980円

藤本卓教育論集

藤本卓　〈教育〉〈学習〉〈生活指導〉

子どもは、大人に教育されるだけでは育たない。筆者の遺した長年の研究による教育哲学の結晶がここにある。　3960円

アナイス・ニンとの対話——インタビュー集——

アナイス・ニン研究会 訳

男性をまきこむ解放、男性と戦わない解放、男性を愛して共闘する解放を強調したアメリカ作家のインタビュー集。　1980円

日本の臨床現場で専門医が創る

図解 精神療法

広岡清伸

心の病の発症過程から回復過程、最新の精神療法を、医師自らが手がけたイラストとともに解説する。A4カラー・460頁。　13200円

アルザスワイン街道——お気に入りの蔵をめぐる旅——

森本育子（2刷）

アルザスを知らないなんて！　フランスの魅力はなんといっても豊かな地方のバリエーションにつきる。　1980円

ヨーゼフ・ロート小説集　平田達治 佐藤康彦 訳

第一巻　優等生、バルバラ、立身出世

第二巻　サヴォイホテル、曇った鏡　他
ヨブ・ある平凡な男のロマン
タラバス・この世の客

第三巻　殺人者の告白、偽りの分銅・計量検査官の物語、美の勝利

第四巻　皇帝廟、千二夜物語、レヴィアタン（珊瑚商人譚）

別　巻　ラデツキー行進曲（2860円）

四六判・上製／平均480頁　4070円

ローベルト・ヴァルザー作品集

新本史斉／若林恵／F・ヒンターエーダー＝エムデ 訳

カフカ、ベンヤミン、ムージルから現代作家にいたるまで大きな影響をあたえる。

1　タンナー兄弟姉妹
2　助手
3　長編小説と散文集
4　散文小品集Ⅰ
5　盗賊／散文小品集Ⅱ

四六判、上製／各巻2860円

詩人の生　新本史斉訳（1870円）

絵画の前で　若林恵訳（1870円）

微笑む言葉、舞い落ちる散文　新本史斉著
ローベルト・ヴァルザー論　（2420円）

＊歴史

戦国史記 風塵記・抄 ―本能寺から山崎、賤ヶ岳へ―
福地順一

本能寺の変に端を発し、山崎の戦い、清洲会議、賤ヶ岳の戦いと続く織田家の動乱を風塵（兵乱）を軸に描く。 1650円

一五〇年前のIT革命 岩倉使節団のニューメディア体験
松田裕之

「身にして二生」を体験する現代人必読の一冊。AI時代を生き抜くヒントがここにある！ 1705円

桃山の美濃古陶 古田織部の美
西村克也／久野 治

古田織部の指導で誕生した美濃古陶の未発表の伝世作品の逸品約90点をカラーで紹介。桃山茶陶歴史年表、茶人列伝も収録。 3960円

五島列島沖合に海没処分された潜水艦24艦の全貌 浦 環（二刷出来）

日本船舶海洋工学会賞受賞。実物から受けるオーラは、記念碑から受けるオーラとは違う。実物を見よう！ 3080円

大動乱の中国近現代史 対日欧米関係と愛国主義教育
松岡祥治郎

アヘン戦争から習近平体制に至るまで、大動乱を経て急成長した近代中国の正と負の歴史を克明に描く。 3080円

幕末の長州藩 西洋兵学と近代化
郡司 健

海防・藩経営及び会計的側面を活写。西洋の産業革命に対し伝統技術で立向った長州藩の歴史。 2420円

天皇の秘宝 ―さまよえる三種神器・神璽の秘密―
深田浩市

二千年の時を超えて初めて明かされる「三種神器の勾玉」衝撃の事実！ 日本国家の祖、真の皇祖の姿とは!! 1650円

西行 わが心の行方
松本 徹（二刷出来）（毎日新聞で紹介）

季刊文科で「物語のトポス西行随歩」として十五回にわたり連載された西行ゆかりの地を巡り論じた評論的随筆作品。 1760円

浦賀与力中島三郎助伝 木村紀八郎
幕末という岐路に先見と至誠をもって生き抜いた最後の武士の初の本格評伝。 2420円

軍艦奉行木村摂津守伝 木村紀八郎
若くして名利を求めず隠居、福沢諭吉が終生敬愛したというサムライの生涯。 2420円

南の悪魔フェリッペ二世 伊東 章
スペインの世紀といわれる百年が世界のすべてを変えた。黄金世紀の虚実1 2090円

フランク人の事蹟 第一回十字軍年代記
丑田弘忍訳 第一次十字軍に実際に参加した三人の年代記作家による異なる視点の記録。 3080円

大村益次郎伝 木村紀八郎
長州征討、戊辰戦争で長州軍を率いて幕府軍を撃破した天才軍略家の生涯を描く。 2420円

新版 日蓮の思想と生涯 須田晴夫
日蓮が生きた時代状況と、思想の展開を総合的に考察。日蓮仏法の案内書！ 3850円

天皇家の卑弥呼（三刷） 深田浩市
倭国大乱は皇位継承戦争だった!! 文献や科学調査から卑弥呼擁立の理由が明らかに。 1650円

古事記新解釈 南九州方言で読み解く神代
飯野武夫／飯野布志夫 編 『古事記』上巻は南九州の方言で読み解ける。 5280円

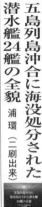

地蔵千年、花百年

柴田 翔（読売新聞・サンデー毎日で紹介）

芥川賞受賞『されど われらが日々―』から約半世紀。約30年ぶりの新作長編小説。戦後からの時空と永遠を描く。　1980円

頂上の一夜

丸山修身（クロワッサンほかで紹介）

季刊文科、文学2018などに掲載された表題作ほか四作品を収録した作品集。勝又浩氏推薦。　1760円

夏目漱石の中国紀行

原武 哲（西日本新聞ほか各紙で紹介）

漱石は英国留学途中に寄港した上海・香港、後年の満韓旅行で中国に何を見たのか？ 現地を踏査し漱石に与えた影響を探る。　3080円

夕陽ヶ丘 ―昭和の残光―

徳岡孝夫／土井荘平

十五歳にて太平洋戦争の終戦を見た「昭和の子」は何を語り伝えるか。旧制中学の同級生だった二人による最後のメッセージ。　1980円

中上健次論（全三巻）

（第一巻 死者の声から、声なき死者へ）（第二巻 父の名の否〈ノン〉、あるいは資本の到来）（第三巻 幻想の村から）

戦死者の声が支配する戦後民主主義を描く大江健三郎に対し声なき死者と格闘し自己の世界を確立していった初期作品を読む。　各3520円

小説木戸孝允 上・下 ―愛と憂国の生涯―

中尾實信（2刷）

西郷、大久保が躊躇した文明開化と封建制打破を成就し、四民平等の近代国家を目指した木戸孝允の生涯を描く大作。　3850円

漱石と熊楠 同時代を生きた二人の巨人

三田村信行（二刷出来）（東京新聞他で紹介）

いま二人の巨人の生涯を辿る。同年生まれイギリス体験、猫との深い因縁。並列して見えてくる〈風景〉とは。　1980円

エロイ、エロイ、ラマ、サバクタニ

大鐘稔彦

信じていた神に裏切られた男は、神の化身かと見紛うプリマドンナを追い求めてロシアの大地をさ迷い続けるが……　1540円

「へうげもの」で話題の “古田織部三部作”

久野 治（NHK、BS11など歴史番組に出演）

新訂 古田織部の世界　3080円

千利休から古田織部へ　2420円

改訂 古田織部とその周辺　3080円

ドイツ詩を読む愉しみ

森泉朋子編訳

ゲーテからブレヒトまで 時代を経てなお輝き続ける珠玉の五〇編とエッセイ。　1760円

ドイツ文化を担った女性たち

その活躍の軌跡 ゲルマニスティネンの会編（光末紀子、奈倉洋子、宮本絢子）　3080円

芸術に関する幻想

W・H・ヴァッケンローダー 毛利真実 訳

デューラーに対する敬虔、ラファエロ、ミケランジェロ、そして音楽。　1650円

＊ドイツ語圏関係他

詩に映るゲーテの生涯〈改訂増補版〉
柴田 翔

小説を書きつつ、半世紀を越えてゲーテを読みつづけてきた著者が描く、彼の詩の魅惑と謎。その生涯の豊かさ。 1650円

ペーター・フーヘルの世界—その人生と作品
斉藤寿雄（週刊読書人で紹介）

旧東ドイツの代表的詩人の困難に満ちたその生涯を紹介し、作品解釈をつけ、主要な詩の翻訳をまとめた画期的書。 3080円

ヘーゲルのイエナ時代 理論編
松村健吾

概略的解釈に流されることなくあくまでもテキストを一文字ずつ辿りヘーゲル哲学の発酵と誕生を描く。 5280円

生きられた言葉—ラインホルト・シュナイダーの生涯と作品—
下村喜八

シュヴァイツァーと共に20世紀の良心と称えられた、その生涯と思想をはじめて本格的に紹介する。 2750円

ヘルダーのビルドゥング思想
濱田 真

ドイツ語のビルドゥングは「教養」「教育」という訳語を超えた奥行きを持つ。これを手がかりに思想の核心に迫る。 3960円

ニーベルンゲンの歌
岡﨑忠弘 訳（週刊読書人で紹介）

『ファウスト』とともにドイツ文学の双璧をなす英雄叙事詩を綿密な翻訳により待望の完全新訳。詳細な訳註と解説付。 6380円

二〇一八 改訂 **黄金の星**（ツァラトゥストラ）**はこう語った**
ニーチェ／小山修一 訳

詩人ニーチェの真意、健やかな喜びを伝える画期的全訳。ニーチェの真意に最も近い渾身の全訳。 3080円

『ドイツ伝説集』のコスモロジー
植 朗子

ドイツ民俗学の基底であり民間伝承蒐集の先がけとなったグリム兄弟『ドイツ伝説集』の内面的実像を明らかにする。 1980円

ゲーテ『悲劇ファウスト』を読みなおす 新妻 篤
ゲーテが約六〇年をかけて完成。著者が明かすファウスト論。 3080円

ギュンター・グラスの世界 依岡隆児
つねに実験的方法に挑み、政治と社会から関心を失わなかったノーベル賞作家を正面から論ずる。3080円

グリムにおける魔女とユダヤ人 奈倉洋子
グリムのメルヒェン集と —メルヒェン・伝説・神話—
伝説集を中心にその変化の実態と意味を探る。1650円

フリードリヒ・シラー美学＝倫理学用語辞典 序説
ヴェルンリ／馬上 徳 訳 難解なシラーの基本的用語を網羅し体系化をはかり明快な解釈をほどこし全思想を概観。2640円

新ロビンソン物語 カンペ／田尻三千夫 訳
18世紀後半、教育の世紀に生まれた「ロビンソン・クルーソー」を上回るベストセラー。2640円

東方ユダヤ人の歴史 ハウマン／平田達治・荒島浩雅 訳
その実態と成立の歴史的背景をこれほど見事に解き明かしている本はこれまでになかった。2860円

ポーランド旅行 デーブリーン／岸本雅之 訳
長年にわたる他国の支配を脱し、独立国家の夢を果したポーランドのありのままの姿を探る。2640円

東ドイツ文学小史 W・エメリヒ／津村正樹 監訳
神話化から歴史へ。一つの国家の終焉はその文学の終りを意味しない。7590円

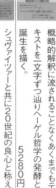

モリエール傑作戯曲選集 1〜3
柴田耕太郎訳

現代の読者に分かりやすく、また上演用の台本としても考え抜かれた、画期的新訳の完成。 各3080円

イタリア映画史入門 1950〜2003
J・P・ブルネッタ／川本英明訳（読売新聞書評）

映画の誕生からヴィスコンティ、フェリーニ等の巨匠、それ以降の動向まで世界映画史をふまえた決定版。 6380円

オットー・クレンペラー 中島 仁
最晩年の芸術と魂の解放
―1967〜69年の音楽活動の検証を通じて―

20世紀の大指揮者クレンペラーの最晩年の姿を通して人間における音楽のもつ意味を浮かびあがらせる好著。 2365円

フランスの子どもの歌50選
三木原浩史

フランスに何百曲あるかわからない子どもの歌から50曲を収録。うたう・聴く楽しみとは、ひと味違う読んで楽しむ一冊。 2200円

魂の詩人 パゾリーニ
ニコ・ナルディーニ／川本英明訳（朝日新聞書評）

常にセンセーショナルとゴシップを巻きおこした異端の天才の生涯と、詩人としての素顔に迫る決定版！ 2090円

映画で楽しむ宇宙開発史
日達佳嗣（二刷出来）

映画から読み解く人類の宇宙への挑戦！宇宙好き×映画好きが必ず楽しめる宇宙の映画を集めた一冊。 1980円

それとは違う小津安二郎
高橋行徳

『東京の合唱』と『生れてはみたけれど―大人の見る絵本』のおもしろさを徹底解明。 1980円

雪が降るまえに
A・タルコフスキー／坂庭淳史訳（二刷出来）

詩人アルセニーの言葉の延長線上に拡がっていた世界こそ、息子アンドレイの映像作品の原風景そのものだった。 2090円

宮崎駿の時代 1941〜2008 久美 薫
宮崎アニメの物語構造と主題分析、マンガ史からアニメ技術史まで宮崎駿論一千枚。 1760円

ヴィスコンティ 若菜 薫
「郵便配達は二度ベルを鳴らす」から「イノセント」まで巨匠の映像美学に迫る。 2420円

ヴィスコンティII 若菜 薫
高貴なる錯乱のイマージュ。「ベリッシマ」「白夜」「前金」「熊座の淡き星影」 2420円

アンゲロプロスの瞳 若菜 薫
『旅芸人の記録』の巨匠への壮麗なるオマージュ。（二刷出来） 3080円

ジャン・ルノワールの誘惑 若菜 薫
多彩多様な映像表現とその官能的で豊饒な映像世界を踏破する。 2420円

聖タルコフスキー 若菜 薫
「映像の詩人」アンドレイ・タルコフスキー。その全容に迫る。 2200円

銀座並木座 日本映画とともに歩んだ四十五年
嵩元友子 ようこそ並木座へ、ちいさな映画館をめぐるとっておきの物語 1980円

つげ義春を読め 清水 正
つげマンガ完全読本！ 五〇編の謎をコマごとに解き明かす鮮烈批評。 5170円

＊実用・ビジネス

Pythonで学ぶ回路シミュレーションとモデリング 盛 健次 松澤 昭

Pythonを学ぶ人々へ向けて書かれたテキスト。学生および企業／法人の学習に最適なオールカラー588頁。 6160円

MATLABで学ぶ回路シミュレーションとモデリング 盛 健次 松澤 昭

MATLAB/SIMULINKを学ぶ人々へ向けて書かれたテキスト。学生および企業／法人の学習に最適なオールカラー546頁。 6160円

AutoCAD LT 標準教科書 2019／2020／2021 2022対応（オールカラー） 中森隆道

25年にわたる企業講習と職業訓練校での実績に基づく決定版。初心者から実務者まで無料動画による学習対応の524頁。3300円

ICCP国際認定CAATs技術者 **1冊で学べる！ICCP試験対策テキスト** 弓場啓司・上野哲司 監修 弓場多恵子 著

データアナリティクス時代の注目の資格！日本で唯一のICCP試験対策テキスト！基礎確認問題・試験対策問題付。 3520円

「血液型と性格」の新事実 AIと30万人のデータが出した驚きの結論（二刷出来） 金澤正由樹

スポーツ、政治、カルチャー、恋愛など、様々なシーンのデータを分析。血液型と性格の真新しい事実が、徐々に明らかに！ 1650円

誰でもわかる **和音のしくみ** 末松 登 編著／橘 知子 監修

自ら音楽を楽しむ人々、音楽を学ぶ人々のため、和音の成り立ちと進行を誰にでもわかるよう解説する。 1600円

自律神経を整える食事 胃腸にやさしいディフェンシブフード 松原秀樹

40年悩まされたアレルギーが治った！重度の冷え・だるさも消失した！ディフェンシブフードとは？ 1650円

現代アラビア語辞典——アラビア語日本語 田中博一／スバイハット レイス 監修

本邦初1000頁を超える本格的かつ、実用的アラビア語日本語辞典。見出し語1万語以上で例文・熟語多数。 11000円

心に触れるホームページをつくる 秋山典丈
従来のHP作成・SEO本とは一線を画しコンテンツの書き方に焦点を当てる。 1760円

開運虎の巻 街頭易者の独り言 天童春樹
三十余年六万人の鑑定実績。あなたと身内の運命と開運法をお話します 1650円

成果主義人事制度をつくる 松本順市
30日でつくれる人事制度だから、業績向上が実現できる。（第11刷出来） 1760円

腹話術入門（第4刷出来） 花丘奈果
発声方法、台本づくり、手軽な人形作りまで一人で楽しく習得。台本も満載。 1980円

南京玉すだれ入門（2刷）花丘奈果
いつでも、どこでも、誰にでも、見て楽しく演じて楽しい元祖・大道芸を解説。 1760円

初心者のための蒸気タービン 山岡勝己
原理から応用、保守点検、今後へのヒントなどベテランにも役立つ。技術者必携。 3080円

〝できる人〟がやっている〝質の高い〟仕事の進め方 糸藤正士
秘訣はトリプルスリー 1760円

現代日本語アラビア語辞典 田中博一／スバイハット レイス 監修
見出語約1万語、例文1万2千収録。 8800円

やってんだ、またどっかに回されたいのか。

――これが仕事、これが俺の仕事。

習い性となった言葉を心の中で呟いて、彼は視線を下げて上司の話を聞く。言葉は呪文だった。クレーマーの客に呼び出された時、部下に恨みのこもった目で見つめられた時、切れ目なく続く残業に疲労困憊し、電車に乗っていて今出勤途中なのか、帰宅しているところなのかわからなくなった時、心の中で呪文を唱える。すると、心の波がだんだんに緩やかになって、しまいには平らになるのだ。完全に心が平面になると仕事はいくらでも進んだ。

ある朝、目覚めた彼は暗い天井の下で呟いた。

――おかしい。なんであんなものが見えたんだ。

昨日、まぶたに映ったものは高校時代の汚点とも言えるものだった。詰め襟に鞄を肩から掛けた彼が校門を出て、駅へ向かってだらだら坂を下っている。実力テストが終わったところで、徹夜に近かった彼は疲労感と解放感の両方に包まれている。突然、肩を叩かれ、振り返ると同じクラスの男が立っている。色白で小太りの男で、その鈍重そうな風情を彼は心中嫌っていた。ずっと一番っていうのも大変だな、そう呟いて、男は彼の横に並び、一万と言う。彼は息をのむ。俺、見たから。体中の血が引いていく。さっきの世界史のテストで、彼は人生で初めてのカンニングをしたのだった。今、あるか。無造作に聞く男に、彼は首を振った。じゃあ、今あるだけでいいよ。彼は財布から三千円を取り出して男に払った。男は慣れたふうにポケットに札をねじ込み、大丈夫だ、またくれとはいわん、と言った。あれは汚い、俺はそういうのは嫌いなんだ。男は不快そうに眉毛を寄せ、白くふっくらした手で彼の肩をもう一度叩く。安心しろ。

それが昨晩、寝床で見えた過去だった。

男は言葉の通り、次をせびることはなかったが、彼はその男のいるところでは二度と満足に息をすることさえ出来なかった。三十年以上前の記憶を腫瘍のように頭に入れ込んだまま彼は出勤し、いつもと同じ仕事をこなした。

次の日の夜にザリガニで見たものはさらに彼を苦しめた。新人研修の頃、数歳年上の先輩に覚えのない悪意をもたれていじめられた過去だ。あの時、彼は頭に小さな丸いはげまで作り、毎朝重い体で目覚めたのだった。記憶に蓋をして上から幾本も釘を打ったつもりだったのに、蓋はなんの抵抗もなく開いて彼は記憶の汚水に横たわっていた。立ち上がり、身支度を整えて朝食を食べ、家を出た。もう、ザリガニでは眠らない。すし詰めの通勤電車でやっとつかんだ吊革に体を預け、彼は考えた。

しかし、夜帰宅した彼は、やはりガレージでザリガニに横になっていた。今更以前の寝室に入ることはできず、居間のソファーに横になることも、和室に客用の布団を敷くこともはそんなにも長い時間、果たしてザリガニと離れてやっていけるのだろうか。彼の頭に浮かんだのはまず、その問いだった。ザリガニの輸送の手間や費用より何より、それが一番の問題だ。沈黙する彼に男は言った。

「お客様、私が保証いたします。これは長くは続きません。いずれお客様の心を慰めるような過去をごらんになる夜も訪れます。それまでしばらくのご辛抱です。いやな過去といっても、それは過去、お客様はそれを通り過ぎて来られたのです。それ以上悪いことは起こらないのですから、気持ちを楽にお持ちください。

お客様、ここはひとつ考え方をお変えになってはいかがでしょう。過去はすべて贈り物、お客様は毎晩ひとつ贈り物を受け取ってお休みになれる、そう考えてはいかがですか。お客様のお求めになったものはなんといっても棺桶なのですから、そこで見えるものは本来、良いものも悪いものもございます……」

男の声はどんどん遠く小さくなり、その代わり砂粒を流したような雑音がみるみる大きくなった。

「待ってくれ、おい、おい、話は終わっていない」

やがて男の声は押し寄せる砂の波に飲み込まれるように消えてしまった。彼は電話を切って呆然とザリガニを見つめた。それから、立ち上がって電気を消し、再びザリガニの中に横たわると布団を胸まで引き上げて、思い切って目を閉じた。

まぶたの裏は海だった。彼は海面に浮かんでいる。水は濁った緑色で、特にきれいとも言えないが、手足を伸ばすと頭の天辺から足指の先まで、凝り固まった体がほぐれていく。泳ぐ前は焼け付くようで不快だった太陽の光が、水の中ではこのうえなく気持ちいい。振り返ると、浜辺に妻と二人の子供が小さく見える。息子も娘もまだ幼くて、とてもここまではこられない。日焼けを嫌がる妻は大きな麦わら帽子と、長袖のTシャツを水着の上から着て、はなから泳ぐ気が無い。子供たちが時々こちらに手を振っているように見える。口のそばに手を当てて、何か言っているようだ。おとうさあああん、こっち来てー。耳を澄ませば、そう小さく聞こえるような気がする。彼は帰らない。三人に向かって手を振りかえし、いつまでも海に浮かんでいる。

朝目覚めて、彼は幸せで同時に少しみじめだった。あれはキャンプをした時の帰り道だった。たった一泊の旅行だったが、長時間車を運転したり、テントで眠ったり、うまくもない飯を食ったりするのは苦痛だった。話の通じない子供も、どう見ても必要以上に子供を叱る妻も面倒だった。一緒にいて楽しくないわけではないのだが、あの旅行で最も楽しかったのは、たった一人、海面に浮かんでいたあの時だった。

月日が経っても自分は全く変わっていないのだと彼は思った。海の代わりに今彼はガレージにいる。妻とも口をきかず、息子も娘も彼と一線を引いている。

息子は彼が名前も知らなかった私大になんとか引っかかったが、留年をし、体に常に火種をくすぶらせているようだった。家に居ないことも多かったが、何をしているのか彼にはまるでわからない。

娘は中学三年の夏からだんだん痩せはじめ、セーラー服の襟元から出た首がほっそりと見えるようになったかと思ったら、夕食後トイレにこもって吐いているところを妻に見つかった。妻と娘の言い合いが数日続き、娘は肥満外来へ連れて行かれた。妻によって娘の食事は厳しく管理され、ダイエットが試みられた。夜に二人でジョギングに出かけることもあるようだった。二組の足音が門を出、やがて荒い息と共に帰ってくるのを彼は門の横のガレージで聞いた。三ヶ月もすると娘の形はしまって見えた。目鼻立ちがはっきりとするようになり、娘は明るい色の服を身につけるようになった。しかし、しばらくするとまた太りだした。妻が声を荒げていた。彼にはよくわからない体重の増減を繰り返しながら、娘は総合的にはゆるやかに膨脹していくようだった。ガレージにはほとんど来なくなった。娘の部屋を訪ねても、張り切った体の中に何かをしまい込み、つるつるの表面だけを彼に向けて微笑みながら、大丈夫、というばかりだった。この頃はもう部屋には入れてくれない。

彼は毎晩ザリガニの中で眠った。いいことも悪いことも見た。ただ目を閉じて、まぶたに流れることごとに、ありのままに心を揺すぶられた。日頃押さえつけ、平らにさせていて、もうその平らさが習い性となっていた心が、まぶたを閉じた一瞬、立体になり、高揚し、落ち込み、恐怖や喜びや悲しみを味わい、彼は中年と青年と少年と幼児の時間を、時系列を無視して生きていた。

過去は贈り物とあの男は言った。確かにそうかもしれない。特に良いことがあるわけではない現在や未来より、すでに起こった過去はどれもみな優しい気がした。毎日贈り物を受け取って手帳に記し、彼は五十を越えた。

ある日曜日の夜のことだ。高三の娘がガレージにやってきた。コンクリートの壁に立てかけてあったパイプ椅子を持ってきて、仕事の書類に目を通していた彼のそばに座る。

「お父さん、あたし、中学の頃からみんなになんて呼ばれてるか、知ってる?」

「さあ、みっちゃん、だろ」

「ううん、ミヤサマ」

「ミヤサマ?　みっちゃんが?」

「名前とも関係あるけど、なんか、っぽいんだって」

「へえ、いいじゃないか、ちょっと貴族的ってことかな」

娘は、父の優しくもずれた返事を許す。

「超越してるんだって、あたし。なんなんだろう」

ぼってりとした手がザリガニの目玉をつつく。

「もしかして体重？　って思ってたけど、それだけでもないみたい」

「みっちゃん、ずっと学校で成績よかったじゃないか。だから言われるんだよ」

「違うの、そういうのとは別。超越って言われたけど、ほんとは欄外だと思う」

父は娘を見つめる。簡易テーブルの上に置いた電気スタンドが娘の頬や鼻の先を丸く照らし出し、コンクリートの上に大きな水たまりのような影を作る。

「お父さんも欄外だよ、だいたい、こんなとこで寝てるしな」

彼が笑うと、娘も微笑んだ。だが、その目の中にやるせないものが横切るのを彼は見た。

娘はぐるりを見回すと、ぽつんと言った。

「あたし、上の大学には行かないから」

「大学に行きたくないのか」

「ううん、K大には行かないだけ。六年間もあの中にいたんだから、もう十分。お母さんはがっかりさせちゃったけど、K大はもういい」

娘はさらさらと言う。

「地方の国立を受けるつもり。あたし、勉強だけは自信あるんだ。そういうとこ、お父さんに似てるってお母さんが言ってた。下宿代はかかるけど、K大に比べたら学費はだんぜん安いから、いいよね、お父さん」

もちろん、と彼はうなずく。

「ああ、お父さんとこんなにいっぱいしゃべったの久しぶり」

照れたように笑う娘がまぶしい。ずっと幼く見えた丸い顔は十七歳の今、内側から発光するような若い女性の顔へと変わっている。

「ありがとう、来てくれて」

全然話し足りないが、彼はそれ以上なにも言えなかった。娘は小さく手を振って出て行った。彼は耳を澄まして、娘が庭を歩き、ベランダに上がり、居間のガラス戸を開ける音を聴いた。娘の立てる音にはもうばたばたした子供っぽさはなくなり、ただ弾むような明るさがあった。彼は服を着替え、ザリガニの中の布団の皺を伸ばす。ミ・ヤ・サ・マ。口に出して呟いてみると、ずいぶん寂しい音だと気づく。ラ・ン・ガ・イと言った途端、涙がこぼれる。

春になり、娘が九州へ出発した数週間後、息子がガレージにやって来る。

「俺、家、出ることにした」

汚らしいジーンズに革ジャンを羽織り、ガレージのドアに手をかけて、彼に言う。

「家出るって、お前、ほとんど家にいなかったじゃないか」

「うん、だけど、今度は本格的に」

「どこへ行くんだ」

「役者の養成所に入ることにした」息子はある地方都市の名を挙げる。

「お前、テレビとか映画とか簡単に出られると思ってるだろ、世の中そんなに甘くないぞ」

「俺はそうゆうの狙ってないから。舞台で死ねたら本望ってタイプだから」

彼は開いた口がふさがらない。

「じゃ、オヤジも元気で」

ガレージのドアの向こうに妻が立っていた。涙で赤くなった目が息子の背中を見つめている。

「なんにも言わないんだから、この子は」

怒鳴るように妻が言った。彼はびくっとした。

「悪い、母さん」

息子は母親に向き直り、それから大きなスポーツバッグを肩まで持ち上げる。ああ、俺のことではなかったんだな。とっさに縮まった体がほどけ、深いため息がもれる。それから、苦々しく情けない気分が腹の底から湧き上がってくる。

五十を三つ越えたところで、彼は妻と二人きりになった。

お互いをかろうじて繋いでいた綱を失いながらも彼らはそのまま暮らし続けた。昼間はそれぞれの職場で心を平らにし、くたくたになるまで働いた。夜帰宅すると台所でそれぞれ夕食を用意して食卓や居間のテーブルで好きなように食べ、それが済むと彼はガレージのザリガニ型棺桶で、妻は寝室の窓側のベッドで昼間の疲れを癒やした。光熱費は妻が払い、家のローンは彼が払った。それは前からの取り決め通りだった。それぞれ自分の衣類を洗濯し、部屋を掃除し、共有のものについては気のついた方が洗濯や掃除を行ったが、不思議にどちらも不公平感を抱かなかった。相変わらず二人は口をきかなかった。妻は頻繁に出かけたし、彼に行き先も告げずに旅行にも行った。一番長い時は一週間、妻は家を空けた。もうこれは帰ってこないかもしれないと思ったら、八日目に日焼けして帰宅した。リビングや廊下やトイレにさえ、土産物らしい細密画が飾られ、木彫りの猫や蛙や果物の置物が置かれた。南国らしいということはわかったが、それがどこのものなのか、妻が一体どこへ行っていたのか、また、一人だったのか、誰かと共に旅をしたのか、彼にはよくわからなかった。妻は派手な花柄の部屋着を着て、ばたばた片付けをしたり、缶ビールを飲みながら、撮りためたビデオを見たりしている。一つ一つの動きに少しの迷いも感じられず、彼がそこにいることによるためらいも遠慮もまた不快も怒りも何も感じられなかった。どこへ行っていたんだ、その一言は彼の喉に張り付いたまま、どうにも出てこない。

二人はそれからも同じ家で生活を続けた。どちらも出て行かず、ほかの異性とつきあうこともなく、お互いの姿をうちの中や庭やガレージに感じながらも、小さな二つの円は交わることなく動いた。

歳月は流れ、その間に彼のふるさとの母は死に、役者の息子は結婚して子供が生まれ、娘は大学のある県の県庁に就職した。彼と妻は年月の分だけ老いた。相変わらず毎日見た過去を彼は手帳に書き続けた。


十六冊目の手帳の最終ページを書き、明日は定年で退職するという夜のことだ。

ガレージに戻った彼は、明日皆の前でする退職の挨拶の原稿を書いた。彼らしく、まじめで型どおりのものができあがった。今更ながら、何にでも型があることに彼は安堵した。大学を出てから今までの会社人生を三分間でなど、型がなければとてもまとめられない。原稿を何度か口に出して頭に刻み、あらかじめ丁寧にブラシをかけておいたスーツのポケットにしまった。それから、個人的に挨拶にいくべき人間のリストを見直し、シャツとネクタイを選び、最後に革靴を磨いた。

石油ストーブを消すと、吐く息が白くなった。彼はあまりの寒さに震え、電気を消してザリガニの中に潜り込んだ。真っ暗な中、目を開けたまま、もう一度挨拶の言葉を反芻する。引き継ぎに漏れはないか、やり残したことはないか、頭の中を仕事が回る。考えていくうちに頭がだんだん重くなり、彼は引き込まれるように目を閉じた。

まぶたの裏に見えたのは食卓で新聞を読む自分だ。中年に入って数年、自信と不遜さと苛立ちが体から滲み出して見える。彼は「装飾棺桶展覧会」という見出しのついた記事に見入っている。おかっぱ頭の娘が新聞をのぞき込み、声に出して記事を読み上げる。サッカーのユニフォームを着た息子が茶碗の飯をかき込んでいる。妻が奥のキッチンから皿を持ってやってくる。髪は黒々とし、白く丸い顔が紺色のTシャツに映える。手にした皿にはスクランブルエッグが載っている。つやつやした黄色が白い皿から溢れそうだ。皿は彼の前に静かに置かれる。彼はうつむいたまま、新聞から顔を上げようともしない。妻の視線は彼に注がれてそこに少し留まるが、やがて、ゆっくりと彼の後ろの窓外へとずれていく。

――顔を上げろ。

彼はまぶたに映った自分に向かって叫んだ。覚醒から睡眠へ移るあわいで、バランスが覚醒の方へ傾いたのだろうか。彼の意識は過去の自分にはなく、ザリガニ型棺桶に横たわった現在の自分にあった。この十五年あまりを逆に回してみるような勢いで、彼は自分に向かって叫ぶ。

——あいつを見ろ、早く言え、何か言うんだ、おいっ、何か……。

どうしたことか、言葉が出てこない。頭が割れるように痛い。そのうちに視界がみるみる欠けていく。食卓の彼の姿が消え、妻が消え、息子も娘ももう見えない。と、脳の一点から声がする。間に合わない、もう間に合わない。次の瞬間、世界は完全に黒く塗りつぶされ、彼は眠りの淵へと落ちていった。


いつまでも起きてこないのを不審に思った妻は、ガレージを開け、ザリガニ型棺桶に横たわって動かない彼を見た。すぐに救急車を呼んだが、夫は助からなかった。脳卒中だった。

妻は二人の子供たちに電話で告げた。

「棺桶はもう買ってあるから、ガレージでお葬式をします」

息子は母の電話をバイト先のコンビニで受けた。店長に断り、舞台の稽古場と病院で医療事務をする妻に電話をしてから一人で実家へ向かった。父の死は悲しくはあったが、頭の中には逼迫した経済の悩みと俳優としての才能に見放されているような不安がからみついて離れないままだった。娘は仕事を休んで人生で初めてできた恋人を部屋に迎えている時に母からの電話を受けた。恋人は泣いている娘を抱きしめ、それから飛行機の便を予約した。恋人は冷静で実務的なことに向いていた。娘には恋人がこれまで以上に輝いて見え、恋人に妻がいることなどもうどうでもよくなりかけた。

その夜、三人はザリガニのほこりを払って磨き上げ、病院から戻った彼の体を丁寧にザリガニの中に納めた。底冷えのする寒い夜で、庭の木々の間をゆく風が何かを削っていくような不安な音を立てていた。石油ストーブで暖を取り、子供たちは棺桶の左右に分かれて寝袋に潜り込んだ。

「みんなでキャンプに行ったことあるよね、あたしが小一の時」

娘が懐かしそうに言った。

「いや、お前まだ保育園の時だろ、俺が五年生だったから」

息子が訂正した。

「覚えてるの、お兄ちゃん」

「ああ、この寝袋で寝たよな。父さんが無理して飯盒でご飯炊いてただろ、底が焦げてさ」

「うん。海に行って、お父さんと砂のお城作ったね」

「そうかな、父さん一人で泳いでってあんまり一緒に遊んでくれなかったぜ」

「そんなことないよ。あたし覚えてるもん」

「ああ、思い出した。俺、あん時、父さんから潜り方習ったんだ」

兄妹はキャンプの思い出に浸り、それから寝息を立て始めた。

妻だけが一晩中起きていた。テーブルに置かれていた鍵でスーツケースを開け、パイプ椅子に座ってウイスキーのお湯割りを飲みながら、十六冊の手帳をはじめから終わりまで読み通した。

「ノスタルジア、ノスタルジア」

明け方、妻はそう呟いて、すべての手帳を棺桶に入れ、ぼろぼろ泣いた。

次の日、火葬場でザリガニ型棺桶は焼かれた。異様な棺桶に職員が火の加減を誤ったのだろう。棺桶も手帳も彼もよく燃え、後にはなにも残らなかった。

参考文献
都築響一編『STREET DESIGN File 08 Buried SPIRIT　死を飾るガーナの棺』（アスペクト、二〇〇〇年）
「棺おけ華やか　ガーナ葬祭事情」（「朝日新聞」二〇〇八年五月一日付）

あやとり巨人旅行記

ノユリの話

あたしと出会う前の巨人ときたら、電線であやとりをするほか楽しいことは何一つなかったそうだ。巨人は腰をかがめて小指で電線をすくい上げ、それをあっちの指、こっちの指に移しかえたり、くるりとまわしたりして「橋」や「川」や「熊手」をこしらえては無聊をなぐさめていた。ある日、腕を高く持ち上げて、電線「ダイヤモンド」越しに夜空を眺めていたら、ちょうどその真ん中を星が流れて行った。巨人はその時初めて、うつくしいなと思ったそうだ。もう一度見たいとあやとりの電線を空に浮かべて朝までそのままの格好で立っていたが、そうそう星は流れてくれなかったらしい。

巨人の手慰みは、町の人々にはもちろん大迷惑だった。太い指が空から降りてくると、人々は一目散に建物に逃げ込んだ。巨人は電信柱をぼこぼこ抜いてふるい落とし、電線だけ持っていってしまう。後には引き抜かれた電信柱がそこここに転がり、町は大停電に襲われた。化け物め、俺たちの迷惑も考えろ。人々は窓の隙間から巨人に向かって毒づいたが、誰一人、面と向かって立ち向かえる者はいなかった。

あいつは西の国から流れてきたんじゃないか、とみなはささやきあった。西の国では恐ろしいことが起こり、それ以来、想像を絶するような奇妙な生物が出現していると言う。異常に鼻の長いキリンや、電気を発する金魚など、まことしやかに伝えられるが、すべて噂ばかりで、巨人がその恐ろしいことの結果なのか、そして、もともと恐ろしいことがなんなのか、誰にもわからなかった。西の国は世界に向かって口をつぐみ、島国である自らの領土へ入る空の路も海の路も、一切の足を切断して渡航は不可能になったのだが、それはもうずいぶん前の話でよくわからない。

とにかく、あの日、あたしは八階建てマンションの最上階でワープロに向かっていつものようにテープおこしの仕事をしていた。ひざを痛めて踊れなくなって、バレリーナを辞めてから、それがあたしの仕事だった。もともとぱっとしないダンサーで、そういう仕事より、カセットテープから流れてくる声を字に変えていくこの作業の方が性に合っていた。最近出始めたワープロもすぐに覚えて、一つ一つ正確に仕事をこなしてはいた。速くはないけど。納期は明日で今夜は寝られるかどうかわからない。これを落としたら仕事は回してもらえない、そうなれば食べていくために夫に頭を下げなければならない、という焦りであたしはちょっとおかしくなっていたのだと思う。真っ暗になったワープロの画面にあたしは猛り

狂い、

「何するのよ」

窓を全開にして声を張り上げた。巨人はとろけそうな夕焼け空に電線のウサギを浮かべるのに夢中だった。困るじゃないの、電気つけてよ。もう一度叫んだところでようやく巨人はこちらを向いた。大きな顔がぬうっと降りてきた。透き通った茶色の瞳があたしの顔の前まで来て、睫がばさばさ動いた。日に焼けた顔は象の体みたいに皺が寄り、白いものの混じった焦げ茶色のひげが顔の下半分に鬱蒼と生えている。

「電気がないと仕事ができないのよ」

あたしはワープロのプラグを巨人の鼻先につきつけた。うううっ。巨人は低いうなり声を上げ、「デンキ、ない、しごと、ない」と繰り返し、じいっとあたしを見た。あの時、巨人は何を見たのだろう。夕日にあぶられたあたしの額に刻まれた皺か、時代遅れの花柄ワンピースか、はたまたマンションの部屋の床に沈んだ、夫とあたしの声にならなかった言葉たちか。巨人の瞳に雲が流れたような気がした瞬間、あたしはひょいとつまみ上げられ、足の下に八階分の空が垂直に広がった。巨人の鼻息がまともに顔にかかったが、不思議と怖さは感じなかった。

巨人はあたしをシャツの胸ポケットに入れ、どんどん歩きだした。あたしは荒々しい匂いのする巨人のポケットから顔を出し、縁にしがみついて外を見た。巨人が動くたび、地響きがし、風が起こった。町を過ぎ、川を渡り、山を越えた。やがて空はゆっくり暗くなり、すみれ色の夜が来た。森に囲まれた野原までやって来ると、巨人は足を止め、ポケットからそっとあたしを取り出して、草の上に置いた。足の裏の草は柔らかく、湿った匂いがした。

「寒い」

あたしが呟くと、巨人はうなずいて去っていき、しばらくすると薔薇色の大理石でできた寺院を担いで帰って来た。以前テレビの紀行番組で見たものにそっくりだ。中へ入ってみると、ステンドグラスがおしゃれで、一本指で弾いてみたパイプオルガンの音色もすてきだったけれど、広い寺院の隅々までさがしても、人っ子一人いないのはいかにも寂しくて、あたしは礼拝用の木の椅子にこしかけてさめざめと泣いてしまった。

巨人は困った顔をしてまた出かけていき、一軒の丸太小屋をまるでデコレーションケーキでも運ぶように両手でささげ持ち、帰って来た。赤い木の扉を開けると、中にはふかふかのベッドがあり、鉄のストーブと木の机、椅子が二脚ついていた。水屋の中には白いお皿や紅茶茶碗、銀のフォークやナイフがきちんと収まっていて、なにもかもちんまりと温かだった。ここに住んでいた人のことをなるべく考えないようにして、あたしは自分の家のように歩き回り、戸棚や引き出しを開け、ストーブに火を焚いて、錫のポットで湯を沸かした。

巨人はそんなあたしを眺めて少しうれしそうだったが、あたしが窓越しに手招きをしてもかぶりを振った。

「俺、大きい。入らない」

それなら、と籠にあったライ麦パンとオレンジを差し出したが、巨人はかたくなに受け取ろうとはせず、おなかが鳴ったあたしがパンをほおばり紅茶をすする外で、睫をしばたたかせて立っていた。やがてあたしがベッドに横たわると、巨人もそのあたりの地面をならして転がった。寒くないか、と尋ねたが、大丈夫、屋根のあるところで眠ったことがないからと言う。あなたは西の国から来たの、と聞いたら、知らない、と言う。どこで生まれたのかと聞くと、わからない、と悲しげに首を振る。名前はなんというと聞くと、名前とはなんだと言う。あたしはノユリ、あたしの父はショウゾウ、母はリツ、弟はカンジ、と名を挙げていくと、巨人は目を見開いた。聞けば、巨人には係累というものがないのだそうだ。父もなければ母もなく、兄も姉も弟も妹もなんにもいない。ただ、遠い昔には温かいものに包まれていたような記憶がぼんやりと残ってはいる。だがそれを形として思い出すことができない。気がついてみればこのように大きく、たったひとりこの野原で、目についたそのあたりのものを食べて生きてきたのだそうだ。

つながりのある者がこの世にいないというのはどのようなものだろう、とあたしはじんとしてしまったが、先に挙げたあたしの家族はこの五年ほどの間に病や事故でもうこの世にはいなかったし、うちの夫は毎日帰って来ても目も合わさないわけなので、あたしが果たして誰かとつながっているのかと考えると、それはそれでよくわからなかった。

「ノユリ、まど、閉めない、いいか」

巨人が体を起こし、外から遠慮がちに問うた。あたしはベッドに横になったままうなずいた。

「おやすみ、巨人」

「おやすみ、ノユリ」

しばらくすると、巨人のいびきが野原を駆けた。青黒い小山のような背中を月が照らしていた。

警官の話

皆様、本日、巨人対策本部は解散し、各人はめいめい平常の任務に戻ることをお伝えいたします。もう一年ほども巨人はこの町には現れてはおりませんし、町の周辺でも巨人の出没情報は稀であります。一番最近目撃されたのですら、かれこれ三ヶ月ほど前のことで、町の北東三十キロほどの草原地帯で羊飼いの男が見ております。ですが、ご安心ください。羊飼いの話によりますと、今までなら羊を何度も強奪されたというのに、その時の巨人はまったく羊には興味を示さず、ただ横切っていったそうであります。この時、驚いたことに巨人のシャツのポケットから一人の女が顔を出しておりました。この女は普通の人間の女のようだったらしいのですが、羊飼いの姿を認めたにもかかわらず、助けを乞うこともせず、巨人が電線でこしらえた「はしご」を伝って地面に下り、木いちごなど摘んでおったそうです。巨人は女性に籠を取れと言われれば渡してやり、あっちの川の魚を捕まえて来いと言われれば走っていき、まるで別人ではないかと思われるほどおとなしかったそうであります。この女性の身元は確認することはできませんでしたが、恐らく一年ほど前に巨人に拉致された女性ではないかと思われます。巨人対策本部では女性を救出することも考えましたが、女性の夫からその必要はないとの申し出があり、中止いたしました。夫によりますと、女性は自らの意志で巨人のもとに留まっているとのことでございます。まあ、巨人が町へやって来なくなったことはなんともめでたいことでありまして、警察といたしましても、このまま現状を維持することが町の安全とより多くの市民の幸福につながるのではないかと考えております。

ノユリの話

桜が見たいと言ったら、巨人はそれはなんだと言う。木の名前で、そろそろ咲くはずだ、薄いピンクの花で、まるで夢みたいにきれいだと言うと、あれか、とうちの前の木を指さす。違う、違うと首を振ると、東の方を指さし、ではあれかと言う。見えないと言うと、腰に巻いた電線をするする外し、あやとりで「はしご」を作って垂らしてくる。あたしはしっかと電線はしごをつかみ、リズミカルに上っていく。顎を上げ、背筋を反らしてきれいに脚を上げようと思ってしまうところが、バレエの名残があって、自分で自分がいやになる。巨人の肩に立ち、

「違う、あれじゃない」

あたしはぐるりを見渡した。精いっぱい目を凝らすと、南の川べりにあるのがどうもそのようだった。あれだ、と指さした拍子にぐらついたら、巨人がはっと手で支える。

「あぶない、ポケットに入るか」

大丈夫と首を振り、巨人の耳たぶをしっかりつかんだ。

野原をつっきって川へ出ると、やはり桜だった。低い土手に並んだ三本の桜が川に差し出すように枝を伸ばしていた。はしごを下りて土手を下る。近くまで行くと、桜はすでに満開で、水面に散った花びらが暗渠の上でゆっくり渦を巻いていた。

「桜渡りをしよう」

巨人を見上げてあたしは叫ぶ。空の半分を影にしてあたしを見下ろす巨人の顔が少し困っている。なんだか頬の線が少しそげたような気がする。痩せたのだろうか。そう言えば最近肉を食べていない。川魚ばっかりだから、肉好きの巨人には物足りないだろう。だが、あたしは今は団子より花だ。

「ここに立ってここから見える桜のところへ行く。そこまで行ったら、また見回して別の桜のところへ行く。そうやって桜から桜へ渡っていくのよ」

昔々、弟がそんな遊びをしようと言い出した。路地に煉瓦の欠片で絵を描いて遊んでいたあたしは、めんどくさかったので、じゅっぽんになったら帰るよ、と言ったが、弟はひゃっぽん数えるまで帰らないと言いはった。バレエのお稽古があるからそれまでね、と始めたら、あたしも夢中で、お稽古のこともすっかり忘れるほどだった。

「サクラ……ワタ……リ」

巨人が呟く。

「そう、百本、数えようよ」

あたしはまた巨人の肩に上る。「ほら、あっちに四本目！」

うむ。巨人が地響きを上げて駆ける。

「よんほんめ、あった、次はなんぼん」

巨人はあたしの顔を見る。

「五本」

よし、と巨人は駆けだして、

「ごほんめ、あった、次はなんぼん」

「六本」

うむ、とまた走り出す。

巨人の肩に乗って見渡せば、どこかしらに桜は見える。それをたどっていくのは簡単だ。子供の頃住んでいたところは丘を切り開いて造った町だった。坂が多くてそここに桜が植わっていた。それでも、そうそう桜が続いて見えるわけではなかったから、あたしは時々ずるをして、見えたふりをし、覚えている桜へ走って行ったりもした。弟はひどくまじめだったから、そんなことはしなかった。ねえちゃんは背が高いから見えるんだなって喜んで、ついて走った。

実をいうと、桜渡りのことを思い出すと鼻先に悲しみや後悔がぶらさがってしまうんだけど、もういいことにしたい。

五十八本目と五十九本目は羊飼いのうちの庭で見つけた。

よう、と庭で羊の毛を洗っていた羊飼いが片手を挙げた。

「いい天気だな」

「きれいな桜ですね」

「ああ」

「かなり古いですよね」

「俺が生まれた時にじいさんが植えたんだ。だから、俺と同い年だ」

ベランダのベンチにおじいさんが座っている。羊飼いと同じハンチング帽をかぶり、杖を横に立て、日ざしがよほどまぶしいのか、それともそういう顔なのか、くしゃくしゃの皮膚の下の目を細め、じいっとこちらを見ている。あたしは少し頭を下げたが、おじいさんは動かない。

「桜、きれいですね」

言ってみたが、無言のままこちらを見つめるばかりだ。

「ぼけてっから、気にしなくていいよ」

羊飼いは汗をぬぐって立ち上がり、うちへ入って冷たいミルクを取ってきて、飲んでけ、と差し出した。

「ああ、お前には、たらいの方がよかったな」

指先でおそるおそるアルミのマグカップをつまみ上げる巨人を羊飼いが見上げる。お返しにさっき森で見つけた野いちごをあげる。ほら、じいさん、うまそうだ、羊飼いがおじいさんに言うと、おじいさんはその場で一気に食べた。汁がおじいさんのシャツに飛んで赤紫の染みを作ったが、いっこう気にする気配もなかった。

「ありがとうな、じいさんの好物だ」

羊飼いが日に焼けた頬で笑う。

突然、おじいさんの目がふっと焦点が合って、赤い汁がついた口元がふがふが動く。

「巨人じゃないか、えい、お前、なにをしてるんだ、羊を隠せ、羊を隠せ」

おじいさんは杖を支えによろよろと立ち上がり、叫んだ。

「じいさん、大丈夫だ、巨人は変わったんだ、もう羊は盗まないから安心しな」

羊飼いがなだめようとするが、おじいさんは目の色を変え、杖を振り上げる。

「巨人め、また来やがったな」

おじいさんの杖を押さえ、羊飼いが目配せをする。

「悪いな、今日はこのへんで」

言われるまでもなく、あたしは巨人を促してその場を出た。巨人は黙ってあたしを肩に載せる。しかたない、しかたない。今までの巨人の悪行はすぐに忘れてもらえるほど小さなことではない。この間はりんご園をつぶされて、そのショックで夫が死んだおばあさんに、呪いの言葉を叫ばれた。

この頃の巨人は悪さをしない。電柱も抜かないし、家畜も盗まない。町外れの野原で静かに暮らしている。あたしたちは地面を耕して野菜を植え、森の果実や川の魚を取って食べている。井戸も掘って水も飲めるようになり、どうしても自分では手に入らないものだけは町の雑貨屋へ出かけて行って買う。お金は少しだがある。信じがたいことだが、夫がくれたのだ。

冬のある日、ドアを開けたら、頭の天辺から足先まで薄汚れた布を巻きつけた男が、背中が折れそうなほど絨毯を載せられたろばを従えて立っていた。旅の敷物売りでございます、と言うので、鼻先でドアを閉めようとしたら、ずいっと足を出してドアを押さえ、お届け物がございます、ときた。

「あなた様のご主人様からでございますよ。町で敷物を買ってくださって、私が旅の者だと申しましたら、野原へ寄ってくれとおっしゃって」

男は巻いていた小さな敷物をてれれっと広げた。中から薄い紙がはらりと落ち、拾い上げたら、離婚届だった。夫の字で片側が埋まっていた。

「サインをお願いいたします」

「宅配便みたいね」

「お金をお支払いするとご主人がおっしゃっています」

「手切れ金ってこと？」

「共有財産の分与ってやつですよ。ご主人はほんとうにお優しい方でいらっしゃる」

「どうして今なのかしら」

「結婚されるんですよ。お腹が目立つ前に式を挙げたいってことで」

「――子供、できたの」

「そのようです」

あたしは胸に強ばるような痛みを感じた。

夫に女がいることは、想像できることではあった。そんな気配があったというわけではなかったが、いても不思議ではなかった。胸の痛みは、子供だ。

結婚して八年、子供はできなかった。あたしには、年老いたあたしたちが一緒に暮らしている絵はどうしても思い浮かべられなかった。話し合うことも笑い合うこともなくなった二人がほかの人間を間に入れず、ただ共に同じ空間に死ぬまでいることにあたしも夫も心底震えていたのだと思う。あたしが巨人に連れ去られて、夫はほっとしたに違いない。

敷物売りはあたしの顔をのぞき込み、にやにや笑った。

「おくさん、こう言っちゃなんですが、先に裏切ったのはあなたの方なんですよ。あの西の国から来た巨人を骨抜きにするとはおくさんもなかなかのやり手ですな」

ぞっとしているあたしに、敷物売りは一層顔を近づけて、

「西の国では奇々怪々な事態に陥っているらしいじゃないですか。原始社会に戻っただの、ヒトよりも高度な動物が出現してヒトは奴隷に身を落としているだの、ええ、週刊誌が書き立てておりますなあ」

敷物売りは懐からボロボロの『週刊絶対真実』を取り出して、指につばをつけてめくり出す。

「いいかげんなこと書いてこんなもの」

雑誌を取り上げたら、表紙にある日付があたしが高校に入った夏だった。

それから敷物売りはやおら本業を思い出したらしく、ろばの背から絨毯を取り出していそいそと広げた。

「こんな時になんですが、一枚いかがです?」

ニセモノ臭い幾何学模様の絨毯は敷物売りの歯と同じように黄ばんでいた。

「アンティークです、新居にハクがつきますよ。三十万で、どうです」

あたしは急いで離婚届にサインしてさっさとドアを閉めようとした。

「商売はね、断られてから始まるんですよ、二十五万でどうです、え、おくさん、元のご主人も買われましたよ、上物を。新しいお宅の客間に敷かれるとか。おくさんもどうです、ええい、二十三万まで負けましょう」

ねばる敷物売りの香水と口臭と体臭にあたしは反吐が出そうで、思わず「巨人！」と叫んだ。

野原の向こうの森にいた巨人がその声を聞き、地響きを立てて戻って来る足音に敷物売りは震え上がり、かわいそうなろばに飛びのって逃げ去った。ノユリ、どうした。巨人は汗を流し、目を血走らせていて、あたしはちょっと怖かった。

お金は後日、あたしの口座に振り込まれていた。まあまあ妥当な金額だった。夫にしてはよくやってくれたと思う。そのお金を取り崩してあたしは布や油や塩を買い、たまには肉も買う。一円だって無駄にはしない。

「ノユリ、サクラだ！」

巨人が山肌の湧き水の方を指さした。崖の途中に桜が突き出すように咲いている。

あたしたちはそれからまた桜から桜へと渡っていった。……はちじゅうに、……きゅうじゅうさん、……きゅうじゅうきゅう。そこまで来て、はたと止まってしまった。

周りを見回したけれど、桜はどこにも見えない。面白いのかどうか、もうわからなくなっていたが、あと一本で百、というところまで来ると、最後の一本が見えないことがたまらない。

弟と桜を探して歩いた時、あたしたちは桜に引っ張られて進んで行くことに興奮していた。知らない景色、知らない土、知らない地名。足裏に響く石畳、迷い込んだ路地裏、リヤカーを引くホームレス、柵の間から吠えかける知らない犬、そんなものにぞわぞわしていた。そして、ふと気がつくと、あたしたちは知らない町の知らない神社の石段の上で八十四本目の桜から一歩も動けなくなっていた。桜はもうどこにも見えなかった。だんだん夕闇が迫り、神社の森に帰ってきたカラスたちがお互いを呼ばわる声が頭上に響き始めた。弟が泣き出し、あたしも涙が出そうになるのを奥歯をかみしめて我慢した。

今あたしはどんな顔をしていたのか知らないが、巨人はあたしを横目で見てから、大きな体でさらに伸びをした。そして、東西南北をぐるりと見渡し、「むむむむっ」とうなり声を上げたかと思うと、突然走り出した。思わずはしごにしがみついたあたしを巨人はあわててポケットに入れると、また地響きを上げて駆ける。巨人の吐き出す荒い息や汗が飛び散るのをあたしはポケットのへりにつかまって見ていた。森を駆け、草原を越え、巨人は岩場をのぼる。そうしていくうちに遠くにかすんで見えた木の輪郭がだんだんはっきりとし、細部が見えてきた。

「ひゃっぽんめ！」

桜だ。山の頂に一本の大きな桜が両手を広げるようにして立っていた。

「うおおおおっ」

巨人は大きな顔から汗を飛ばし、茶色の瞳を輝かす。

あたしはかがんだ巨人のポケットの中から体を伸ばし、桜の白い花の下に顔を突っ込んだ。しめやかな匂いがした。花に埋もれていると死を考えてしまう。死にたい、わけではないのだが、死がそこにいる。白い花の向こうから、静かに手を振って、やあ、と合図を送ってくる。あの日、しゃくりあげる弟の手を引いてまず神社の宮司に道を聞き、それからなるべくきちんとしていそうな大人を選んで道を聞きながら、走って戻った。弟はぜんそく持ちで走るのが遅かった。月が気味悪いほど大きく見えた。最後は手を繋いで、歩いた。

小さかった弟は成長し、都会でまっとうな仕事とまっとうな家族を持ち、幸せに暮らしていると思っていたのに、死んだ。ある朝、会社に行く電車に飛び込んでしまったそうだ。反対側の電車に乗れば死ななかったんじゃないか、会社もうちもどっちもだめなら、ホームを変えて、もっと遠くへ行く電車に乗ればよかったんじゃないの。あたしはお葬式で遺影を見ながら思った。

花から顔を上げると、巨人がこちらを見ていた。

「ノユリ、目が濡れてる、顔も濡れてる」

「濡れてないよ」

「どうした」

「どうもしてない」

あたしはポケットから這い出して巨人の肩に上った。風にあたって涙は一瞬で乾いた。西を向くと町が見えた。赤い日がのっと沈んで空は真っ赤だ。その赤の後ろに青紫や赤紫や黒がしずしずと迫ってくるのがわかる。すぐ、夜が来る。

「ノユリ、あそこに桜がある。行こう」

巨人が指さす方には、オレンジ色の瓦屋根に白い壁の家々が並んでいる。教会の尖塔がそびえ立ち、高層の建物が数本伸び上がっている。緑の林もあるようだ。

「いいよ、もう」

「行こう、行こう、ひゃっぽんの次はなんぼん?」

「もうおしまい。ひゃっぽんで桜渡りは、完成。だから、うちへ帰らなくちゃ」

勇み立つ巨人のひげをあたしはやさしく引っ張る。巨人は頬を染め、しぶしぶではあるが、夕日に背を向ける。

ほら。あたしは東の空にうっすら見える星を指さす。あの真下に野原のうちがあるはずだった。

星を目印に、一緒に数をかぞえながらあたしたちは進んだ。春の夜は心の底が明るくなるような気がする。ひそやかに眠りについた草花の上を巨人はひとまたぎ、ふたまたぎして家路を急ぐ。

いち、に、さん、し、ご、ろく、なな、はち、巨人は覚えたばかりの数をかぞえる。ななじゅうなな、……はちじゅうさん、……きゅうじゅうきゅう、ひゃあーく。

一から百まで、何度もくりかえし、何とか言えるようになった頃、うちのある野原へ戻ってきた。月明かりに丸太小屋の輪郭が見えた時、胸の底に安堵感がこみ上げてきた。巨人のお腹がぎゅるるるるっと鳴った。あたしのお腹もくうううっと声を上げる。あたしたちは遠足から帰った子供のようだった。

「なんかいる」

巨人が指さした。ドアの前の階段に黒い塊がある。ランプに火を灯し、斜めに当ててみたら、男だった。階段に座り込み、トレンチコートをくしゃくしゃさせて眠っているようだ。

「行き倒れってやつかしら」

「おい」

巨人が一声発すると、男はわっと飛び起きた。そして、巨人を見上げて目を丸くした。睫の長い、鼻筋の通った若い男だった。男の頬がみるみる紅潮し、瞳が濡れたように光った。

「探していたんです、ずっと、ずっと、あなたのことを」

うわずった声に、ほんの少し語尾が上がる訛りがあった。どこの国の人だろう。世界共通語ができてから、みんなそれをしゃべっているわけだけど、少しのアクセントの違いに異国の匂いをかぐことができた。

巨人はそんなことはおかまいなしで、けげんな顔で男を見た。

「お前、だれだ」

「失礼、申し遅れました」

男は胸ポケットから名刺を取り出すと、巨人に向かって差し出した。巨人はその小さい紙をつまんで持ち上げたが、ちらっと見ただけで、すぐに、あたしに渡した。巨人は字が読めない。

ナラバヤシ・シモン。 南の国 芸能プロダクション・ノボリヤマ企画。

名刺にはそう書かれていた。こっちが目を丸くする番だった。

ノミの話

恋とは恐ろしいものだ。女とはつけあがるものだ。わしは一族の男どもを集めて、訓辞を垂れた。女はいい。たっぷりとして温かく、俺たちを慰め、子孫を残してくれる。だがな、お前たち、よく聞け。女と交わってもいいが、女を愛してはいけない。まちがっても愛されようなどと思ってはならない。そんなことを考えた男がどうなるか、知っているか。

まだ年若い孫息子たちがふっくらとした頬を左右に動かすところへ、わしは杖を振り上げ、語気を強めた。

「あの巨人を見るがいい」

中年に達した息子たちが腕を組み、一斉にうなずいた。最近の巨人の腑抜けぶりは息子たちの間にも知れ渡っているらしい。わしは咳払いを一つして、一同を見渡した。

巨人はいい奴だ。わしの一族郎党がたいした苦労もせずにこうやって生きてこられたのはひとえにあいつのおかげだ。ばかでかいあいつの体に吸いつけば、たちまち腹一杯になる。どれだけ血をいただこうと、あいつは毛の先ほども気にしない。普通の人間ならそれこそシャツの縫い目にまで目を凝らし、わしらを見ればその場で叩きつぶすだろう。しかし、あいつは実に鷹揚な奴だった。あいつの肌はがさがさに厚く、わしらが吸いついたところで、痛くも痒くもありはしない。そればかりか、ノミのわしらでさえ、そばに来てくれてうれしい、俺の血でよければ飲んでいけといった具合だった。まことに心の広い、いい男だ。あいつはずいぶん昔にここへやって来て、ずっと一人で生きてきた。腹がすけば農家の牛や飛んでいく鳥を捕まえては火であぶって喰い、喉が渇けば川の水をすくって飲むという毎日だったから、そこにあるものをいただくというのは至極当然のことだったんだろう。

それがどうだ、最近のあいつは。この間、あいつは、なんと、ぶっといあの指でわしをつぶしにかかったんだぞ。斜めに飛び上がってなんとか九死に一生を得たわけだが、わしのちっこい心臓が体から飛び出るかと思うぐらい驚いた。

数十年来のつきあいのこのわしを殺そうとするとはどういう了見だ、と青筋立てて怒鳴ったら、あいつ、なんて言ったと思う。

「ノユリが、いやがる」

だとよ。

「ポケットに入れて歩く時、ノミがいると、ノユリ、機嫌が悪くなる」

巨人は髪をなでつけながら、妙につるりとした顔を上げた。よく見ると、たまげたことにシャツは真っ白で、真新しい縞のズボンには真ん中にびしっと折り目が付き、ズボン吊りの金具までぴかぴか光っていた。

「俺、もうすぐエイガに出るんだ。ガリバーってやつ。大勢の人間の中に混じるわけだから、ノミを連れて行くなってノユリが言う」

「お前、映画ってどういうものかわかっているのか」

「わからない。だけど、エイガに出ればカネがもらえるそうだ」

「金って、お前……」

「実はカネがなんなのか、俺にはわからない。ただ、カネがあると、物が買える。俺の食べ物もノユリの服も、靴も、欲しがるものはなんでも。カネなんかなくてもいい、欲しい物があったら、俺が取ってくる、と言ったんだが、ノユリは許さない。なんかリンリにおとるんだとよ。リンリって何だ」

「人の道だろ」

「人の道ってなんだ」

「俺たちには関係ねえシバリってことさ」

巨人は顎のあたりをぽりぽり掻いた。

「で、なんで映画なんだ」

「知らない。男が突然やってきて言うんだ。エイガに出ろって」

「どこの男だ」

「南の国の男だ」

「ああ、南の国はエンターテイメントを世界へ売ってガバガバ稼いでる」

「ノミはなんでも知ってるな」

「俺たちのネットワークはちょっとしたもんなんだ」

「エイガなんていやだって言ったら、ノユリは怒った。意気地なしだって。それから、泣いた。俺ほどこの役にぴったりな奴は世界中探してもいないのに、なんでやらないんだ、このままじゃ俺は強盗をするしかなくなる、そんな奴とは暮らせない、自分を町へ帰してくれって。じゃあ、出るって言ったら、ノユリは笑った。初めて笑った。ノユリが森へ来てから、どれだけたったか、馬酔木《あせび》の花が咲いて、蝉が鳴いて、栗がはじけて、雪が降って、もうすぐまた馬酔木が咲く……、その間、笑ったのを見たのは初めてだ。あんなうつくしいものは初めてだ。あやとりの中の流れ星よりずっとずっときれいだ。だから、俺はエイガに出る」

「お前、女と夫婦《めおと》になったのかい」

「メオトってなんだ」

「毎晩いっしょに寝るってことだ」

巨人の顔がみるみる赤くなった。まるで猿の尻みたいにな。

「とんでもない。俺、毎晩外で寝る。俺が入るうちなんかない、いいんだ、慣れてるから」

あいつ、気が触れたに違いねえ。

お前たち、わかったろう。いいか、愛されている女ほどタチの悪いものはない。男の本来の姿をゆがめ、精気を奪い、人生を台無しにする。それから巨人はどうしたかって？　あいつは女と一緒に行っちまったよ、意気揚々と南の国へな。

ノユリの話

映画の都は南の国の海岸沿いにある。ここへ来てからもうずいぶんになる。髪はいつも潮風になぶられてべたべたするし、ポケットの中にはいつのまにか砂が入り込んでいる。海岸から近い空き地に組まれたセットの中で、まるでお祭りみたいに毎日が過ぎる。

初めての撮影は砂浜で行われた。漂着したガリバーが海岸で眠り込み、気がついたら両手両脚、髪の毛にいたるまで地面に縛りつけられていた、というあのシーンからだ。寝ころんだ巨人の周りに大勢スタッフがやって来て杭を打ち、ロープを渡し始めると、巨人は砂を巻き上げて半身を起こし、うおおっと一声吼えた。スタッフの何人かは巨人の体から振り落とされ、エキゾチックな衣装に身を包んだ俳優たちは蜘蛛の子を散らすように逃げ出した。

「お芝居よ、巨人。あなたは目を閉じて、動かないで、じっとしてて」

あたしは巨人の体によじのぼり、耳たぶを引っ張ったが、映画どころかテレビも芝居も見たことがなく、物語ひとつ聞いたことのない巨人にわからせるのは至難の業だ。クレーンみたいな装置に乗った監督が苦々しげにあたしをにらみ、地面にいたスタッフの男たちを順々にねめつけた。

「こんな怪物を連れてきたのはどこのどいつだ」

監督の目がぴたりと留まる。

「シモン、お前だな」

「はい、監督」

シモンは一瞬ハンチング帽のつばに手を掛けてきりりとした顔を見せ、駆け寄っていく。

「もっと物わかりのいいやつかと思ったぜ。こんなんだったら本物なんかいらねえ。特撮で処理すりゃいいじゃねえか」

「いえ、監督、リアル感が全然違うんです。本物の巨人、使ってる映画なんてうちだけですよ。千年に一度の逸材、この巨人の純朴な風情が感動を呼ぶんです」

「ちっ、口ばっかりうまくなりやがって。じゃあ、なんとかしろ」

シモンは両手をメガホンにして叫ぶ。

「ノユリさーん、よろしくー」

あたしはにっこり笑って手を振り返し、下にいたスタッフにロープを一本輪にして巨人に持たせるように頼んだ。

「ほら、巨人、何か作って。はしご、飛行機、アサガオ……、あやとりしているうちにだんだん眠くなってくるわ」

「俺、あやとり、忘れた。俺、今、ノユリ好き、あやとり、好きじゃない、エイガも好きじゃない」

巨人はロープを手にしたままうつむいて、砂まみれの頭を振った。

「おいおい、何してんだよ。三歳児の巨人かよ」

監督がいらいらわめく。

「早くしてくださいよー、ノユリさーん」

シモンは一段声を大きくして叫ぶ。甘い顔立ちがゆがんでいるのが巨人の肩にいるあたしにもわかる。

あたしは巨人の耳にうんと唇を近づけた。

「寝ころんで、目を閉じて。これが終わったら、ほっぺたにキスしてあげるから」

巨人は顔を赤らめて砂浜に寝ころび、真上に上がった太陽に向かってぎゅっと目を閉じた。

「いい子、いい子。しばらくお眠りなさい。目が覚めたら、あなたはロープで縛られてる。だけど、怒っちゃだめよ。全部、お芝居なんだから」

あたしは巨人の耳元で子守歌を歌ってあげた。やがて巨人は寝息を立て始め、スタッフは大急ぎで巨人の髪を少しずつ束ねて砂浜に打ちつけたり、足にロープを渡したりし、俳優たちは台本通りに動き始めた。

それから、「終わったらキス」はあたしと巨人の合い言葉になった。芝居というものがまるでわからない巨人にとって、撮影は苦痛以外の何ものでもない。さっきまで胡散臭そうにこちらを見ていた人間が、カメラが回った途端、満面の笑顔で訳のわからない話をしかけてきて、監督の「カット」の声とともにまたそっぽを向いてしまう。混乱している巨人にあたしは「終わったらキス」と声をかける。海に腰までつかって舟を引っ張っているところへ無数の矢の攻撃を浴びて怒り出した巨人にも、「終わったらキスだよ」と海岸から叫んであげる。あたしのおまじないは効果てきめんで、周りのスタッフや俳優たちに笑われながらも、巨人はその都度おとなしくなり、監督に言われるがままに動いた。

「よくもキスなんてできるわね」

王妃役のワカミヤ・マリアがすれ違いざまにあたしに言ったことがある。

「あんな化け物に。臭いし汚いし」

あたしは無視しようとしたが、マリアは扇で口元を隠し、あたしの顔をのぞき込んできた。きつい香水に胸がむかむかする。

「西の国からの流れ者ってうわさじゃない？　あんた怖くないの」

あたしは顔を上げ、マリアをにらみつけた。

「巨人は東の国の人間です。あたしと同じ」

「へえ」

「それに、巨人は臭くも汚くもないわ。野原の匂いがするだけよ」

「まあ、ずいぶんかばうのね、夫婦だけあって」

女優は扇を大仰に振りながら、にやにやして立ち去った。

ここでは心乱されることがたびたびあったが、巨人にとっては生まれて初めてといえる家を持った。撮影用の張りぼてガリバーハウスがあたしたちの住まいだ。巨大なテントみたいなものだが、巨人が使えるテーブルと椅子があり、巨人は初めて人並みに腰掛けて食事を取った。ここで最もいいことは食べ物がふんだんにあることだ。体に見合うだけの肉や米や野菜を食べて、巨人のこけていた頰はふっくらとし、南の国の果物のおかげで肌のつやもよくなった。そして、巨人は屋根の下で眠ることを覚えた。布団もまた特注だ。百五十人分の布団を縫い合わせたものを巨人はガリバーハウスの床に敷き、毎夜あたしを待った。

あたしは白い寝間着に着替え、巨人の寝床へやって来る。一日のつとめをなんとか果たした巨人をねぎらい、ひげの伸びかけた頰にキスをする。巨人はいつでも生まれて初めてといったふうに頬を染め、「俺とノユリ、メオトだな」と言う。この言葉を聞くと、胸の中に一つ、石が積まれたような気分になって、うまく返事をすることができない。石は夜ごとに増えていき、胸はもう空いたところがない。あたしは黙って明かりを消し、巨人の横に滑り込む。布団はひどく重く、裾は遙か彼方に霞んでいて、なんだか自分が布団の海に沈み込む一粒の豆になったように思う。そのまま目を閉じて静かに十も数えれば、隣からごうごうと巨人のいびきが聞こえてくる。昼間は気にもとめなかった巨人の匂いが濃くなるのもこの時だ。野原の草と土の匂い。日の光と風と虫の匂い。

あたしは目を開け、自分の上に広がった世界を見る。とてつもなく高い空っぽの闇。屋根にはいくつも隙間があり、そこを通り抜けた月光が矢となってあたしの額に、顎に、胸に、手のひらに、足に突き刺さる。矢はあたしの目も射抜き、血でも流れればいいものを、涙一滴流れない。

おやすみのキスの後に何かがあるなんて巨人は思いもしなかったに違いない。あたしは暗闇の中そろそろと起きあがり、白い影になってシモンの元に飛んでいく。

海岸の小屋の中でシモンは半分困ったような顔をしてあたしを迎える。腰に手を回して、いつか、の話ばっかりする。いつか自分がプロデューサーになり、いつか世界を驚かすようなすばらしい作品を作り上げる。それは根源的で普遍的で衝撃的なものになるのだそうだが、今のところは何もない。大丈夫、いつか、できるから。そして、いつか、自分の映画が撮れたら、その時は君を迎えに来るよ。

あたしはただ笑ってシモンを抱きしめる。どうしてシモンは嘘をつくんだろう。手を伸ばせば、そこにいる、その間だけ、お互いの体を引き寄せるのだと、あたしもシモンもよく知っているはずなのに。この映画が終わったら、あたしたちはさようならだ。

どこかであたしは信じたいのだろうか、シモンのぺっらぺらな薄い言葉がしっかりと根も葉もある愛の木で、あたしを緑の葉で包み込み、花も咲けば実もなるのだと。そんなことはあり得ない。

だけど、もし、そうだったら。もし、本当にシモンが一緒に逃げようと言ってくれたら。あたしは自分を知っている。何も考えず、ただ、そのきれいな手をつかみ、振り返りもせずに巨人のところを去るだろう。

嘘っこの大砲や、ボート、背景の一部、ベニヤ板や角材、照明装置、その他もろもろの撮影道具が無言であたしの不貞をなじる。一番冷ややかなのは王妃用の長椅子だ。琥珀色の絹の地に深緑の唐草模様が浮き上がり、王妃役のあの女優が腰掛けて扇を振るのだ。長椅子はきれいで意地悪そうで、もしも口がきけたなら、上に乗ったあたしとシモンの体に、逢い引きの証拠の唐草模様を貼りつけて、撮影所じゅうに触れ回るに違いない。

「俺はいつか巨人に殺されるよな」

シモンはあたしを抱いてうわごとのように繰り返す。ええ、あたしも。首筋に口づけをして、毎夜あたしは答える。

いつか、が、来るなんて思いもしなかった。永遠に来ることがないから、いつかだと思っていた。あまりに浅はかだった。

月の話

光というものはどこからでも、ええ、針の先ほどの小さな穴からでも入り込むものなのです。すべての撮影の終わったあの晩、私はちょうど満月で、丸く大きく夜空に君臨しておりました。私の無数の光の子らは地上に降り注ぎ、浜辺に建ったガリバーハウスの屋根の隙間からもしのび込んで、寝ている巨人の上に落ちていったのです。巨人は幸せそうに眠っておりました。それまでの苦役から解放され、明日からは自由の身とあって、大きな四肢を存分に伸ばし、ひげの先まで緩ませていびきをかいておったのです。

そこへ、あの女優のマリアがやって来ました。王妃の衣装そのままで、プラチナブロンドの豪勢なカツラをつけ、弓形の眉につけ睫、白桃の頬の化粧をし、長いドレスの裾を持ち上げ、飾り立てた靴先を見せていました。マリアのやったことは、ええ、ただの暇つぶしです。ファンである地元の漁師から、夜明けに海岸の小屋から出て来る女を見かけた話を聞いて、どうもノユリらしいと見当をつけ、退屈しのぎに、一騒動起こしてやりたかったのでしょう。

マリアは監督のメガホンを巨人の耳の穴にあて、「巨人、撮影よ」と呼ばわりました。

ぐううううっ。

寝ぼけ眼の巨人が振り回した手に、女優はあわや跳ね飛ばされるところでした。

「なんだ」

「シーンを一つ撮り忘れてたんですって、監督が呼んでるわ」

マリアは少し離れたところから、やっぱりメガホンで言いました。

「エイガ、終わった」

「まだよ。あたしだってこんな夜中に呼び出されて来てんだから」

「ノユリ、終わったって言った」

「ノユリ、いないでしょう。外に出て、あんたを待ってるのよ、ほら、早くして」

巨人は簡単に騙されました。眠気も吹っ飛んだようで、急いでガリバーの衣装に着換えて浜辺へ出てきました。

「ノユリ、どこ行った」

「さあ」

マリアはさくらんぼの唇に薄笑いを浮かべ、

「それより、小舟を取ってきてちょうだい」

と、命じます。

「監督がカメラの準備をしてるから、その間に小舟を海に浮かべといてくれってさ」

「わかった」

巨人は何も疑わず、浜辺の小屋へと向かっていきました。

その夜、明るすぎたのは私のせいです。私が自慢げに自分の力を見せつけていたからです。闇夜であれば、そうはっきりとは見えなかったでしょう。巨人は浜辺にひざをつき、かがんで扉を開けました。その途端、私の光の子らはまっすぐに小屋の奥まで届き、そこにあったすべてのものを巨人の目にさらしてしまったのです。……いえ、実際、巨人は長椅子しか見ていませんでした。その上に眠っていた二人しか目に入りませんでした。

ノユリとシモンははっと目を覚まし、起き上がりました。

「ノユリと俺、メオトだ。お前、ちがう」

巨人の声が吼えるように響き渡りました。怒りと悲しみで体がばらばらに張り裂けそうに見えました。シモンは青ざめて巨人を見上げました。きれいな顎が滑稽なほど震え、長椅子

から転がるように巨人の前に進み出て、

「お芝居だよ、巨人」

目を泳がせて言いました。

「ほら、巨人もやったじゃないか、あれだよ。お芝居の練習さ、全部、うそっこなんだよ、メオトのふりさ」

巨人は青ざめた顔でシモンを見据えます。

「ふりでもだめだ、おしばいもだめだ、ノユリとメオトは俺だ」

巨人の腕が小屋の中へ伸びていきます。照明装置が割れ、蹴散らされたセットの一部が壁に当たってめりめりと音立てて壊れます。シモンは左へ逃げ、右へ逃げ、懸命に叫びます。

「ノユリに誘われたんだ、ノユリがここで会おうって言ったんだよ」

その時です、長椅子に起き上がり、じっと黙っていたノユリが、白いスリップの裾を翻して巨人に駆け寄りました。

巨人の地面についたひざに抱きつき、耳を疑う言葉が漏れ出ます。

「あの男、殺してちょうだい」

巨人は驚いたような顔をしてノユリを見ました。ノユリは巨人の手のひらに載り、もう一度、ささやきました。

「殺してちょうだい」

巨人はうなずくと、ノユリをそっと胸ポケットに入れました。それから、シモンの方に向き直りました。大きな腕が下りてきてシモンは簡単に捕まえられました。どんなに暴れても無駄でした。それはひとたまりもないのです。

シモンは高々と持ち上げられ、私の光に照らされたその姿はみじめなものでした。なまっちろい、パンツ一つの姿で狂ったように手足をばたつかせましたが、命乞いの間も与えられず、巨人の振り上げた腕は黒々とした海へ向かって振り下ろされました。シモンは小石のように飛んでいきました。小さな点となって。あまりに長い距離を飛んだので、砂浜からはシモンの落ちるところは見えませんでした。

「ひえええええええっ」

巨人の後ろで声がしました。王妃役の女優が腰を抜かしていたのです。

「ああ、そうだ」

巨人は思い出した、といった顔をして、小屋から小舟を引き出して来ました。

「エイガ、撮るんだよな」

マリアはドレスを砂だらけにして浜辺を這い、立ち上がろうとしてまた転びました。

「舟、海へ浮かべるんだよな」

マリアは起き上がり、真っ青な顔で走り出しました。ノユリの顔色が変わりました。

「巨人、捕まえて」

巨人はまたうなずいて、マリアの背中をつまんで持ち上げました。派手な蛾のように空中に浮かんだマリアは、鱗粉の代わりに香水とおしろいとキイキイ声をまき散らします。

「舟に乗せて」

ノユリが静かに言いました。

小舟は暗い海に浮かんで揺れています。

「巨人、あたしは何も見てないわ、ノユリ、信じて、あたしは絶対誰にも言わないから」

「巨人、早くして」

「やめて、やめて」

マリアは巨人に小舟の上に振り落とされました。舟のへりをつかみ、恐怖に顔をゆがませて叫び続けます。

「巨人、誰にも言わない、あたしはなんにも見ていない、お願い、助けて」

マリアが涙と鼻水を垂れ流し、髪を振り乱して叫べば叫ぶほど、それは演技に見えてしまいます。あでやかな風貌だけがもてはやされ、大根大根と言われ続けたマリアにとって、これほど真に迫った演技はなかったに違いありません。けれど、悲しいことに、どこにもカメラは回っておりませんし、「カット」の声もかかりません。手前味噌ではありますが、救いは照明、といってもいいでしょうか、私の光をスポットライト代わりにしたマリアは、絶体絶命に陥った人のありさまを悲しいほど鮮明に演じていました。

「巨人、あたしたち、仲間じゃないの、助けてちょうだい」

「ナカマってなんだ」

「いっしょに映画を作り上げたじゃないの、仲間なのよ、仲間を殺したりしてはいけないのよ」

ノユリの顔がゆがみました。脳裏には次から次へと思い出すことがあったのでしょう。今までどんなにマリアが巨人をばかにし、化け物だの、うすのろだの、臭いだの、汚いだの言ってきたか、また西の国からの流れ者に違いないから気をつけろ、などと噂を広め、巨人の後ろで舌を出して笑っていたか。

「海へ流して」

ノユリが言いました。マリアは悲痛な声を上げます。

「あたし、泳げないのよ、助けて、ノユリ、あたしたちだって仲間じゃないの」

髪を振り乱し、声をからして懇願し続けます。

「海へ流して」

ノユリはもう一度、急いで言いました。巨人は舟を力いっぱい海へ押し出しました。あっという間に舟は沖へと進んでいきます。マリアは大きく目を見開いたまま、みるみるうちに遠ざかり、夜の向こうに消えてしまいました。巨人は砂浜に佇んでしばらく海の方を眺めていました。シャツのポケットの中ではノユリが同じように海を見ていました。私の光の子らは波間で遊び、白いしぶきに乗っかってけらけら笑いあっておりました。

「ああ」

ノユリがうめくような声を漏らしました。年の割には深い皺が一本額を横切っていました。目を細めて巨人を見上げ、

「あたしと巨人、今日から、メオトだ」

うおおおおおおっー。

巨人の顔が朱に染まり、歓喜の叫び声が遠く遠く海の果てまで響いていきました。それはきっと可哀想なシモンとマリアにも聞こえたに違いありません。

監督の話

本物みたいだって？　もちろん、彼は正真正銘本物の巨人ですよ。巨人の中の巨人。本作

品「ガリバー、リリパット帝国を行く」はCG、特撮は一切使っておりません。砂浜に縛られて寝転がるシーンも、舟を引っ張るシーンも、砲弾と矢の降り注ぐ戦闘シーンも、すべて生身の人間の実演による大迫力、躍動感溢れる作品に仕上がっております。総制作費二十億円をかけたこの夏の超大作です。

あ、彼のことをお聞きになりたい、ええ、お話しましょう。おっしゃるとおり、彼はこの映画に出るために生まれてきたようなものです。彼なくしてこの映画は成り立ちませんでした。よく見つけたとお思いでしょう。探しましたよ、世界中。方々に人を遣り、探して探してやっと見つけたんです、遠く東の国の野原でひっそりと暮らす彼を。彼は百年に一人、いや千年に一人の逸材です。堂々とした体躯、深い茶色の瞳、よく響く声、純朴な風情。彼は今までのガリバー像を塗り替えました。スウィフトのガリバーは当時の社会への風刺に溢れたものでした。確かにそれは価値のあることです。けれど、精神の緊張を強いられる現代の私たちは別のものを求めています。巨人はこの物語にもっと純粋な誠実さを加えたのです。

出会いってあるんですよね。僕と彼の出会い、彼と映画の出会い、いやあすばらしい。

……いや、巨人は西の国の者ではありません、例の恐ろしいこととは全く無関係、まあ恐ろしいことが一体なんなのか、いまだにわかりませんがね。あいつは東の国の男ですよ、そいつを我が南の国映画が起用したわけでね、グローバリゼーション万歳、西の国を除く全世界ビザ撤廃条約万歳、ですな。

困ったこと？　いや、別に、……なにかあるはずだ？　ずいぶん強引な。まあ、しいて言えば、きわめて純粋だと言うことですかね。なんせフィクションが通じない、……スタッフが、暴れた巨人に殺された？　真夜中の浜辺で？　何ですか、それ、……痴情のもつれって、はっ、あの巨人がですか、あなたひどいな、どこからそんなガセネタを仕入れてきたんですか、とんでもない、まったくいい加減にしてください、ばかばかしい。……ナラバヤシ・シモン、ですか、……ええ、まあ、そうです、うちのスタッフですが、彼が何か？　いや、あの男はスカウトマンですからね、今も世界中を飛び回っているんですよ、それだけです。え、ワカミヤ・マリア、ですか、ええ、王妃役ね、いえ、失踪しているって、まあ、気まぐれなところがありましたからな、旅行中じゃないですかな。ふらっと一人旅ってやつで。……捜索願が、出て……るんですか、夫から、ほう。知りませんでしたな……いや、巨人は関係ありません、断じて関係ありません。

巨人に取材？　……それはお断りです。巨人は休暇中ですからな。探し出す？　いい加減にしてください、おたく、どこの記者ですか、ほんとにアカツキ新聞ですか？　名刺、見せてくださいよ、……ほら、持ってない、あんた、もしかして、『週刊絶対真実』の記者じゃないですか、あそこはひどい、ガセもいいとこ。嘘八百書き立てられて、うちはどんだけ迷惑してるか、ほら、やっぱりそうだ、私は目を見ればわかるんですよ。

あのね、何度も言いますが、警察の捜査はとっくに終わってるんですよ、で、出た結果はナラバヤシ・シモンもワカミヤ・マリアも巨人とは一切関係なし。私の推測では二人で逃げたんじゃないですかな。マリアの夫って、あれでしょ、あの野球選手、バカスカホームランは打つけど、守備が下手で有名な奴、アイツ、怒ると手が出るってもっぱらの噂じゃないですか、DVから逃げるためにうちのスタッフ、たぶらかした、それしかないでしょ。巨人は断じて無関係。この映画つぶす気ですか。さっきも言ったでしょ、二十億かかってんですよ、なめた真似するようだったら、名誉毀損で訴えますぜ。これ以上、あんたにお話しすることはなんにもありません。お帰りください、帰ってくれ、帰れ、しっ、しっ、……おおい、だれか、こいつをつまみ出してくれ！

看板の話

あやとりサーカス。巨人が電線であやとりをいたします。空に作りますのは「川」に「熊手」に「アサガオ」に「ダイヤモンド」、などなど。電線を伝い、ぶら下がって曲芸をいたしますのは妻のノユリにございます。祈りをこめた前代未聞の離れ業、けっして退屈させませぬ。お代はご覧になってからでかまいません。どなたさまも、どうぞどうぞお立ち寄りくださいませ。

巨人はわたくしを持ち上げて、町外れの空き地に立てました。まっすぐになっているか、右から左から眺め、タオルの先っちょでこすって磨きます。わたくしは胸を張り、草の生えた地面に踏ん張って、それにこたえようと思います。それがわたくしを作ってくれたお二人へのせめてものご恩返しだと思うからです。巨人は森の木を切って薄くし、ノユリが白いペンキを塗って、筆で字を書きました。自分で言うのも何ですが、なかなかしゃれた看板なのです。なんて書いてあるのかと首をひねっていた巨人に、ノユリは教えようとしましたが、巨人はすぐに手を振りました。いい、俺のほかは、みんなわかるから。そう言って人寄せの口笛の練習なぞしておりました。

今日も巨人はその大きな頬をふくらませ、口笛を吹きます。口笛は風に乗り、町まで届くのです。

——始まるよ、始まるよ、あやとりサーカス始まるよ。

この市役所裏空き地も三日目、お客様の入りは上々です。向こうからだんだん人が集まってくるのが見えます。おじいさんとおばあさんが杖をついて、旦那さんが子供を肩車して、奥さんが乳母車を押して来ます。恋人たちが腕を組んで、自転車に乗った子供たちがペダルをこいで、こちらへ向かってくるのがわかります。お客様がたくさんいらっしゃるといいのですが。たくさんいらっしゃったら、その分サーカスの後にお足が集まります。お足が集まって何よりうれしいのは、巨人の食べ物が買えることでございますね。お腹いっぱい食べられるか、ぐうぐう鳴るお腹を抱えて夜を越すかはその日の上がりにかかっているのですから。この間、雨が続いてサーカスができず、どうにもお腹のすいた巨人が、肉屋の店先に吊してあったソーセージを失敬するということがありました。ノユリはたいそう憤慨し、これで払ってこいと、なけなしのお金を差し出したのですが、あの時の巨人の悲しそうな目は忘れられません。

わたくしは巨人の引く荷車の中に入れられてポケットのノユリ共々この東の国をあちらこちら渡り歩きました。谷間の村、湖のほとり、温泉町、工場の町、都市の広場から、稲刈りの終わった田んぼまで。けれど、こうやって各地で興行がうてるようになるまでには並大抵ではない苦労があったことをお話ししておきたいと思います。

「お金をいただいているのだから、恥ずかしくないサーカスがしたいのよ」

ノユリは厳しい顔でそう言って、二人で何度も何度も練習しておりました。元バレリーナのハシクレとしては、と、ノユリは足を上げ、胸を反らせ、伸ばした手の先、爪先にまで神経を行き届かせ、蝶の羽のふるえのような繊細さと稲妻のような大胆さを空中で繰りひろげておりました。巨人はというと、自分の手の中のノユリにぼうっと見とれていたり、電線を振るタイミングが遅かったりして、何度もノユリに怒られながら、けんめいにその太い指に電線をかけ、流し、ひねり、両手を合わせたり、開いたり。まったく涙ぐましい練習ぶりでした。

そのかいあって、というのでしょうか。その日の上がりに多い、少ないはあるとしても、二人のサーカスはちょっとしたものとなりました。魚のうろこみたいにキラキラ光る衣装をつけたノユリが巨人の掲げる電線の川の上で綱渡りし、あっちの電線からこっちの電線へ軽々飛び移り、空中にできた電線ダイヤモンドの真ん中に逆さにぶらさがってくるくる回ると、お客様たちは遥か下からあんぐり口を開けて魅入ってしまうというわけです。

この間、ウバステ山でやった時など、巨人の口笛でそれまでどこに隠れていたんだろうと思うぐらい、わさわさお年寄り方が出ていらっしゃって席が埋まりました。おばあさんが心臓に悪いねえってお隣のおじいさんにささやくと、おじいさんはドキドキするのうってうなずいてらっしゃいました。けれど、終わった時には、みなさまぽうっと頬を赤くして、きれいなものを見せてもらって、とお米やら栗やら柿やらキノコやら、たくさんくださいました。

たいていのお客様はここの空き地のように子供からお年寄りまでのご家族づれで、みなさま楽しくサーカスをごらんになる、というのが一般的なのですが、世の中にはさまざまなご嗜好がございますね。島の廃墟ツアーのサプライズショーはめったにない経験と申し上げてよいかと存じます。五十年前に廃業した製鉄工場跡に待機していて、ツアーのお客様がいらっしゃると、やおらサーカスを始める、というものでございましたが、まあ、小心者のわたくしなど、逃げ出したくなるような恐ろしげな場所でございました。ところが、太いパイプや煙突や錆び付いた滑車を背景にして、巨人が作った電線のあやとりの上でノユリが回ったりすると、お客様方は感に堪えない顔をして、シュール、と呟かれるのです。巨人はわからない言葉を言われた時の常なる反応として、表情をしまい込み、ばさばさ瞬きを繰り返すばかりでしたが、その無表情ぶりが一層うけたようです。ノユリもふだんの笑みを消し、機械人形のように動きましたから、異様さは極まり、お客様はすっかりのまれてしまいまして、ええ、おかげさまで、お足も思いの外たっぷり集まりました。

いろいろな場所、いろいろなお客様の前でサーカスをしてまいりまして、温かい励ましをいただいてまいりましたが、良い時ばかりだったとはとても申せませぬ。ですが、最初の頃の裏通り商店街裏広場と比べたら、たいていの場所はましだと言えるでしょう。あれは本当にひどかった。お客は顔が真っ赤っかでフラフラしてて、客席で寝たり、吐いたり、けんかしたり、果てはノユリに向かって、もっと胸見せろーだの、若いのはいないのかーだの叫ぶのですから。巨人が足を踏みならして怒りましたら、みんないなくなって、あの日の上がりはゼロでした。後でノユリが叱りましたら、巨人は電線を放り投げて、サーカスなんかいやだいやだとわめきました。そんなことを言うなら、もうメオトでもなんでもない、とノユリが眉をつり上げますと、巨人は滂沱の涙を流し、サーカスやる、サーカス好き、と言いながら、投げた電線を拾いに行きましたが、なんとも前途多難な始まりで、せめて看板のわたくしが一人でも多くのお客様の目に留まらねばと覚悟した夜でございました。

サーカスというものは旅から旅の興行でございまして、それをノユリはまるで巡礼のようにこなしておりました。夜は小さなテントで眠り、朝は早くから起きてさまざまな準備をし、精一杯の芸でその土地のお客様を楽しませます。ただ、五日と同じ所にいることはありませんので、しばらくするとまた荷物をまとめて移動する、という日々です。手配師とのやりとりもお客様を引きつける演目を考えるのもすべてひとりでこなし、休む暇もありません。

巨人の方はノユリに言われるまま動くのですが、時折、何か思い出すことでもあるのか、野原に帰りたいと言ってノユリを困らせました。

「野原でサーカスやればいい。ノユリの小さいかわいいうちもあるし、川の桜もあるし、羊飼いもいる」

「それじゃあお金にならない。ずっとひとつのところでやると、みんな飽きちゃうから」

「どうして飽きるんだ、俺はなんべんやっても飽きないのに」

ノユリは一瞬泣きそうな顔になりましたが、あたしもそうだよ、とゆっくり微笑みました。

巨人はその顔をまぶしそうに眺め、電線をいじって、俺は飽きない、と繰り返します。ノユリは巨人をなだめすかし、終わったらキスだから、と切り札を出して重い腰を上げさせておりました。

ああ、そろそろ、時間でございますね。お客様方はわたくしを眺め、ほうほうとうなずいて、切り株を削った椅子に腰掛けました。ほぼ満席、といってよいでしょう。

あら、あちらからなんだか変なロバがやって来ました。背中が折れそうなほど絨毯を積まれ、汚らしい布で体を覆った男に引かれています。ロバは目を細めたり開いたり、鼻の穴をひくひくさせたり、なんでしょう、見ているこちらがむずむずしてきます。

「よお、巨人」

何か小さな者たちが一斉にロバから飛び降りました。目を凝らしてみると、まあ、ノミではありませんか。大変な数のノミたちが跳ね上がって巨人を囲みます。

「なんてこった、また家族が増えたな」

「ああ、息子に孫にひ孫にひひ孫、子孫繁栄に努めてるもんでな。聞いたぞ聞いたぞ、エイガの次はサーカスだって？　うちの家系はよお、サーカスには一家言あるんだよ。なんせ、じいさんの代までは強突く張りの親方のもとでブリキの馬車やら大砲やら引いて東の国中回ってたんでな、ノミのサーカス、ほんとに、涙なくして語れねえ」

「今はやらないのか」

「親父が胃弱で腹に力が入らないって占いに商売替えしてよ、で、俺はそこを出て自由ノミをずっとやってる」

ふうん。巨人は睫をバサバサやってノミの話を聞き、最前列のご招待席と書かれたプラカードのあるところへノミ一族を座らせ、ノユリには内緒だぞ、と目配せしました。

スピーカーからジャカジャカ音楽があふれ出ました。さあ、あやとりサーカスの始まり始まり。今日のノユリは真っ赤な衣装で、小鳥のように電線を飛び移り、足を引っかけて逆さまに回ります。

「ひょおおおおおー、すげえええー」

ノミたちはピーピー口笛を吹いて喝采を送り、自分たちも跳ね上がって大興奮です。

ひとりの太っちょが大きなカメラを構えて空中のノユリに向かってシャッターを切りました。男はさらに巨人に向かって焦点を合わせ、立て続けにシャッターを切ります。何者なのでしょう、すうっと切れ上がった細い目が不穏な気配をにじませています。男にはおかまいなしにノミたちは喝采を送り続けます。特にひひ孫らは大喜びで踊り出し、それに煽られてでしょうか、ほかのお客様方の受けも上々、終わってから巨人が帽子を向けると、お札やコインがあっちからもこっちからも投げ込まれました。

「すごいですね、いやあ驚いた」

太っちょは帽子を抱える巨人に向かって、またシャッターを押しました。

「いいもの見せてもらいましたよ。……ええと、巨人さん、『ガリバー、リリパット帝国を行く』に主演されてましたよね。あれ以来どこへ行かれたかと思ってましたが。それにしても、立派な体ですな。怖いものなしでしょう、ここまで大きいと。……ちょっとお話をうかがってもよろしいですかな」

男はカメラを構え、ほかのお客様を押しのけてぐいぐい巨人に迫ります。巨人は目をぱちぱちさせるばかりで声も出ません。

「巨人さん、ナラバヤシ・シモンさんとワカミヤ・マリアさんって知ってますよね」

太っちょの声に向こうでお客様に頭を下げていたノユリが飛んできました。男はノユリに向かってもカメラを構え、シャッターを切ろうとします。なんて無礼な奴なのでしょう。わたくしは思わず飛び上がって男の後頭部に一撃を食わせました。

「……ってえ」頭を押さえて沈み込みそうになる男の腕を引っ張って、ノユリは向こうへ連れて行きました。

「妙な奴だな」

ノミがやって来ました。

「おお、飲んでけ、ほらノユリが見てない間に」

巨人は袖をまくって毛むくじゃらの腕を差し出しました。

「お前、顔色悪いぜ。やせたんじゃねえか」

「そんなことない」

「ちゃんと食ってるか」

「うん、まあ」

「映画に出て、金、もらったろ、ちゃんと食えよ」

「カネはもらってないんだ」

「なんでもらわねえんだ」

「わからない」

「なんだい、あいつら払ってくれねえのかよ」

「わからない」

「ノユリが独り占めしてんじゃねえか」

「ちがう」

「大声出すなよ」

ノミはなだめるように手を振りました。

「俺たち、逃げてる」

「なんだ、それ。誰が追っかけてくるんだ」

「俺もよくわからない。だけど、ノユリが言ってた、南の国で起こったことはメオトの秘密だからって」

「はあ?」

「メオトの秘密は他人にしゃべっちゃいけねえんだ」

「俺はヒトじゃねえ」

「そういや、そうだな」

「いいか、巨人。俺とお前は、お前がまだ若くて髭の一本もなかった頃からのつきあいだ。ひひ孫までいるこの俺が、まだ気ままな独り者だった頃だ。その俺にも言えねえってわけか」

巨人はうなだれました。

だから女はよせって俺が、と言いかけて、ノミは言葉を飲み込みました。

「お前、なんかつらいことになっちゃいないか」

「とんでもねえ」

巨人は風車のように音立てて、首を振ります。

「ほんとか」

「ほんとだ」

「だったらいいけどよ」

「さあ、飲んでってくれ」

「腹の減ってる奴からは飲めねえよ」

「俺が友達にあげられるものはこれしかないんだよ、さあさあ早く」

「わかったよ」

ノミは神妙にうなずくと、子供らに呼び掛けました。

「みんな、巨人のおごりだ。ありがたくいただくように」

息子や孫やひ孫やひひ孫らが巨人の腕に飛び上がり、おいしそうに目を細めます。至福の時、というものでしょう。当の巨人は痛くもかゆくもないようで、平気なものです。ノミの子らは大きくふくれた腹をさすって飛び降り、巨人のおじさんありがとう、とかわいい声でお礼を言います。

「サーカス、よかったぜ。これはほんの少しだけど」

長老ノミが指を鳴らすと、銀貨がよろよろとこちらへやって来ました。よく見ると一匹の若いノミが顔を真っ赤にして担ぎ上げているではありませんか。若いノミは狙いを定め、巨人の手にした帽子の中へえいっとばかりに銀貨を投げ入れました。

「ひ孫娘だ。一族一の力自慢でな、生まれる時代が違ってりゃご先祖のサーカスで花形張ってただろうがな、いや、こいつ、お前とノユリに感動したんだってよ、もう涙まで流してたんだからな」

もう、おじいちゃんったら言わないでよ。若いノミは真っ赤になり、恥ずかしそうにひとっ飛びで後ろへ下がりました。

「ありがとう」

巨人はゆっくりと大きな頭を下げました。ノミは曲がった背中を無理に伸ばして巨人を見上げ、しわくちゃな眉間を開きました。

「不幸は避けろ、苦労は逃げろ、女に本気で惚れんじゃねえぞ」

巨人は難しいことを聞いた顔でじっと考えています。ノミは深いため息をつきました。それから一族に声をかけ、ちょうどそこへ現れた野良犬にみんなでわらわらと飛び移りました。

「達者で暮らせ」

野良犬からしゃがれた声がしました。犬はかゆそうに耳の後ろを掻き、体を揺すって夕日に向かって歩き出しました。巨人は大きな手のひらを上げ、小刻みに揺れる尻尾に手を振りました。巨人とノミがどのような友情をはぐくんできたのかはわたくしには到底わかりませんが、木の板に過ぎないわたくしの心にもじんとくるものがございました。

「えー、そこのお兄さん方、仕事探してませんか」

センチメンタルなムードはこの男の登場で、一瞬でこわされました。先ほどのロバを連れた男が現れて、サーカスが終わって帰って行く若者たちにチラシを配り始めたのです。

「北の国で一山当てませんか」

巨人は不思議そうに男に近づきました。

「何してるんだ、敷物売り」

男はひっと体をすくめ、

「へっ、へっ、へっ、巨人のだんな、ごきげんよう」

卑屈な笑みを浮かべ、チラシをひらひらさせて目配せをしました。

「サーカスなんかより、よっぽど金になりますぜ」

「なんだ、それは」

「男なら、あやとりなんかやってる場合じゃないでしょ、ここで稼がなきゃ」

敷物売りは左腕を曲げてちっちゃな力こぶをつくり、巨人に向かって持ち上げました。

「それでどうやってカネを稼ぐんだ」

「行ってみりゃわかりますぜ」

敷物売りは巨人の編み上げ靴の紐にチラシを挟みこみ、「明日の朝、七時、広場で」とにやにや笑います。

向こうからノユリが蒼白な顔で戻ってきました。真っ赤な羽根飾りが不安定に揺れています。

「では、わたくし、これにて失礼いたします。巨人のだんな、これですよ、これ」

敷物売りはまた力こぶを見せると、あわてて残りのチラシを懐にしまい込んで、ロバに乗って去って行きました。ノユリはそれに一瞥をくれると、眉間の皺を一層深くしました。悪いことが起こっているのはよくわかりました。ノユリはひどく動揺して、もうこの国にはいられないと繰り返していましたから。けれど、まさか、これが一生のお別れになろうとは。

この夜、わたくしは捨てられました。市庁舎裏のゴミ捨て場に畳まれて置かれたのでございます。荷車の上に少し斜めになったわたくしを巨人が見つめていました。さようなら、とわたくしは申しました。巨人はうなずいてくれました。はなむけの言葉も申し上げたかったのですが、ノユリにせかされて、巨人は背を向けました。大きすぎる背中がどうにも寂しそうに見えたのはわたくしの錯覚かもしれません。
その夜遅く、男がやって来て、スプリングの飛び出たベッドを投げるように上に置いていったので、わたくしは二つに折れてしまいました。次の日の朝早く、一人の家のない女がわたくしを持って帰って、橋の下で火をつけました。わたくしはできるかぎりゆっくりと燃えて、長く女を温めることにいたしました。

ノユリの話
たどり着いたのは北の国の森林伐採場だった。
あたしはここまで幌つきトラックの荷台に男たちと並んで座って運ばれ、車に乗れない巨人はその後ろを走ってやって来た。途中まであたしは巨人のシャツのポケットに入っていたのだが、本気で走る巨人のポケットの乗り心地は暴れ馬にも等しく、また、だんだんと北へ上がるにつれて、寒さが身を切るようになったので、巨人はあたしをトラックに押し込んだ。俺は走る、大丈夫。巨人は白い息をはあはあと吐き、滝の汗を流しながらそう言った。不憫でたまらなかったが、ほぼ限界に達していたあたしは、トラックに載せてもらうことにした。荷台に詰め込まれた男たちは若いのも中年のもいて、肌の色もさまざまだったが、一様に無口で無愛想だった。アルミの水筒にどうやら酒らしきものを入れてきている奴もちらほら見られ、幌の中は酒やタバコや湿っぽい男たちのにおいが充満し、待ち受ける労働への覚悟が外と同じ灰色の雲のように重苦しく立ちこめていた。

東の国では秋のはじめだったのに、ここへ着いたら、凍てつく冬だった。雪の重みに耐えて直立する原生林は荘厳な美しさを持っていたが、もちろん誰もそんなものを求めてここへ来たわけではなかった。男たちは木を伐採し、馬に引かせた橇で川縁の材木置き場まで運ぶ。そこの小屋に親方と呼ばれる初老の強面が寝泊まりして材木を管理している。形を整えられた材木は船を使って輸送されるのだが、ここの川は川底に温泉が湧いているので、凍らず、伐採のシーズンである秋から冬にも輸送手段を持っていることがこのあたりの強みだった。木材は遠く南の国や東の国まで輸出するほど豊富なのだが、働き手が少ないため、外地からの労働者は大歓迎で、体が資本の男たちが短い時間で金を稼ぐにはうってつけの場所だ。

「あんたたち、ワケアリだね」

あたしと巨人を交互に見つめ、御年八十八歳の社長のトメさんはそう言った。

「けっこう。そういう人、大歓迎」

「こんだけ大きけりゃ、人の十倍は仕事ができるだろうな」

ふっくらした息子の副社長が巨人を見上げた。

「うちは出来高制でね。働けば働くほど金が手に入るから、せいぜい稼ぐといい」

それはうれしい言葉だったが、副社長は、食費は手間賃から引かせてもらうがね、とつけ加えることは忘れなかった。実際、かかる食費もまた十倍なので、結局はとんとんだ。あたしはここで賄いの仕事をもらった。以前はトメさんが自ら男たちの食事を作っていたのだが、お迎えが来る前に生きる目標が見つかって、賄いどころではなくなったとかであたしは重宝された。しゃきんと背筋を伸ばし、白い三角巾と割烹着、お玉と包丁が何より似合うトメさんは、いかにも料理ができそうなのだが、実のところ、とにかく火を通せば食べられるだろ、ぐらいのめんどくさがりやである。それが年のせいか、生来の性格か、さだかではないが、トメさんはその日の食材を調理台に並べ終えると、ノユリちゃん、あとお願い、と片手拝みをしながら、三角巾をしゃらりと外し、割烹着も一、二の三で脱いで丸めて、ジープのハンドルを握ってどこかへ行ってしまう。それが毎日だ。

というわけで、あたしはめまぐるしい日々を過ごしている。天窓と東西に窓のある広い台所で大鍋をかきまわしたり、鉄のオーブンに塊肉を放り込んだり、大釜でご飯を炊いたり、三十人からの男たちの朝ご飯、お弁当、晩ご飯を用意するのだ。

伐採場からは風に乗ってチェーンソーの音や木の倒れる音が聞こえてくる。歌声が聞こえてくる時もある。ミルクみたいに白い男の一団が歌っているのだ。彼らは食堂や寮ではまるで声を発するのを惜しむかのように無口なのだが、森では喉の奥を震わせて歌いながら力強く木を切っていく。合図にもみんなの使う笛は使わず、不思議な声を遠くまで響かせる。それは海沿いの小さな村のやり方なんだと、顎にけんかの傷跡のあるミハウが言う。巨人はミハウからここでの仕事のやり方を教わり、その後、副社長に言われて一人で持ち場についた。

白い男は器用だな、歌いながら木を切って、と茶色い男たちは言う。俺たちは歌うか、木を切るか、どっちかだ。いっしょにはできない。そのかわり、茶色い男たちは切った木を集め、橇で運ぶ時に独特の掛け声を掛け合う。一人が頭の天辺から声を出したかと思うと、もう一人がその声を拾い上げるように返す。彼らは南の国の真ん中のジャングル育ちで、あそこところでは五十度ほどもある温度差に悲鳴を上げながらもよく働く。心が湧き立つような掛け合いが聞こえると、あたしも、さあ、晩ご飯の戦場が始まるぞ、と勇み立つ。

日暮れになり、伐採場からトラックが帰ってくる。雪と霜と泥にまみれ、動くと髪やコートから木くずと針葉樹の葉がはらはらと落ちる男たちは、みな腹をすかして荒々しい。ヘルメットを脇に挟んでカウンターに並び、盆の上にあたしが飯やスープや野菜の煮物や塊肉の煮込みなどを載せていくのだが、ちょっとでも隣の男より少ないと文句が出るし、料理への注文も多い。「ほかに楽しみもねえんだから」とみんな言う。あたしは食材が調達できれば、木の実を入れたパンや牛の尻尾のスープ、米と香草を詰めたチキンの丸焼き、川魚のカレーなども作ってみる。おおむね評判はいい。「今度、寿司握ってくれよお、米の酒ももっと仕入れてさあ」という東の国から来たタナカじいさんの注文にはまだ応えられないのだけど。

男たちはガツガツと飯を食らい、それからめいめいの夜を過ごす。トランプの賭け事に興じたり、ストーブの火にあたってぼそぼそ語り合ったり、早々にベッドに潜り込む者もいる。茶色い顔の男たちはここでも陽気に歌を歌う。特にムトンボが鳥の鳴き声をまねて歌うと、極彩色の花々の間を縫って飛ぶ瑠璃色の翼が見えるようで、あたしはいっとき、心がほかのところに飛んでいくような心地よさに浸ることができた。

「おばちゃん、お願い」

赤毛のポンがそっと持ってくる椀に、あたしは四杯目の飯を盛ってやる。三杯までという規定に目をつぶることになるけれど、十六歳の育ち盛りのポンは底なしに腹が減るのだろう。

「ここじゃあ腹一杯食わせてくれるって約束だったんだ」

ポンは北の国の離島の出身で、本人の言葉によると「魚以外も食いたくて」ここへ来た。カウンターの前に立ったまま、りんごのような頬で飯をかき込んで、さらに茶碗を差し出そうとする。まあ、いいか。ポンはよく気がつく子で、重い鍋や酒瓶を運ぶ時に何も言わなくてもやって来て手伝ってくれるのだ。

「ただいま」

見上げると、巨人が天窓の外から顔を近づけている。ひげにつららが下がり、眉毛も睫も雪が積もっている。吐く息で、窓が曇る。あたしは長い鉄の棒で天窓をそっと開ける。

「ご飯食べる？」

「先にこれ、研いでから」

巨人がナタを見せる。巨人用の特注で、畳一枚分ほどの刃物がついている。昼間、あたしは伐採の音と男たちの歌声の後ろに、このナタが木を切る音を聞く。ほぼ一回の打ち込みで、木は倒れ、伐採をしながら森を進んで行く巨人の足音がこの食堂へも伝わってくるのだ。

「いいよな、巨人はヨメさんがいて」

ポンは心底うらやましそうだ。

「お前もいい娘、見つけろよ」

通りすがりに中年の男がポンの肩をはたく。ポンはうるさげにそれをはらいのけ、俺、もういるからと頬をかく。

「ふるさとで待ってっから。ここで金ためて、結婚すんだ」

胸のポケットからそっと写真を取り出して、周りの男たちの前に突き出すと、へっ、と男たちは一斉に噴き出した。

「ガキとガキじゃねえか」

「小学生は結婚できねえんだって習ってねえのかよ」

「ジジイたち、マジうるせえ」ポンはりんごの頬をさらに赤らめて、カウンターを叩くから、男たちはますます笑う。

「はいはい、通して通して」

あたしは巨人の食事を積んだ台車をそろそろ押し、男たちの間を抜けて外へ出る。研ぎ終わったナタを布で拭きながらこちらへやって来る巨人にあたしは大鍋を指さす。

「はい、トナカイのスープ」

巨人はありがたそうにゆっくり鍋を傾けた。白い湯気が巨人の眉や睫に積もった雪を溶かし、ひげのつららからも水滴がぽたぽた落ち始める。巨人の後ろには澄み切った夜空が広がり、その中を氷が発光しながら舞っている。寒さで耳がちぎれそうに痛い。だけど、こうやって大鍋のスープを飲んだり、たらいのご飯をたいらげたりする巨人を見るのが好きだ。

食堂のドアが開いて、誰かが出てきた。

「よお」

タナカさんが、赤い顔をしてフラフラ近づいて来る。このきつい仕事にどうやって耐えているのか不思議なくらい小さく、しわくちゃだ。

「ノユリちゃん、飲めよお」

酒瓶を振りながら、近づいて来る。あたしは顔をしかめてみせる。と、タナカさんは巨人を見上げ、「おい、お前、見たことあるぞ」と言った。

「映画に出てただろ、そうそう、ガリバー、だよなあ。南の国の」

エイガ。あたしはひやりとした。こんな北の果てに来るような男があの映画を見ているとは思わなかった。

「ガリバー、ほら、あれ、やってくれよ、寝てて、うおおおおおおって起き上がるやつ」

「寒いから、中へ入ってくださいよ」

あたしはじいさんに言う。

「へーキ、へーキ、ノユリちゃん、俺さあ、若い時、友達と酔っ払ってここの道で寝てたことあるんだよお、でさ、朝んなって目え覚ましたら、道のこっち側で寝てた俺は助かって、あっち側で寝てた友達は、死んじまったんだよな、だから、俺、わかったんだよ、俺は寒さでは死なない」

「運ですよ、それ、その時の」

「冷てえなあ。ノユリちゃん、ちょっと口紅くらいつけてさ、もうちょっとぱあっとした感じでやってくんないかあ。野郎ばっかりなんだからさ」

「そういうご注文には応えられません」

「ノユリちゃんとガリバー、なんでこんなとこにいるんだよ」

「さあ、入ってください、凍えますよ」

「うおおおおっ、やってくれよお」

「死にたくなかったら、ノユリの言うこと聞くんだな、タナカさん」

ミハウがタナカさんの酒瓶を取り上げる。白い男の一団が帰って来たのだ。男たちは体についた汚れをはらい、道具の汚れを落として片づける。玄関は男たちの荒い気と疲れと安堵で一杯になる。

「まあた、こんな時間までがんばんなよ、ミハウ。いくら出来高制だからってよお」

タナカさんが赤い顔をしてミハウにからむ。

「お前ら、仕事はほどほどにして、ちったあ休んだらどうだ、顔色わるいぞお、俺より先にお前らがカロウシするんじゃねえか」

「……俺たちは別枠なんだよ」

ミハウは瓶をくわえて喉を鳴らし、荒れた手の甲で口をぬぐう。

「もう少しいい酒飲めよ、タナカさん」

「おいおいおい、勝手に俺の酒飲むなよ、東の国の酒は貴重品なんだぜえ」

タナカさんは情けない声を上げ、白い男たちに背中を押されて部屋へ戻っていった。あた

しは巨人を見上げ、

「寒いから、さき、寝床入ってて」

巨人はまた凍り始めた睫をぱちぱちさせて、倉庫の方へ歩いて行った。

ここは敷地の真ん中に食堂と風呂のある建物があり、そこから廊下で繋がって木こりの男たちの寮と下男部屋、トメさんと副社長のうちがある。トメさんの夫はまだ副社長が幼い頃に亡くなり、タナカさん情報によると、副社長夫人は副社長のあまりのけちぶりに嫌気がさして逃げ出してしまい、結局母と子の二人暮らしを続けているらしい。その他、馬小屋、鶏小屋、牛舎と豚舎、野菜の貯蔵庫、道具小屋などが並んでいて、その中の一つの古い倉庫が今のあたしたちの寝場所だった。

ここへ来たはじめの頃、あたしは調理場の横の小部屋で眠り、巨人は今まで通り、その外で寝ていた。慣れてるから、と強がっていたわけだが、吹雪に襲われたある夜、窓外に横になった巨人がみるみるうちに白い小山と化していくのを見た時には胸がつぶれそうだった。あたしの叫び声に白い男たちが血相を変えて飛んできて、ミハウがものすごい剣幕でトメさんに掛け合ってくれて、ここをあてがわれた。コンクリートの床をきれいに掃き、わらを敷き詰めてみたら、巨人は温かいと喜んだ。倉庫へ足から入り、体をくの字に曲げると、どうにかこうにか体が収まる。あたしは寝袋にくるまって、巨人のわきに横になる。倉庫は壁も屋根も簡単な作りで、大きめのガラス窓があり、火の気が全くないものだから、ものすごく寒い。あたしたちは白い息を吐き、石を温めて布を巻いたものを、足下やお腹のそばに置いて何とか眠ろうとする。

横になった巨人が、頭を掻きながらふと思い出したように言った。

「うおおおおってなんだ」

あたしはふふふっと笑う。

「何でもないよ。あ、また頭掻いてる。まさかノミがいるんじゃないの」

「ちがう、ちがう」

巨人はあわてて頭を振る。あたしは立ち上がり、月明かりに照らされた巨人の頬をなでて、キスしてあげる。巨人の皮膚は以前よりずっと硬く、皺が深くなった。

「俺たちほんとのメオトだな」

巨人は睫をしばたたかせ、幸せそうに大きな唇をむにゅむにゅさせると、すとんと眠った。一日をなんとか乗り切ってこの夜があり、あたしも巨人もくたくただ。巨人はひげも髪ももう白いものの方がはるかに多く、あたしも髪に白いものが混じるようになった。ここへ来たのを機に化粧をやめ、服も毎日トメさんのお古のセーターとズボンで通している。ここには余計なものが一切ない。だけど、欲しいものは全部ある。食べ物と住むところ。仕事。巨人にとって木こりは天職とも言えそうだ。

『週刊絶対真実』の太っちょは恐ろしかった。眠そうな細い目が時々ぎらりと光ってあたしをのぞき込み、耳たぶが長く垂れ下がった大きな耳であたしの動揺を一つ残さず記録しようとする。

ナラバヤシ・シモンさんとはどういうご関係で？　朝方海辺の小屋から出てくるところを地元の漁師が見てるんですけどねえ。ワカミヤ・マリアさんって、性格きつくて有名ですよねえ、ノユリさんもずいぶんいじめられてたって噂ですけどお、失踪に関してなんかご存じのこと、あるんじゃないですかあ。

妙に間延びした声が、べったりと顔に張り付いてくるようだった。あたしは知りません、わかりません、帰ってちょうだい、で通したが、太っちょはあきらめず、

「ええっと、次のサーカスって、チハヤ村村役場前ですよね、で、その二週間後がニチボツ牧場、その後がタカ波止場。年内はそんなとこですかね。じゃあまた、お話聞かせてくださいよ、ノユリさん」

手帳を繰りながら、薄く笑っているように見えた。あたしは震えが止まらなかった。太っちょはあたしたちがこれからたどる道をすべて知っていた。サーカスはやめて、東の国を出ようと一晩で決めた。それができればどこだってかまわなかった。

窓外に雪が白々と舞っている。

あ、と体がこわばった。シモンが窓の外に浮かんでいる。そばにマリアがいる。じっとあたしを見ている。無表情のようにも物問いたげにも見える。あたしは息を止めてただそれを受け入れる。二人は飛び上がってくるりと回る。手を取り合ってワルツを踊っているみたいだ。

こんな北の果てまで追いかけてくるんだね。そうか、あなたたちはどこにだって行ける。弟が桜の花の中にいるのと同じ。そのうち、二人はくるくる回り始める。バレリーナのように正面を向くたびに、ぴたりとあたしに視点が止まる。目は釘。あたしを打ちつけ、あたしは動くことも、目を閉じることさえできない。これがもう少し続いたら、たぶん息が止まるだろう。そんなことをあたしは頭の一点で考えている。初めて巨人に会ったあの日、八階分の空が足下に垂直に広がった時も、シモンと抱き合った時も、シモンもマリアも殺してくれと巨人に耳打ちした時も、それにそれにずっと昔、弟が死んだと電話で聞いたあの日も、あたしの頭の一点は冴え冴えと明るく、さざ波一つ立たなかったんだ。

ふっと、二人は消えた。凍えていた体中の細胞がゆっくりと息を吐くようなひそやかさで温度を取り戻していくのがわかった。

伐採場の男たちは時折入れ替わる。金をこしらえて意気揚々と出て行く者、寒さと労働に音を上げて去って行く者もいれば、新しくやって来る者もいる。今晩、伐採場に幌つきトラックが到着し、また二十人の男たちが木こりに加わった。新しい男たちは、あたしがそうだったように、平静を装って食堂に入ってくるのだが、その強ばった表情で緊張や不安が一目でわかってしまうのだった。あたしはそんな男たちには多めにトナカイ肉の煮込みをよそってやり、居心地のよさそうなテーブルにつかせる。

「ノユリさん、新しい奴ら、どう?」

ポンがカウンターのところへやって来て、先輩顔で言う。

「まずまず」

あたしは流しで洗いものをしながら、あっちのテーブル、と目で言う。

ふっと窓際のテーブルに目をやったポンが大声を上げた。

「ニコじゃねえか」

呼ばれた男が振り返って立ち上がった。若い顔がぱっと輝く。

「ポン」

「何だよ、お前も木こりの仲間入りかよ」

二人は肩をばんばんたたき合い、久しぶりだな、島のみんなは元気かと盛り上がっている。

どうやら、ポンの同郷の友達らしい。

「ほう、また子供が増えたな」

ミハウがウオッカのボトルを傾けながら天窓の外の巨人に目配せを送る。

「若いのはよく働く」

巨人はたらいのホットチョコレートを傾けてうなずく。

「だよね」

あたしは手をふいて、自分用にホットワインを作り始める。

カンカンカーン
その時、お玉で鍋の裏を叩きながら、トメさんが息子の副社長を伴って現れた。

「みなさーん、お知らせがありまーす」

トメさんは息子が止めるのもかまわず、エイヤッと調理台に飛びのって、声を張り上げる。

あたしも驚いたが、総勢五十人になった男たちもなんだなんだとトメさんを見上げる。

「ワタクシ、サクラガワ・トメ、北の国代表として、次の世界選手権出場が決定いたしましたーっ」

カンカンカンカーン。トメさんは盛大に鍋底を叩き、あっけにとられているあたしたちの前でくるりと一回転してからお辞儀をした。

「……トメさん、そういう冗談、俺は笑えないねえ」

「冗談じゃありません、タナカさん、これは事実です。今日、予選会があって、ワタクシ、優勝したんです」

トメさんはきっとした顔でタナカさんを見つめた。

「世界選手権って何に出んだよ、……ああ、あれか、カーリングかあ？　村役場チームかなんかで」

「スキージャンプです」

どよめきが食堂を揺るがした。トメさんはほほほと笑う。

「毎日の練習がこういう形で実を結んで、ワタクシも本望です。今までノユリちゃんに仕事を任せてばかりいて、ごめんなさいね」

「いえいえ」あたしはあわてて手を振る。

タナカさんは心配そうだ。

「やめとけよお、トメさん、あんた俺より年上だろ、そのまま、あの世行きだぜえ」

「失礼ね。昨今じゃあ実年齢と身体能力は別なのよ、だからさっき言ったでしょ、あたし、優勝したんだよ、二位の二十一歳、三位の十九歳を抑えて堂々一位。タナカさん、あんたもまだまだいけるよ」

「副社長、いいのか、おっかさん大丈夫か」

六十を越えても坊ちゃん顔の副社長は福々しい手を振って、止められないんですよと眉を八の字にする。

トメさんは再び鍋を打ち鳴らし、

「みなさま、ワタクシの世界選手権出場を記念して、来週伐採コンテストを行います。最も多くの木を伐採したチームには報奨金百万ツララが出ます。どうぞ奮ってご参加ください」

再び食堂はどよめいた。さっきのより数倍大きい、建物自体が震えるようなどよめきだ。

「ではワタクシ、明日も早朝から練習がありますので、失礼。ノユリちゃん、これからもよろしく！」

トメさんは踊るように去って行った。この頃の高齢者の体力には底知れないものがある。

「俺はやるぜ」

ポンが拳を突き上げる。

「報奨金もらったら、ふるさとへ帰ってミラと結婚するんだ」

丸い頬を紅潮させて、ニコと肩を組もうとする。

「ニコ、ミラはどうしてる、俺がいなくて寂しがってないか」

ニコは急に真顔になり、ポンの腕を静かにふりほどいた。

「ポン、お前に言うことがある」

「なんだ」

「ミラは来月結婚する」

「え、ミラも気が早いな、俺、いつ帰るかまだ言ってないのにさ」

「いや、違う、違うんだ、しっかりしろポン、相手はお前じゃない」

「何言ってんだよ、ニコ、俺がここへ来たのは、ミラと結婚する金をためるためなんだぜ」

「忘れろ、忘れろ、ミラは心変わりしたんだ」

「……なんだと」

「ティンって、知ってるだろ」

「あの網元の息子か」

「……ミラは腹にティンの子がいる」

ポンの赤毛が瞬間逆立って燃え上がったかと思った。そのとたん、テーブルがひっくりかえされた。すさまじい音で皿が割れ、コップが飛び、食べかけの肉や野菜やご飯が散った。

「うそだ、うそだ、うそだ」ポンはニコにつかみかかり激しく揺さぶる。

「やめろ、やめろ、ニコは関係ないだろ」

ミハウが飛んで行ってポンを押さえようとした時、巨人の腕が天窓から伸びてきて、ポンの背中を持ち上げた。

「けんか、だめだ」

「放せ、放せよ、巨人」

高く吊り下げられたポンを見上げ、男たちは気の毒そうに声をかける。

「初恋と初雪はすぐとけるもんなんだ」

「根雪になるには、お前はまだ若すぎる」

「木ぃ切って忘れちまえ」

「そうそう、労働は最高の忘却剤っていうだろ」

ポンはめちゃくちゃに手足を動かす。

「うるせえ、おめえらに言われたかねえ」

タナカさんがポンを見上げ、しんみり言う。

「ポン、なんていうか、ミラはお前の雪うさぎじゃなかったってことさ」

途端に空中で大泣きが始まった。

あたしが合図をすると、巨人はそっとポンを下ろした。ばかやろう、とポンは一声叫び、泣きながら駆けだした。ニコはみんなに頭を下げて追いかけていき、あたしたちは割れた皿の後始末をした。

その日の夜はポンの泣き声、うめき声がみんなの眠りを妨げることになったのだが、誰も文句は言わなかった。ほかの男たちにしたところで、若いのも年取ったのも、それぞれうまくいかない人生を、くぐり抜けた末にここにいるのだった。

ポンの失恋は、男たちをほんの少し感傷的にさせたが、仕事は滞りなく進んでいった。

そして迎えた伐採コンテストは太陽のきらめくすばらしい日だった。

ミハウはいつもの物憂げな顔に真剣な面差しで、事故がないように、仕事は丁寧に、とみんなに言って回った。

キラキラしたスキーウェアに身を包んだトメさんが、では、スタート、と鍋を叩き、男たちは一斉にそれぞれの持ち場へ散っていった。できるだけ多くの木を伐採し、丸太の形にして川縁の木材置き場まで運んだチームが勝ちだった。粗い仕事は減点になるからなと親方が睨みをきかした。トメさんはスキーをはいて、クロスカントリーよろしく、男たちの働きぶりを見に出かけた。

あたしはコンテストとは関係なく、その日も食堂で大忙しだった。賞金を出す余裕があるのなら、二、三人雇ってほしいものだ。

だけど、百万ツララ、というのはちょっとまぶしい金額だ。巨人にもチャンスはあるのだろうか。巨人はぜんぜんペースが違うのでまったくのひとりで動いている。ミハウたちやムトンボたちのチームが優勢だろうが、タナカさんもああ見えてなかなか熟練の木こりなので、案外黄色いおじさんチームも健闘しそうだ。その他の男たちも昨日は道具の手入れに気合いが入り、先週着いたばかりの男たちでさえも真剣にのこぎりの目立てをし、チェーンソーに油をさしていた。ポンは失恋以来、すっかり無口になってしまい、ぼんやりしてミハウに怒られたかと思うと、変にがむしゃらに動いて新入りをびくつかせたりしていた。誰の目にも不安定だとわかるので、チームには入れられないとミハウは断った。食い下がったが、心の落ち着かない者がいると、全体の命にかかわるからな、といつもの静かな口調で言われ、ポンは険しい顔でその場に突っ立っていた。あんな顔のポンは初めて見た。かわいそうだが、ミハウの言ったことは当然のことだった。木を倒す方向が狂うと人が死ぬ事故になる。男たちはいつもぎりぎりのところにいる。

うちひしがれたポンをタナカさんがチームに入れてやった。

「若いの、がんばれよ」

ポンはじいさんたちに背中を叩かれて、よろよろしながらヘルメットのベルトを締め、トラックの荷台にのぼった。

あたしは大きなお玉で大鍋をかき回し、ポンの好きな赤カブのスープを作ろうと思う。サワークリームも残しておいてよかった。体の温まるトナカイの内臓の煮込みはおいしそうなつやが出てきた。巨人の好物だ。もし、百万ツララが手に入ったら、毎日一頭ずつ食べられるかな、と昨日も寝る前に言っていた。巨人の好物を夕食のメニューに混ぜるのはちょっと気が引けるが、まあみんなも好きだからいいか。

夕飯の準備は上々。日は西に傾いて、そろそろ男たちが戻ってくる時間だろう。野菜と鶏肉を炊き込んだ飯は湯気を上げはじめ、甘い物好きのために焼いておいた木いちごのパイは切り分ければいいだけになっている。今日はお祝いなので、長いテーブルに真っ白いクロスをかけ、柊のリースを壁に掛ける。暖炉に火をおこし、ビールとウオッカをカウンターに並べ、夜の宴に備える。

誰もいない食堂のこの時間があたしは一番好きかもしれない。

ふと、タナカさんの注文を延ばし延ばしにしていることに気づく。寿司、握ってないなあ。こうも外が寒いと、生の魚と冷めたご飯なんてだれも手を出そうとしないだろうし。米の酒は遙かな国からの輸入とあって高級品だから、副社長が仕入れたがらないし。

ぼうっとしていたら、山に笛の音が響き渡った。コンテストは終了だ。さあ、これからがあたしの出番。三角巾を結び直し、エプロンの皺を伸ばす。

「三位、ムトンボチーム、二位、ミハウチーム、そして第一位、単独巨人ー」

玄関前の広場で、あたしはトメさんの声を信じられない思いで聞いた。男たちはくたくたに見えたが、手を叩き、ブーツの足を踏みならす。

巨人は広場に突っ立って「俺、一番なのか、ほんとに一番なのか」とオロオロしている。

「一番だ、お前はよくやった」

ミハウが巨人の足を叩く。

あたしは大きな男たちの後ろにいたのだが、巨人はすぐにあたしを見つけ、手を伸ばした。

「ノユリ、キスしてくれ、俺はまだ信じられない」

あたしは巨人の手のひらに載って、頬にお祝いのキスをした。男たちのどよめきは一層大きくなり、チクショーだの、ウラヤマシイだのの声が混じった。白いヘルメットをかぶったたくさんの顔が、葉っぱや泥汚れや切り傷をつけてこちらを見上げている。寒さの中、白い息を吐き、木と格闘した男たちは、コートもズボンもブーツもその体と同じように、汚れ、傷つき、雪と泥にまみれている。あたしはうれしいけれど、申し訳なかった。そして、正直言って怖かった。どよめきの渦の中に、嫉妬や不満の欠片が混じっていることを感じないわけがなかった。化け物が、とも、西の国の、とも聞こえなかったが、聞こえてくるのではないかという不安があたしにはあった。そして、それよりも恐ろしい声にあたしは怯えていた。この瞬間に誰かが指さして言うのではないか、――あの二人は人殺しだ、と。

「では、賞金の百万ツララを授与いたします」

トメさんが大きな張りぼての百万ツララ札を巨人に渡し、勝者の印である月桂樹の冠を、輪投げのように巨人の頭めがけて放り投げた。さすがジャンプ北の国代表だけのことはある。冠はまっすぐ飛んで、巨人の頭にちょこんとのっかった。

「たいしたもんだ」

タナカさんが口笛を吹こうとしたが、どうも前歯が欠けているせいかうまく鳴らない。やんやの喝采の中、あたしは地面に下りた。下りる時、ポンと目が合った。泣き出しそうな、恨みがましい青い目がこちらを見つめていて、あたしは思わず目をそらしてしまった。

トメさんはミハウチームに三十万ツララ、ムトンボチームに十万ツララを授与し、また声を張り上げた。

「おめでとう、おめでとう。健闘を称えます。惜しくも賞に外れたみなさま、ご安心くださ い。これで終わりではありません。次回、ワタクシが世界選手権で金メダルを獲得した暁には伐採コンテスト第二弾を行いますので、それまでのこぎりと腕を磨いておいてください」

副社長が目を剥いていたが、男たちは再びやんやの喝采を送り、トメさんは手を振ってそれに応えた。

その夜、巨人はトメさんが貸してくれた大きな金庫を倉庫に運び込んだ。そして、あたしが懐に入れてきた一万ツララ札百枚と、巨人のチョッキの裏ポケットから取り出した、森と台所で身を粉にして稼いだ金を、金庫の奥へきちんとしまった。冬支度の昔の皇帝の顔が描かれた北の国の紙幣は小ぶりでざらっとしていて、あたしたちの夢や希望を背負うにはいささか頼りないのだけれど。あたしは金庫のダイヤルを手に、番号を決めかねていた。誰も知らない四つの番号だよ、というと、巨人は俺の誕生日、と言う。だって、俺も知らないんだから。それじゃあほんとにだれも開けられないじゃない、とあたしは頭をめぐらし、1025と呟く。死んだ弟の誕生日だ。ノユリの弟、ノユリの弟、1025、1025。巨人はむずかしい、と首を振る。あたしは床に指で字を書いてみたが、字は便利だけど、俺には不便だからと悲しげな目をし、百回言えば大丈夫と横になったまま呟き続けたら、それは呪文のようにあたしを深い眠りに導いてくれた。その夜はシモンもマリアも現れはしなかった。

一夜明けた朝も、この季節にしてはそれほど寒くなく、太陽は白銀に遠慮無く反射して輝いていた。今日は一日、全員が休みだった。あたしの仕事に休みはなかったが、食堂が開くのは遅く、簡単な物を並べておくだけでいいと言われていた。あたしはパンと果物とコーヒーと紅茶を用意し、再び倉庫へ戻った。巨人は昨日の疲れからぐっすり眠っている。床に敷いた寝袋をかたづけていたら、冷たい風が音も無くあたしの頬をなでていった。はっと見ると、窓が割れている。金庫へ飛んでいって、1025を回す。なんということだ、中はすっからかんだ。

「巨人！」

あたしの悲鳴のような声に巨人は飛び起きて天井で大いに頭を打った。

「……どうしたノユリ」再び、寝転んで聞く。

「お金がない」

巨人はまた頭を打ちそうになったが、寸前で止まった。金庫を持ち上げ、ゴミ箱をからにするかのように振ってみた。もちろん、一ツララだって落ちてはこない。

「窓が割れてる」あたしは指さす。

「あそこから入ったんだ」

「うおおおおおおっ」

巨人はすごい速さで倉庫から這い出ると、窓の外へ回った。雪の上にはしっかりと足跡がついていた。男たちが平常履いているブーツの跡が、ここの敷地を出て、森へと続いている。

「ノユリ、これはなんだ」

「泥棒だよ、泥棒」

「どろぼうーっ」

巨人の大声は山も越えてそのあたり一帯に響き渡った。ほぼすべての男たちがあたしたちの倉庫へ飛んできた。若いのも年寄りも、白い男も茶色い男も黄色い男も。タナカさんは寝巻きの前をかきあわせ、ごぼうの素足に雪駄、ミハウは一晩中起きていたようで、昨日と同じコートとブーツ、他の男たちはほとんど寝起きらしいが、中にはナタを手にしている者もいて物騒このうえない。

トメさんが丘の上からスキーで滑降して現れた。

「あたしの報奨金を奪うとは、いい度胸だよ。しめてやらなくちゃ」

ゴーグルを外し、皺の中の目をギラリと光らせる。

「せっかくこんな金庫を貸してあげたのに、盗まれるってどういうことだろ」

「昨晩、番号を決めたんですが、巨人が覚えるために、何回も繰り返してたから」

「倉庫の外で盗み聞きしてた奴がいるってことだね」

あたしはうなずいた。薄気味の悪い話だった。

「誰だ、こんな雪山に泥棒に来る奴なんて」

「よほどの物好きだな」

男たちが口々に言う。あたしはこんな時、真っ先に来てくれそうな男を目で捜す。赤い髪、

赤い髪、……不安がぞわぞわ頭をもたげてくる。

「泥棒は外から来るとは限らないぜ」

ムトンボが苦しそうに言った。

「いい加減なことを言っちゃいけないよ、ムトンボ」

タナカさんがたしなめる。

「わかってるよ、じいさん、だけど、そうでなきゃ、ここに金があることは知らないだろ」

まっとうな意見にその場は一瞬、深雪の平原のように静まりかえる。

「……おい、みんな、ポンがいないぞ」

一人の男が声を上げた。

「あいつか」

「百万ツララ持って行って、あの女に叩きつけるつもりかよ」

「ガキのくせに」

「違います、ポンはそんなことしません」

ニコが泣きそうな声を上げる。

「じゃあ、お前がポンを連れてこい」

腕っ節の強そうな男にすごまれてニコはぶるぶる震えている。

ミハウがみんなを見渡した。

「ムトンボ、お前たちで寮へ行ってまだ寝ている奴はいないか、見てきてくれないか、全員この倉庫に集合するように。ニコ、お前も一緒に行け。タナカさんは門を閉じて誰も出入りできないようにしてください。俺たちはこの足跡を追う。いいか、犯人がわからないうちからいい加減なことを言う奴は俺が許さん」

きっぱり言うと、荒くれ者たちも静かになった。

ミハウをはじめ、白い男たちはスキーをはき、追跡の身支度を整え始めた。

「あたしも！」

トメさんがスキーで滑りだそうとし、副社長があわてて制した。

「お母さん、相手はどんな武器を持ってるか、わからないんですよ」

「何言ってんだよ、犯人はあたしがこの手で捕まえるんだ」

暴れるトメさんを年取った男たちが羽交い締めで止める。

ムトンボたちは寮の部屋から鶏小屋、豚小屋にいたるまで探し回ったが、ポンの姿はどこにも見当たらなかった。そればかりか、ポンの部屋はきちんと整理され、荷物はなくなっていた。

「ミラの写真もありませんでした。昨日まで壁に貼ってたんですが」

ニコが赤い目でみんなに告げた。

男たちはいきり立って口々にポンを責め、あたしは胸がひどく痛かった。巨人は口汚くポンをののしる男たちを、目をパチパチさせて見ていたが、ぼそりと言った。

「ポンに百万ツララあげるよ」

どよめきが走った。

「なんだあ、巨人、お前腹が立たないのか」

一人がえらい剣幕で言う。

「お前の金盗まれたんだぞ」

「かまわない」

「なんでだ、ノユリとふたり、ちょっとはいい目見ろよ」

「……だって、俺もどろぼうだから」

巨人は大きな体を自分なりにすくめた。

「牛も羊もりんごも盗んだ。小さい頃から、俺はどろぼうだった。ずっと盗んで生きてきた。……うちも盗んだ。かわいいうちだ、川辺でおじいさんとおばあさんが住んでた。俺は二人をつまみ出して、うちだけ持ち上げて野原まで運んだ。……だから、いい、百万ツララは、いい、いい」

男たちはあきれて首を振った。あたしは思わず巨人の足をなでた。

ミハウはじっと聞いていたが、ぱん、と手を打って、巨人を見上げた。

「ポンが犯人と決まったわけじゃないさ。俺たちは足跡を追いかける。巨人、お前も来てくれるよな」

灰色の瞳に飲まれるように巨人はうなずいていた。あたしはコートと毛皮の帽子と手袋を身に着け、巨人のポケットにもぐりこんだ。

樹氷の話

どろぼう、どろぼう。巨人の大声に、高い梢の先で身を凍らせていた僕らは目を覚ます。白い太陽が雪に覆われたこの世を照らし、僕らを光らせる。スキーをはいた木こりたちが僕らの白樺の間を縫って進んで行く。見上げれば、巨人が盛大に白い息を吐き、木を倒さないように回り道をしながら後に続く。大きすぎるのも困りものだな。

「歌ってくれ、ミハウ」

巨人が汗を流して言う。

「どこにいるかわかるように」

しばらく間があり、やがて、地表近くから声が聞こえ始める。あ、と僕らは思わず震えだす。これはあの歌じゃないか。硬い音が僕らにぶつかって、はじけて、冷たい空気の中へ溶けていく。これは白い男たちが、森の中で周りに誰もいないのを確かめて、用心深く糸を紡ぐようなひそやかさで歌う歌だ。ただそれを、今日は野牛の群れが駆け抜けておこる風のように朗々と歌い上げている。

巨人のポケットからノユリが不思議そうに顔を出す。

「初めて聞く言葉ね。ローカルな言語はもう絶滅したかと思ってたわ」

巨人は大きな顔をわずかに傾けて耳を澄ます。

「巨人、知ってるの？」

巨人は、いや、と首を振って、「だけど、なんだかここが温かくなる」と大きな手を胸にあてた。

日はだんだん西に傾き、夕日が赤や金を僕らの上にも振りまき始めた。男たちの進む道は勾配の急な上り坂となり、雪の間から木の根やでこぼこの岩が頭を出していた。男たちは慣れたものとばかり、スキーを肩にかつぎ、険しい道を上り始めた。

「どこへ行くの」

ノユリがミハウに呼びかける。

「足跡が向かうところさ」

「足跡なんか、とっくに見えなくなってるじゃない」

「この方向に逃げてるはずだ。おそらく、海へ」

「海？」

　ノユリは驚いた声を上げる。

「海なんか、北の国へ来てから、見たことがないわ」

「大丈夫だ、ついて来てくれ」

　風が出てきた。気温がだんだんに下がり始め、僕らは白樺の枝の上で風が向かっていく方向へ、ゆっくりと体を伸ばし始める。男たちは荒い息を吐きながら歩を進める。ノユリが不安げに巨人のひげを引っ張る。

「巨人、心配じゃない？」

「ミハウのやることにまちがいはない」

　ノユリは眉間にかすかに皺を寄せる。

　やがて、完全な夜が森にやって来た。だが、心配することはない。夜空には満月と無数の星が瞬いているし、木の上の僕らも、足下の雪も、精一杯彼らの行くところを照らし出そうとしているし、白い男たちの中には、自らが発光しそうに白い者さえいる。男たちはみんな歌を歌って、巨人を導き続ける。

しばらく行くと、ふっと歌がやみ、一瞬の静寂の後に男たちの歓声が上がった。峠にたどり着いたようだ。眼下に谷が広がり、その向こうには暗い海が開けている。谷のそこここに小さな灯りがぽつぽつ見える。

「俺たちの村さ」

ミハウが灯りの集まったあたりを指さして言う。男たちはスティックをついて一斉に滑り出し、巨人もそれを追って駆けだした。

村の木々にはやはり僕らの仲間がおり、巨人たちの行くところを見守っている。

村の人々は雪のつもった家々の戸や窓のカーテンの後ろから、大人も子供も巨人の動きを見つめている。みんな白い顔をして、緑の蔓と白い花の刺繍のついた上着を着、同じ模様の帽子をかぶっている。ミハウが通ると人々は小さく片手を挙げる。ヤーハ、ヤーク。人々の口が動く。ミハウは片頬をゆるめ、同じように小さく片手を挙げて、こたえる。ヤーハ、ヤーグ。それはまるで一つ一つが灯火のような響きを持つ。

「なんて言ったんだ」

「今日も生きてるか、今日も生きてるよ。俺たちのあいさつだ。こんにちは、みたいな」

「ふうん」

「俺たちは、いつでも生きてるかどうか確かめ合わなくちゃいけないのさ、体の中に死をたくさん持ってるもんでな。俺たちの歌もそうさ、いつでも互いの無事を確かめ合っていたいんだ」

「ふうん」

「巨人、お前、もしかして俺たちの歌がわかるんじゃないか」

「わからない。だけど、俺は好きだ」

ミハウがかすかに笑う。

一軒の家の窓から、男の子が顔を出している。手に木で作ったおもちゃの列車を持ったまま、小さく口を開け、巨人を見上げている。雪に吸い込まれそうに白い子だ。巨人は背をかがめ、男の子に近づいて呼び掛ける。

「ヤーハ、ヤーク」

男の子は灰色の目を見張り、銀色の髪を振って窓辺から逃げ出した。巨人が悲しそうに見ていると、男の子はおずおずと戻ってくる。小さな手が窓ガラスを開く。白い頬にりんごのような赤みがさしている。巨人もおずおずと窓辺に顔を近づける。

「ヤーハ、ヤーグ」

男の子が小さな声で言った。巨人は笑って立ち上がる。勢いよく動いたので、庭の白樺に当たってしまう。枝が跳ね上がり、僕らの仲間が夜空に飛び出す。地面へ落ちる者、空中に消える者、そしてある一群は巨人の髪に着陸する。巨人が去って行くのを男の子はまたじっと見つめる。

白樺の木も高いが、巨人の頭はそれより高く、巨人の頭に乗った僕らは新しい眺望に心が躍る。

「静かだな、子供もみんな」

「病気の者が多いんだ。子供も年寄りも。大きな声で話したり、激しく動いたりするとすぐ疲れるから、みんな静かだ。数少ない元気な男が伐採場で稼いでほかの者を養っている」

ミハウはあきらめを突き抜けたような顔で言う。

向こうに小さな茅葺きのうちを認めると、ミハウはふっと息を吸い、歌い出した。さっきみたいな勇猛果敢な歌声ではなく、窓ガラスをそっと叩くような声だ。声に応えるかのように窓の向こうで灯が揺れて、ドアが開き、女が飛び出してきた。ランタンを高く掲げ、ミハーウと大きな声で呼びかける。ミハウの顔に灯がともって、顎の傷跡が桜色になる。二人は駆け寄って、抱き合い、あの言葉でのやりとりがあって、また抱き合った。巨人は大きな体をもぞもぞさせ、懐のノユリをのぞきこむ。

「メオトだな」

ノユリがうなずいて、知らなかったねと言う。

ミハウが二人を見上げる。

「イスラだ。俺の妻」

イスラは白樺みたいに凛としている。背が高く、複雑な刺繍の入った白い上着にくるぶし近くまである臙脂《えんじ》のスカートを穿いていて、一本に編んだ銀髪がまっすぐな背に垂れている。イスラは二人をまっすぐ見つめ、小さく頭を下げる。と、スカートの後ろから、小さな銀色のもしゃもしゃ頭がのぞいた。両腕に飛び込んできた幼子を抱き上げ、ミハウは頬を寄せる。ひどく小さな女の子だった。歩けるようになって、まだそれほどたっていないかもしれない。

「巨人、下ろして」

ノユリが女の子に駆けよった。

「なんてかわいいの」

ノユリが両手を差し出すと、女の子はなんのためらいもなく全身を預けた。ノユリはおそるおそる抱き上げ、ほんの少し揺すって頬を寄せたが、あ、と顔を上げてイスラを見た。イスラも静かにうなずく。

「熱があります」

ミハウの灰色の瞳に影が差す。

「ルルは少し、病気なんだ。時々、熱が出る」

「医者は」

「ここにはいない。いたとしても診せる金がない。ここの子供はほとんどが病気だ。咳が止まらなかったり、腹をこわしていたり、内臓に難しい病気を抱えていたりする。ルルは、まだ軽い方だ」

ミハウは首を振り、それから、思い出したように微笑む。

「トメさんから報奨金を少しもらった、あれはありがたい」

ミハウがまたわからない言葉でささやくと、イスラはうれしそうに微笑む。

ノユリは少し申し訳なさそうにそんな二人を見ていたが、固い声で聞いた。

「赤い髪の若い男がここへ来ませんでしたか」

イスラは少し考えて、海の方を指さした。

「その男なら、私たちに船の時間を聞いていました。その後、港の方へ行きました」

「船が出るの」

「今晩、十時に」

「どこへ行く船？」

「いくつか北の国の島を回ってから、海洋へ出て、南の国まで行く、と聞いています」

ノユリは暗い顔で波止場の方を見つめ、ミハウも難しい顔で腕組みをした。

「もういい、ポンは船に乗る、それでいい」

巨人が言う。

「俺は追いかけない」

「そういうわけにはいかないさ、巨人。ポンが盗んだかどうか、それは俺は知らない。だけど、このままほうっておくことはできない。俺たちは仲間だからな」

ミハウは白い男たちに告げた。

「みんな、一旦解散する。家族に会ってこい。一時間後に波止場で会おう」

男たちは散っていき、ミハウは巨人を見上げる。

「お前に入ってもらえるぐらいのうちだったらよかったんだが」

「俺はここで待ってる」

ミハウは、じゃあ、とノユリを手招きするが、ノユリも笑って首を振る。ミハウはルルを抱いて中へ入り、しばらくすると、イスラと共に湯気を上げる鍋を持って出てきた。温かいスープをカップについでノユリに差し出し、残りの鍋を巨人に差し出す。白い湯気に包まれて二人のかさついた頬が緩む。巨人の髪についた僕らは溶けてしまわないように身をよじらせて湯気をよける。

一時間後、白い男の一団と巨人とノユリを波止場で待っていたのは巨大な船だった。黒々とした海に浮かんでいる姿に、巨人でさえも目を丸くした。

「なんの船だ」

ミハウが答える。

「木材運搬船だろうな。俺たちがいつも川まで木を運んで船にのせるだろ、あれさ」

「だけどあれと比べたら、俺と子供ぐらいちがう」

「これはもっと遠いところまで行くんだ」

「どこにも木がないぞ」

「船の中には積んでるんだろ。北の国を数カ所回るらしいから、その途中で甲板にも積み込んで、それから南の国へ行くってことだろうな」

巨人はふうん、とうなずいて飽くことなく眺めている。

乗船口の男が声をかけてきた。

「もうすぐ船が出ます。お急ぎください」

ミハウが詰め寄る。

「おい、船に赤毛の若い男が乗っていなかったか」

「お客さん、わかりませんよ。この寒さじゃ、みんな帽子やフードをかぶっていますからね。

若い男なら何人か乗っていますが、お宅が探してるのかどうか……」

「面倒だ。ちょっと調べさせてもらうぜ、ノユリ、一緒に来てくれないか」

ミハウが声をかける。

「男の俺には入れない場所もあるんでな」

白い男たちは数名はミハウに続き、数名は乗船口について、船に出入りする者に目を光らせる。

巨人は何もすることがなく波止場に突っ立ったままだ。僕らはその髪にいて、巨人とともに潮風を受ける。ひゅうひゅうと冷たい。巨人はぽつんと一人、手持ちぶさたで海と空の交わるところに目を凝らしている。空には降るように星が出ているが、海との境目がどうもわからないらしい。

「よお、巨人」

暗い甲板から声がして、巨人はじっと目を凝らす。「……副社長、かい？」

お餅みたいな顔のおじさんが毛皮の帽子と毛皮のコートにくるまって、ミトンの手を上げている。

「なんで、ここにいるんだ」

「なんでって、これは私の船だからさ。お前、船に乗ったこと、あるかい」

「ない」

「乗ってみろよ」

「とんでもない、船が沈んじまう」

「大丈夫だ。いつも木材を山のように載せてるんだ。お前が乗ったぐらいで沈むもんか」

「そんなことしていいのか」

「もちろん、ここでは何でも私の言うとおりさ」

巨人はもじもじしている。

「なんだ、お前、怖いのか」

副社長はからかうように言った。

「うん」

「そんなでかい図体のくせに、怖いものもあるんだな」

「でかいから怖い。俺が乗ると船は沈む。俺がさわると人はつぶれる」

「ふん」副社長は鼻で笑った。

「私が保証する、大丈夫だ。さあ、早く乗ってみろ、そこに足をかけるんだ」

せっつかれて、巨人はおそるおそる足を上げた。一瞬船はぐらりと傾いたが、巨人が両方の足を甲板に乗せるとまた水平になって、船は安定を取り戻した。

「座ってみろよ」

巨人はじわじわと甲板に腰を下ろした。

「なんてことないだろ」

副社長が樽を転がしながら近づいて来た。

「初めて船に乗った記念に一杯やらないか」

「俺はいい」

「私が飲みたいのさ、つきあってくれよ。全くうちの母さんときたら、思いつきで金をばらまくのが趣味でね、おかげでこっちはいろいろとサイドビジネスにも手を出さなきゃ金が回らんのだ。さっさとこっちに経営を譲ってくれりゃあいいのに、母さんは社長をやめる気はさらさらない。この頃の年寄りの元気ぶりには目に余るものがあるとは思わんか。まさに目の上の瘤、老害だよ、老害。なんせ、母さんは死なないつもりらしいからな」

副社長は樽を巨人の前に置き、自分はコートのポケットから酒瓶を取り出した。

「さて、ここで困った問題がある。もし、母さんが本当に死んだ時、最も泣くのは誰だと思う？　――この私なんだ。目に浮かぶよ、もう立ち直れないほどに打ちのめされるだろう。母さんが生きてても大変、死んでも大変、全く酒でも飲まなきゃやってられん。さあ、記念に白い男たちの乾杯のまねでもしようじゃないか」

副社長は酒瓶を高く持ち上げ、有無を言わさず迫ってくる。

「ヤーハ、ヤーク」

「ヤーハ、ヤーグ」

巨人は思わずこたえて樽を持ち上げた。副社長は一気に飲み干した。巨人も樽を干し、うむとうなった。

「うまいだろ、奴らはウオッカ造りの名手なんだよ」

巨人は空に向かって大きなあくびを一つした。

「ゆっくり、ゆっくり寝てみるといい」

呪文のように副社長が言う。巨人は重さがどちらかに集中しないように気をつけて、そろそろと仰向けに寝転び、僕らは振り落とされないように、巨人の髪にしがみつく。

副社長が低い声で歌い出し、僕らもだんだん空が回り始めるような心持ちがした。

「どうだ、気分は」

「ああ、いいね」

「ポンを探してるんだろ。しばらくここで星でも眺めているといい」

「うん」

夜空に星が流れた。お、と巨人が小さく言った。

「今日はよく星が降る」

副社長が言うと、また星が流れた。そしてまた、立て続けに三つ。何かとんでもないことが起こりそうな夜だ。巨人がうなり、体を起こそうとするようだが、まるで背中に鉛を入れられたみたいに動けない。

「寝ちゃだめなんだ」

下りてくるまぶたを払いのけようと、巨人はパチパチ瞬きをした。

「ぜったい、寝ちゃだめだ」

「そうかい」

「なのに、なんか体がぐにゃぐにゃするんだ」

「だろうな」

副社長が冷徹に言った。船はゆっくり動きだし、波止場がゆるゆる遠くなる。巨人は完全に眠りの穴に落ち込んだらしく、体中の力が一度にぬけて甲板に広がった小山になってしまった。

「良い船旅を、巨人。お前は働き過ぎだぜ」

向こうから甲板を歩いてくる者がいる。

ミハウだった。副社長と何か話し合っている。エンジンの振動が巨人の体を通して僕らにも伝わり、船は夜の海に白い泡の網目模様を吐き出しながら進んで行く。

ミハウが低くあの言葉で歌い出した。それに応えて船のあちこちから白い男たちが現れた。男たちは手に手にワイヤーを持ち、白い息を吐きながらこちらへ近づいて来る。ミハウの歌は甲板の上を低く流れ、男たちは各自持ち場につくと、まるで木材を固定するかのように、巨人の体の上にワイヤーを渡し始めた。僕らは巨人の髪から落ちないように、身を寄せ合う。体の上を男たちが歩き、ワイヤーが何本も渡されていくというのに、巨人は深い眠りの底にいるのだろう、寝息と共に胸の平原が静かに上下するばかりだった。男たちは静かに手際よくその仕事を終えると、お互いにうなずきあって船室へ引き上げていった。最後にミハウがやって来て、巨人の耳元へ口を寄せる。

「堪忍してくれ、俺とお前のふるさとまでの辛抱だ」

「なんてこと」

突然、小さく鋭い声がした。

「なんてことなの」

怒りの混じった声だ。巨人の絡まった髪の森の奥で何かがもぞもぞ動いている。なんだろうと見ていると、小さな虫が髪をかき分けて這い出てきた。

「誰だい」

「わたし？　わたしはひ孫ノミ」

そんなことは今はどうでもいいのだけれど、名乗らないのは失礼だから。ひ孫ノミは早口でそう言い、どうぞよろしく、と頭を下げた。ちゃんとしたしつけを受けて育てられたらしい。去って行くミハウの背中を苦々しげに見つめ、僕らに向き直る。

「ミハウもぐるってわけ？　いったい巨人をどうするつもりかしら」

「……君、いつから巨人の頭にいたの」

「ずっと前よ。巨人が北の国へ来る前からのつきあいなの」

ひ孫ノミは胸を張った。

「あやとりサーカスを見に行って、それからよ」

「なんだい、それは」

「巨人とノユリがサーカスをやってたのよ。まず巨人が電線であやとりをして、川とかダイヤモンドとか作るの、で、その中でノユリが綱渡りしたり、回ったりするのよ。すごいんだから」

ひ孫ノミは肩をそびやかし、そんなことも知らないの、とあきれ顔で僕らを見る。

「一度見たら忘れられないわよ、もう夢みたい。だけど、残念ながらその後はこっちで木こりと食堂のおばちゃんになっちゃって、ほんとはスターなのにさ。かと思ったら、なあに、今度は船に乗ってどこへ連れて行かれるのかしら」

僕らは首をかしげるばかりだった。ひ孫ノミは憤懣やるかたなし、の顔をしたくせに、小さなあくびを一つして、ごめんなさい、寝る時間をとっくに過ぎてるの、おやすみなさいとまた髪の森深くへ潜り込んだ。おやすみなさい、ひ孫ノミ、会えてうれしかったよ。僕らが言い終わらないうちに、小さな寝息が聞こえてきた。

光は月と星だけだった。水平方向にはどこにも光は見えず、陸からはもうすっかり離れているようだった。夜を縫って船は走り続けた。巨人のいびきは高くなったり低くなったりし、ワイヤーに縛られていても胸のあたりはゆっくりと上下していたが、目覚める気配は全くなかった。

やがて夜の隙間から光が漏れ始めた。空と海の境目がわかって僕らはうれしくなった。夜の覆いが滑り落ち、たった今世界が生まれたような朝が来た。光は波に運ばれて赤や金や紫のだんだらな帯になって僕らの船まで届き、その光とは反対の方へ船は一心に進んで行く。まるで光にお尻を押されているみたいだ。僕らがうっとりとしていると、太陽が美しい姿を丸ごと白い空に表し、容赦なくこの世に光を浴びせかけ始めた。僕らの中に緊張が走る。空気が明らかに違っている。昨晩よりずっと暖かい風が僕らに吹き寄せてくるのだ。

向こうからパンやりんごが山のように積まれた大きな籠を抱えて少年がやって来る。赤い髪が朝日に反射して目に痛い。

「巨人、メシだメシだ」

少年は巨人の耳元で叫ぶ。と、また巨人の髪が奥からもぞもぞ動く。

「ポンじゃないの」

ひ孫ノミが顔を出した。

「巨人のお金を持って逃げたのよ、あいつ、許せないわ」

ひ孫ノミは僕らの方へ振り返り、あっと声を上げる。

「あんたたち、とけてる!」

「ああ」

僕らは力なくくずおれる。

「残念だよ、ひ孫ノミ。会ったばかりなのにさ」

ひ孫ノミの慌てる顔が揺れてかすんでいく。太陽がじわじわと僕らの形を奪い始める。

ひ孫ノミの話
わたしはひ孫ノミ。住所は巨人。ひいおじいちゃんに連れられて巨人のサーカスを見に行ってから、ここにいる。あの時はお腹がはちきれそうになるほど血をいただいた。兄弟姉妹、いとこにはとこ、父さん母さんおじさんおばさんおじいさんおばあさん、みんな大満足だった。さ、帰るぞっていうひいおじいちゃんの号令は聞こえたんだけど、わたしは巨人の頭のこんがらがった茶色の森の中でぐずぐずしてたらおいてかれたってわけ。いや、実を言うと、わざと出て行かなかったっていうのが正しい。うちは大家族も大家族だから、わたしが一人消えたからってだあれも気がつかないだろうし、あやとりサーカスの余韻にどっぷり浸っていたから、帰りたくはなかった。あの二人はわたしの理想だった。空高く超絶技巧を披露するノユリはわたしのしけた人生に真っ青な穴を穿つスターだったし、何より、それを見守る巨人の眼差しにわたしは完全に心を持って行かれたんだ。あんな優しい真摯な眼差しが女に向けられるのをわたしは見たことがない。うちの家父長制度と、女は子供を産む道具、みたいな家風にほとほと嫌気がさしてたわたしには、二人はまさに光だった。

だってうちのひいおじいちゃんの教えってほんと最悪。女と交わってもいいが、女を愛してはいけない、愛されている女は男の人生を台無しにする、なんだから。いったいどんなトラウマがあるのっていうぐらい、女性差別も甚だしい。おかげで、一族の男たちはどれだけたくさんの女を孕ませられるか競争するバカか、ファムファタール妄想にとりつかれて女の誠実さをハナから信じないバカばっかり。うちの弟ときたら、一度に三匹の女を妊娠させたあげく、養育費の支払いで首が回らなくなって失踪するし、兄は兄で女に翻弄されないための耐性をつけるんだって、思春期の頃からワカミヤ・マリアのブロマイドを壁に貼って訓練したあげく、彼女ナシ歴＝年齢を更新し続けている。

おっと。わたしが一族の恥を嘆いている間に、樹氷たちがみるみるとけていく。小さな小さな水たまりが巨人の額や甲板に生まれ、それも潮風があっという間にさらっていってしまう。せっかくうちの男たちより数倍ましな話し相手が現れたと思っていたのに、悲しくてたまらない。

「巨人、悪かったな。メシだぜ」

ポンが巨人の頬の壁を叩く。

あの燃えるような赤毛、全く何を考えてんだか。あんな頭で泥棒なんかやっちゃいけないわね。昨日の朝、倉庫のガラスが割れる音でわたしは目が覚めた。恐ろしかった。穴から腕が突っ込まれて鍵が開けられると、あの赤毛が入って来た。白い顔一杯のソバカスが震えて見えたから、ものすごく緊張していたに違いない。いびきをかいてる巨人の横を通り抜けて、赤毛は少しの迷いもなく金庫のダイヤルを正しい番号に合わせた。わたしは思いっきり巨人の鼻にかみついてみたんだけれど、春の丘みたいに気持ちよさそうに眠ってた。赤毛は震えながらも金庫の札束をリュックに詰め込んで窓から飛び出して、わたしは自分の無能さが心底いやになったよ。巨人からは温かい寝床とあふれるほどの食糧を日々いただいて、山ほどの恩があるっていうのにさ。

巨人はほんとうに深く眠っている。

「巨人、俺が食っちまうぜ、それでもいいのか」

いびきをかえすだけの巨人にあきらめたようで、赤毛は黒パンを一つほおばって去って行った。

太陽が船の真上を通って舳先のずっと先まで行くと、のっと沈んだ。夜は星が降り続け、また船のお尻のその向こうから太陽が現れた。赤毛がやって来て、巨人の黒パンをつまみぐいして去って行く。巨人は太陽に焼かれ潮風に吹かれ雨に打たれても、小山になったまま甲板で眠り続け、わたしが何度鼻やまぶたにかみついてみても、いっこうに反応がない。

「巨人、お前ほんっとに大丈夫か。なんにも食ってなくてよう」

赤毛は思いっきり手を伸ばし、巨人の眉毛の端を引っ張る。えいっ、わたしは思い切って飛び降り、赤毛の頭に着地した。赤毛は一瞬軽く頭を振ったが籠を抱えて、歩き始めた。赤毛に潜り込むと、なんだか子供の匂いがする。こんな太陽の匂いをさせてるくせに百万ツララを強奪するなんて人間のやることはわからない。

赤毛は両側に船室の並ぶ狭い廊下を歩いていき、わたしは全身を目と耳にしてノユリを探す。

向こうからミハウがやって来た。

「巨人はどうだ」

「まだ寝てますよ。薬がきついんじゃないすか、巨人は木材じゃないんだし」

ミハウは腕組みをしてうなずいた。

「わかってる。副社長に言っておこう」

「……あの、俺の取り分のことなんですけど」

「ああ」

「十万ツララってことでしたよね」

「そうだ」

「もうちょっと上乗せしてもらえませんか」

ミハウの眉間に皺が寄った。

「いや、俺、けっこう大変なんすよ、島に帰ってミラにティンより俺の方がってとこ見せたいし、十万じゃちょっと……」

「その女、やめろ、ポン。十万じゃいやだが二十万ならいいっていう女はな、お前が二十万持ってったら、ほかの男は百万持って来たって言うぞ」

「ミラはそんなやつじゃないですよ。だいたい、俺、あいつのためにあんたの計画に乗ったんだし」

「巨人をかばうかと思ったら、その金で女の心を買うつもりか、ポン」

赤毛は髪の毛ばかりか顔まで真っ赤になった。

「あんたたちの方がひどいんじゃないですか、巨人の金を奪うだけじゃない、あいつ自身を連れて行っちまうんでしょ。あんたらのやることは俺にはわからない」

ミハウはじっと赤毛を見つめた。

「お前にわかるはずがないさ。お前には絶対にわからない」

その場を去りかけたが、振り返り、「……昼にはお前の島に着く、準備しとけよ。それから、ノユリに食事を頼む」

赤毛は神妙な顔でうなずいた。

階段を上がり、廊下を進んで赤毛は奥まった部屋のドアをノックする。中から出てきたのは濃い隈が灰色の目の下ににじんだ若い女だった。白い花の蔓草模様の刺繍が入った長いローブをはおり、銀の布のような髪を後ろに垂らしている。

「食事です」

女は無言でパン籠を受け取ってドアノブに手をかける。

「あの、俺、ノユリさんにちょっと言うことがあって……」

「ノユリ様は船に乗っている間、私たちとしか話してはいけないことになっております」

「ちょっと顔見てもいいっすか」

「今、精神を集めているところですから」

あっという間に赤毛の鼻先でドアが閉まり、わたしも赤毛もノユリの姿を見ることもできない。赤毛はぶつぶつ文句を言って自分の部屋へ戻った。狭苦しい船室の三段ベッドのはしごに手をかけ、白い男が寝転がっている一段目と二段目を越えて一番上まで上がり、体をかがめてベッドの上に鞄を開いた。わずかな衣類や持ち物を詰めて、ミラの写真を壁からはがし、じっと見つめるので、のぞき込んでみたが、頬骨の張った、肉付きのいい田舎娘であることしかわからなかった。

昼になると、赤毛は副社長から十万ツララ入りの包みを渡された。甲板に出てソバカスだらけの顔に涙を浮かべ、眠っている巨人に近づいていったので、わたしはそろそろ潮時だと巨人の頭に飛び移った。ぺこぺこだったので、すぐさま耳の下へ這っていき血をいただいた。

「巨人、さよならだ、ありがとな」

何度もそう言って、赤毛は小船に乗り込んだ。甲板から眺めると、赤毛のふるさとは森と草と、石積みの小屋がぱらぱらと見える小さな島だった。人影といえば波止場にいる漁師と、その妻らしい女ぐらい。え、あのおばさん、なんだかワカミヤ・マリアに似てる。あの網を繕ってる漁師さんの横で、干物の籠持って、何か話しかけてる人。ブロマイドより年取って日焼けして頑健な感じにはなってるけど、あの首の反らし方とパンと張った胸の感じはマリアじゃないだろうか。兄ちゃん、恋人作りな。わたしは心の中で兄に呼び掛ける。赤毛はそんなおばさんは目に入ってもいないようで、小船の上から身を乗り出し、吹き荒れる風に鼻の頭まで真っ赤にして、波止場の向こうに目を凝らしている。緑の丘をあの田舎娘が駆け下りてくるのを必死で探している。

赤毛はバカだ、大バカだ。バカに同情している暇はない。ちょうど巨人に近づいて不思議な言葉で話しかけるミハウの銀髪に、私は渾身の力を込めて飛び移る。

さすがミハウだ。赤毛に対するのとは大違い、今度はさっきの若い女が薄い唇に微笑みさえ浮かべてドアを開けてくれる。喉の奥をこするようなあの言葉がお互いの口から漏れ、スープの鍋がミハウの白い手から女の白い手に渡される。灰色の瞳に同士の意思の確認があり、ミハウの銀の短髪が女の銀の長髪に近づいたその瞬間、わたしは再び飛び上がり、ロープからロープへ飛び移るノユリの姿をイメージして、女の頭に着地を決める。

「ノユリ様、お食事です」

女は振り返り、二段ベッドが三つ並んだ奥に向かって告げる。

「ありがとう、お話が終わってからいただきます」

ノユリは一番奥に置かれたベッドのそばにひざまずき、横たわった女の手を両手で包み込んでいた。部屋にはその他に三人の女がいる。手前のベッドの上段に頭にスカーフを巻いた女、下段に膝を抱えた少女、それに年かさの女が窓を背にみなを見渡すように立っている。全員が白い花の蔓草模様の刺繍入りのローブをまとい、ノユリも同様のローブを着て、広がった裾が床に波紋をつくっていた。

「ノユリ様、召し上がらないとノユリ様が倒れてしまいます」

若い女はテーブルに鍋を置き、木のボウルにスープをつぎ始めた。ノユリはしかたがないといったふうに一口スープをすすっただけで、また横たわった女の腕をさする。女は淀んだ白い顔をノユリに向けて魚のように口を開いた。

「……シロハナ花粉を浴びてから、私の人生は変わりました。内臓がすっかりだめになってしまって、熱が下がらないし、下痢はするし、起き上がるのさえ辛くて」

ノユリは慈愛に満ちた表情で女を見つめ、黙ってうなずいた。

向かいのベッドで膝を抱えた少女がいう。

「あたしはずうっと頭の中で音がするの。天井から、一滴ずつ水が落ちてくるような音なの、それがどうしても止まらない。ねえ、どうしてかしら、あたしは北の国の谷で生まれたから、シロハナ花粉を浴びてはいないはずなんだけれど」

「あなたのお父さんとお母さんが浴びたんでしょう」

女たちの椀にスープを注ぎながら、若い女が言った。

「さあ、わからないの、あたしが生まれてすぐに死んでしまったから」

首を振る少女に窓辺の女が言う。

「色白は体内のシロハナの照りかえし。気の毒だけれど、あなたは発光しそうに色が白い」

「体内シロハナ蓄積濃度も相当ってわけでしょう、ええ、知ってるわ、北の谷孤児院でもよく言われたから。ねえ、音はどうやったら止められる？　どこへ行ってもついてくるの、生きてるかぎり、止まらない。止めるには、やっぱりあたしが止まるしかないのかしら」

椀を受け取ろうと少女が差し出す手首には無数の傷跡が見え、ノユリは少女のそばに座って肩を抱いた。

二段ベッドの上に座った女が頭に巻いたスカーフを外すと、ところどころ銀髪が抜け落ち、まだら模様になった頭が現れた。

「あたしは姉といっしょにシロハナ花粉を浴びたの。そこは聖山から離れた場所だったので、油断してたのね。まだ小さかったから、防護服は着ていたんだけど、頭の部分は脱いでた、暑さが我慢できなくて、で、こうなってしまったの。でも、あたしはラッキーな方だってみんな言うわ。姉はうちに帰ってすぐに死んだの、まだたったの十三で」

「……それは劇症シロハナ死よね」

窓辺の女が言った。髪の抜けた女はスカーフをつかみ、悔しそうにうなずいた。部屋中がため息に満ち、ほかの女から、ああ、あれはむごい、あれはむごい、と声が漏れる。

窓辺の女はさらにノユリに向かい、

「この間も北の谷で若い夫婦が亡くなりました。妻が身重の時に西の国から逃げてきて、何とかこちらで出産し、これからという時でしたのに。夫が伐採場から帰って来たら、冷たくなった妻の横で赤ん坊が泣いていたそうです。その後、夫も後を追うように体を壊して死にました、娘を親友に託してね。――ノユリ様もお会いになったでしょう、ミハウのところで」

ノユリの顔色が変わった。

「ルルのことですね」

「ええ。ミハウとイスラが育てているのです」

ノユリは思わず手で顔を覆った。

「この地獄から私たちを救い出してくれるのが、巨人なのです」

「ごめんなさい、みなさん。何度も申し上げていますが、巨人にそんな力があるとは思えませんが」

ノユリが問うと、女たちは不思議な明るさで口々に騒ぎ出した。

「あるのですよ。巨人が聖山に登って」

「蓋をするのです」

「ガスがこの世に漏れ出ぬように」

「みなが巨人ならできると申しております」

「みな、とは」ノユリが不安げに声を上げる。

「みな、とはみなでございますよ、西の国の者全部がそう信じております」

ノユリは青ざめ、女たちを見回した。

「もし、巨人にその仕事ができなければ、どうなります」

女たちは自信に満ちた顔で一斉に首を振る。

「そんなはずはありません」

「巨人は救世主様に間違いございません」

「聖山の山頂の穴は巨人の形、それがなによりの証拠でございます」

「聖山のふもとの森に何十年も暮らしていながらシロハナの花粉にはまったく害を受けない森の女と呼ばれる女がございます。その女が巨人の母上ではないかと」

「森の女はメンエキを持っているのです。巨人もきっと聖山よりメンエキを授けられているにちがいありません」

「本当にうらやましい。メンエキのないわたくしたちなど、ほらこんな恐ろしいシロハナ模様の刺繍をわざわざ身につけて、いつかメンエキがつくようにと願うしかないのです」

「たとえ迷信だとわかっていても」

女たちは自嘲気味に微笑んで、ローブの刺繍を指さす。蔓草の緑の葉は先がとがって細長く、五枚の花弁を持つ小さな白い花が蔓の途中に咲いている。年かさの女がノユリの手を取った。

「これから西の国に着くまでにはそう間もございません。それまでにノユリ様には覚えていただかねばならないことが山のように、いえ、海のようにございます。それではこのあたりで借り物の言葉はやめにいたしましょう。まず覚えていただかねばならないのは私たちの西の国語でございます。ヤーハ、ヤーク、ノユリ」

「ヤーハ、ヤーグ」

ノユリは不安げに皆を見回した。聞いたこともないような音が狭い船室にあふれて渦を巻き始め、わたしには会話は見えなくなった。ノユリは渦の中でもがき、一つでも二つでも西の国語をつかんで浮かび上がろうとしていた。ノユリが西の国語を発すると女たちはこぞって笑みを送る。

なんてこと、なんてこと、こんな得体の知れない渦から一刻も早くノユリと巨人を救い出さなきゃ。これは人生で初めてわたしに与えられた仕事なのだと思う。夕食を持ってきたミハウの背にくっついてわたしは早々に船室を後にした。

すぐに巨人のところへ戻るかと思いきや、ミハウは船長室に乗り込んで、副社長に巨人がいつまでも目覚めないのをなじる。白い男たちが呼ばれ、全員で巨人に呼び掛け、押したりついたりするが、反応がない。わたしはチャンスとばかりにまた巨人の体に戻り、まぶたに両手をかける。なんて重いんだろう、びくともしない。ミハウが興奮して腕を振り回し、毒を盛った船長を責める。灰色の瞳がぎらぎらして、顎の傷跡が赤くなり、気圧された副社長が、じゃあ、と言う。

「ノユリを連れてこい」

白い男の一人がさっと去って行く。

やがて、甲板に出るドアが開き、歌声と伴に女たちが現れた。甲板の男たちがいっせいに二手に分かれ、まるで海が開くように道ができる。ノユリはその真ん中をしずしず進む。寂しい滝のような髪を刺繍の上着の背に垂らし、同じ歌をよどみなく口ずさみながらまっすぐにやって来る。

ノユリは薄青い血管の浮き上がった手を巨人のそびえ立つ頬に置いた。一同がしんと静まりかえって固唾をのむ中、震える声でささやいた。

「目を覚ましたらキスだよ、巨人、お願い、起きて」

「……んごごごごごっ」

返ってくるのは巨人の深い寝息だけだ。

起こさなくちゃ、起こさなくちゃ。ノミ一族随一の力持ちを誇るわたしとしては今こそ恩返しの好機。腰を落とし、下腹に力を入れてまぶたをこちらに引きつける。全身から汗が噴き出るのもかまわず、更に力を込めると……、開いた！　ほんの少しだが、まぶたが上がる。

「……ハ、ハイ、巨人」

よろよろしつつ、瞳に呼び掛ける。なんてこと、瞳は開店休業だ。

「いつまで寝てんのよ」

あいている足で思いっきり瞳を蹴っ飛ばす。

「ううっ」

やった、巨人はついに目を覚ました。その途端、真上に上がった太陽に目をやられ、まぶしそうに首を振るもんだから、わたしはあわてて下睫につかまった。

甲板にどよめきが上がり、白い男も女も口々に何か言いながら、その場にひざまずき、手を合わせて祈る。声の中にノユリという言葉がさざ波のように繰り返される。

「ノユリ？　ああ、俺はずっとノユリと野原の夢を見ていたよ」

巨人はうれしそうにノユリの方へと起き上がろうとして、胸の上から足先まで渡されたワイヤーに邪魔される。

「いたい」

「動かないで、じっとして」

「なんだ、これ」

「もうすぐ西の国に着くわ。たくさんの人が巨人を待っているのよ」

「西の国ってなんだ」

「あなたのふるさとよ」

「知らない、そんなところ」

「そうだ、俺たちのふるさとさ」ミハウが駆け寄った。

「このままでは俺たちの国は滅びてしまう。こんなふうにお前をだまして申し訳ないが、西の国を救えるのはお前しかいないんだ」

「俺は野原に帰りたい」

「お前が北の国の伐採場に現れた時、俺たちは目を疑った。聖山の頂上に開いた穴はちょうどお前の形なんだ」

「わからない、俺は野原に帰りたい」

巨人はほとんど泣き出さんばかりだった。ノユリは巨人の頬をなで、またあの歌を歌い出し、甲板にいた男も女もそれに合わせて歌い始めた。すがりつくような、神々しいものを見るような視線が巨人をなでるノユリの荒れた手に集まった。

もしかして、ノユリの背中には後光が差しているんじゃないだろうか。見えてないのはわたしだけ？　いや、だって、太陽はまるで世界を祝福するみたいに降り注いでるし、歌は船を飛び上がらせんばかりの勢いで盛り上がっていくし……。わたしもこの熱狂に遅れちゃいけないって、下睫の草原から頬に躍り出たその時だ。

「ノミがいる」

汚らわしいものを見つけた声がした。はっと見上げたら、ノユリの顔がぐんぐん近づいて来る。太陽を背にして影になっているけれど、小じわが一杯見える。ああ、あやとりサーカスのスターもけっこう年なんだって、わたしは変なところに感心してしまう。

「ノミは友達だ」

巨人が小さな声で言った。ノユリはひどくまじめな顔をして、小さな子供にいい聞かすように、

「西の国の方々は病気なのよ。ノミなんて連れて行けないわ、何かあったらどうするの」

骨張った指が下りてきたかと思ったら、あっという間にわたしはつぶされた。さっきいただいたばかりの巨人の血がほとばしったはずだが、意識の遠くなったわたしにはもう何もわからなかった。

ノユリの話

下船の前に、防護服を着るのを五人の女たちが手伝ってくれた。銀髪の色の白い女たちはミハウと同じ村の住人で、長い船旅の間じゅう、同じ船室で寝起きをともにした。まるで小さな笛が喉に仕組まれているのではないかと想像してしまう、素朴で美しい彼女らの言葉を、あたしはパンよりも水よりも吸収し続けたので、言葉はだんだんにあたしの体じゅうに行き渡り、やがてなんなく自分の口からもこぼれ落ちるまでになった。ポンを探しているうちに船が動き出し、ミハウに真の目的を告げられた時は、驚き、疑い、恨みもしたが、女たちと過ごすうちに、あたしには引き返すすべはないと思うようになった。

「巨人こそ、奇跡を起こす方」

一点の曇りもない瞳があたしを包み、そんな言葉が繰り返された。

「ノユリ様はその巨人の愛する方、どうか巨人を目覚めさせてくださいませ」

甲板の巨人のそばに連れて行かれたあの時は、冷たい汗が背中をつたった。

とりあえず、数十回目のキスと同時に、巨人がイタイ、イタイと声を上げて眠りから目覚めたのは救いだった。ノミの体から飛び出た巨人の血で汚れた指を、こっそりローブでぬぐう。西の国の者の血に触れても大丈夫だろうかと不安になり、不安になった自分を嫌悪した。西の国の惨状を女たちから聞かされ、あたしはどれだけ涙したかわからないのだけれど、どんな濾過器を通しても、あたしの心の底には黒い澱がたまるのだ。西の国の者、と聞いた途端、その目に蔑みが浮かぶのが慣わしだったあたしの国の人々同様、あたしは西の国の人々がどうしようもなく怖かった。あたしは澱を見ないように、目をつぶって病の女たちを抱きしめ、西の国に飛び込む覚悟をしていたが、澱はあたしのねじれた心にべったり張り付いて、救世主を目覚めさせられない無能なあたしを白い男や女が許すはずがないとささやくのだった。

高らかな汽笛が響き、年かさの女が、船が停まります、とあたしに告げる。円い窓から外を見るが、一面の海原しか見えない。女たちは緊張した面持ちで、あたしの頭の天辺から足先まで何度も視線を往復させ、マスクと首の継ぎ目に目を走らせる。

「万が一、花粉が入っては大変ですから」

年かさの女が言うのに、あたしは無言でうなずく。

「よろしいですか、ノユリ様。以下のことをお守りください。一、外へ出る時は必ず防護服を身につけること、二、白い花を見た時は絶対に近づかないこと、三、外から帰ったらシャワーを浴びること、四、常に解毒剤を持ち歩き、花粉を吸い込んだと思われる場合は一分以内に飲むこと」

何度も聞いた注意をあたしは復唱させられる。女たちが防護服を着る気配がないことを不思議に思って尋ねると、年かさの女が、一層まじめな顔で言う。

「私たちはノユリ様を西の国の前までお送りするのが務めでございます」

「では西の国へは」

「入りません。……ノユリ様、そんな心配そうな顔をなさらないで。私たちは必ず戻って参ります。巨人が聖山での仕事を終えたら、迎えに参ります」

あたしは女たちに囲まれて甲板へ連れられていく。

ミハウが頭と顔の部分を出した防護服を着て待っていた。

「ミハウ、ちゃんと着なさい」

女がたしなめるように言った。

「我らが祖国はまだまだですよ、顔を覆うと動きが鈍る」

ミハウはじゃまくさそうだ。たしかに陸地は遙か遠くに見える。

「あそこまで、この小船で行くのですか」

あたしの不安げな顔に女がこたえる。

「ええ、大型船で港まで行きますと、たいへんに面倒なことになるのです、ノユリ様」

あたしとミハウは小船に乗せられる。

「いってらっしゃいませ、ノユリ様。神のご加護がありますように」

女たちが盛んに祈りの言葉を口にする中、一人の福々しい顔の男があたしの乗った小船のロープをたぐっているのに気がついた。

「副社長！」

副社長はにこにこして手を止めた。

「あんたみたいな優秀な賄い婦は二度と雇えんだろうな、ノユリ。いやあ、惜しい人間を手放してしまったと心から悔やんでいるよ。今回の船旅、楽しんでくれたかい、これは私からのボーナスだと思ってくれたまえ」

「はああ」

「そんな声出すなよ。巨人を乗せるのはなかなか経費がかかることだったんだからな、プラス、あんたと北の谷の白い男女のみなさん、それにポンも途中まで乗ってたんだ。すべて、こっち持ちだからね。みなさんの日頃の労働への、私からの感謝の印さ、太っ腹な副社長に感謝しな、じゃあ、女神様、健闘を祈るよ」

副社長はロープをたぐり、途端に小船はするすると青黒い海の上へ下りていく。白い女も男も甲板に並んで銀髪を風に煽らせて手を振っている。

「グッドラック」

副社長は一声上げるとミトンの手を振って、さっさと甲板から消えた。

「何が感謝の印だ、俺たちをどれだけ働かせたら気が済むんだ、しかも、今回トメさんの賞金をくすねたのはどこのどいつだ」

ミハウが目をつり上げて言うのに、あたしはくらくらする。

「そう言えば、百万ツララは」

「あいつのポケットの中に九十万、ポンに十万」

ミハウは申し訳なさそうに包みを差し出した。

「で、これはあんたと巨人が体を張って稼いだ金だ、さすがにこれには誰も手を出せねえからな」

あたしは薄汚れた袋を受け取って、中をそっとのぞきこむ。三万八千四百五十七ツララ。アザラシの毛皮に包まれた憂鬱顔の皇帝のお札と、トナカイの絵のついた銅の硬貨、ああ、懐かしい北の国。あたしと巨人の労働の対価。これが西の国で使えるはずはないし、両替ができるとも思えないが、あたしには宝物だ。

巨人は胸ほどの深さの海へ浸かり、足のあたりにうごめく海藻が気持ちが悪いのか、妙な顔をして足もとをかきまわしている。

「巨人、海岸まで船を引いてくれ」

巨人はうなずいて、腰に巻いたあやとり用の電線をはずしてミハウに渡す。電線をロープ代わりに舳先にくくりつけるミハウに巨人が言う。

「また映画撮るのか」

「もっと大事なことが待っている」

「なんだい」

「聖山に登るんだ」

「木こりかい」

「いや、木は切らない。西の国の人々の命を助けるんだ」

「俺はノユリと東の国の野原に帰りたい」

「終わったら、必ずお前とノユリを送っていくよ」

「ほんとに？」

「約束する」

ミハウが放った電線を受け取って、巨人はうれしげに微笑んだ。電線を肩にかけ、引っ張ると小船はいとも簡単に西の国の海岸へ向かって進んで行く。白い太陽が海面に反射して光のしずくを飛ばす。

「西の国へは入れないという話だけれど」

あたしが言うと、ミハウは首を振る。

「西の国は閉じてなんかいない、誰が入ったってかまわないんだ。閉じているのはほかの国の方さ。奴らは俺たちが中へ入ることを厳重に禁じている。シロハナ花粉を持ち込まれちゃ大変だし、俺たちと接触することで感染することも恐れている。……お、そろそろ花粉圏内に入る、ちょっと待ってくれ」

ミハウは慣れた手つきで防護服をすっぽり頭からかぶってマスクを整え、その上から双眼鏡をかざして陸地を眺める。

「ほっほう、やっぱりな。ノユリ、見てみるか、俺たちの乗ってきた船が西の国に着いたら、どんなことになるか、あんたにもわかるさ」

双眼鏡を覗いてみて驚いた。無数の小船がこちらへ向かってやって来る。

「密航者さ」

ミハウは肩をすくめる。小船の人々はみな白い防護服に身を包み、その上からオレンジの救命胴衣を無理矢理に巻きつけて、悲愴な顔でこちらを見つめている。

一隻のぼろぼろの小船があたしたちの船に近づいて来て、鈴なりになった人々の中から、子供を抱いた男がこちらへ叫ぶ。

「おーい、あのでっかい船はどこへ行くんだ、北か、南か、東か」

「あんたはどこへ行きたいんだ」

「どこでもいい、子供が死にそうなんだ、ちゃんと息ができるところなら、どこだっていい。あんた、あの船から来たんだろう、どうやったら乗れるんだい」

ミハウは首を振る。

「あきらめな、今回、船長は客を乗せる気はないんだ」

数え切れないほどの小船が不安げなまなざしを向ける人々を乗せて、波間を越えて迫ってくる。それとは反対にあたしたちの乗ってきた大型船はスピードを増し、どんどん離れていく。小船の人々は一斉に叫び声を上げ、怒号が海の上に広がり逆巻いて、あたしたちの小船を転覆させてしまうんじゃないかと不安になった。

「密航は気軽にできることじゃない。あの船には強突く張りの船長が乗っていてな、一筋縄じゃいかないぜ」

ミハウが叫ぶと、波間から声が上がる。

「ああ、血を吐く思いでためたさ」

「金なら払う、いくら欲しいんだ」

ミハウは首を振る。

「シロハナ花粉にまみれた西の国の金を、あの船長が受け取ると思ってんのかい。あいつが受け取るのは純金だけさ」

ミハウはさらにかぶせて言う。

「あの船に乗る前に、何をするか知ってるか、まず、純金を差し出す、船長は集めてシロハナ花粉を洗い流してからポケットに入れる、あんたたちはボートの上で素っ裸になって立ってる、船から落ちてくるシャワーの水で隅々まで体を洗う、おっとその前に髪は短く刈っておくことだ、花粉がすべて洗い落とせるようにな、持ち物は今乗ってるそのボートごと燃やすんだ、あの船には西の国の物は一切持ち込めない、船に乗れるのはその体だけ、シロハナ花粉で傷んだその体だけさ、ようやっと船に乗せられてほかの国に運ばれる、で、どうする、あんたたちは密入国者だ、隠れて生きなきゃならん、たとえば北の国の地図にも載らないような谷間にひっそり暮らす、あんたを連れ出した船長の命令どおり、割に合わない力仕事をただ黙々と続けていくのさ、周りの者にいつか西の国の者だとばれるんじゃないかと、神経をすり減らして生きていかなきゃならん、それでも働けるだけましだな、皮膚についた花粉は落とせても、体内に蓄積したのはどこへ行ったってついてくる、あの船長に財産しぼりとられた末に、もし病気が出たら、どうするんだ、がたがたの体を抱えて言葉もわからない国でどうやって生きてくんだ、よく考えな、それでもほんとうにあの船に乗りたいか」

海の上は信じられないほど静かになった。あたしたちに喰ってかかった男も女も黙り込み、あたしはすぐそばにいるミハウの歩んできた道に言葉も出ない。

「大丈夫だ、みんな」

気を取り直したようにミハウが叫ぶ。

「もう苦労して外国へ行くことはない。帰って、ふるさとで大手を振って生きていこうじゃないか」

ミハウの手が巨人に向かって上げられる。

「救世主がいらっしゃったぞ」

人々は弾かれたように、青い空を背景に立つ巨人を見上げた。

「俺たちの、救世主」

巨人はやはり海藻が気持ち悪いらしく、空いた手でぼりぼり足を掻いている。

「あたしたちがずうっと待ってた、救世主」

「聖山に蓋をなさる救世主」
人々の口から声が漏れはじめ、それは大歓声に変わった。歓声は節を帯び、歓喜の歌が海上に湧き上がった。歌声はいつもあたしを底なしに不安にする。

森の女の話

目が覚めたら一羽の小鳥が庭の柵の上にとまっているのが見えました。小鳥が来るのは久しくなかったことなので、私はうれしくなって庭に出ました。庭は白い花の花盛りです。小鳥は警戒して飛び立ちましたが、パンくずをまいてやってうちに入って見ていると、また戻ってきて熱心についばんでいました。体は瑠璃色で頭の天辺だけ赤く、これまで見たこともない美しい鳥でした。白い花の中から見える瑠璃色と赤はまるで生命の証のように生き生きと見えます。これは何かの兆しなのではないでしょうか。ええ、私は感じます。何かが近づいて来ている。ああ、あの人たちでないといいのですが。頭の天辺から足先まで真っ白い防護服に包まれた人、まるで月に降り立った宇宙飛行士、そんな出で立ちの人間が時折ここを訪れるのですが、本当にあの人々はごめんです。まあ、かつて私たちの国の人々が熱望してやまなかった宇宙開発、それには私だって多少のノスタルジーは感じるのですが、あの人たちは別に宇宙飛行士なんかではなく、単なる立ち退き屋ですからね。

この間もやって来て、相も変わらぬ言葉を繰り返しました。

「聖山から三十キロ四方は立ち入り禁止区域です。すみやかに移動してください」

マスク越しの声は変にもごもごして聞こえます。

私は両手を広げて彼らを迎えました。

「ようこそ花咲く里へ」

透明プラスチックの向こうで顔をしかめるのがわかりました。

遠いところからやって来たあの人たちのために牛乳をしぼって出してやります。

「喉が渇いたでしょう、飲んでお行きなさい」

あの人たちはずるずる後ろへ下がりました。

「死にゃあしませんよ、別に牛乳がピンクに変わってるわけじゃないでしょう」

真っ白な牛乳を私はごくごく飲み干してみせました。

「ここには乳牛もいるし、畑で私ひとり生きてくのに十分な野菜を作っているし、森へ行けばベリーやキノコがいくらでも採れる。人がいなくなった分、食べるものは豊かになったぐらいなんですよ。ご覧なさい、この私を。もういくつになったか、自分でも忘れてしまったけれど、ぴんしゃんしてるでしょう」

「こんなシロハナだらけの里でまだ生きているのは奇跡ですよ」

一人が気味悪げに言いました。

「奇跡でも何でも、私はここで生きてんだよ」

庭に咲いた白い花を引きちぎってあの人たちに向かって投げました。防護服のせいか、あの人たちはつぶされる前の芋虫みたいに後ずさりし、

「首都へ行って私共の研究にご協力いただけませんかね。あなたのような完全メンエキ者は非常に貴重な存在なんです」

「ごめんだね」

「こんな人の死に絶えたところで暮らして、寂しくはないんですか」

「この山から離れたら、それこそ寂しくて死んでしまうでしょうよ」

「ご家族もさぞご心配でしょうに」

「息子が一人、それだけ。ほかの者はみんな死んでしまいましたから。だけど、あの子もこの国を出て……、さあ、もう帰りなさい、私のことはほうっといておくれ」

杖を振り上げると、あの人たちは表に停めたバンに向かって駆け出しました。あの人たちが一歩踏むたびにそのあたりに散った種が動き、地面から芽が出て茎が伸び葉が茂って白い花が咲きました。

「またこれかい、ちっとは違う花を咲かせてみたらどうだい」

私は去って行くバンに悪態をつきました。

白い花は風を受けてふわふわと揺れました。花粉が風に乗り、空中に拡散していくのが見えるようでした。その後ろには山がいつものように寝そべっています。ごつごつとした岩肌と白い花に覆われた、私の愛する山。あの噴火ですっかり形が変わってしまいましたが、山への思いはますます募ります。私は山を、昔から聖山、などと呼んではおりませんでした。私たちの国の者が神の宿られる場所などと勝手に申しておりますが、とんでもない。そういう者が、今私の国を苦しめている災いを神の怒りに触れた、とかなんとか騒ぐのです。あの山はもともとあがめ奉り、畏怖するところなどではありません。山はいとおしみながら伝うもの、その中で感じるもの、口に出すことさえためらわれるような、秘めやかなものなのです。

ノユリの話
救世主が現れたという知らせは、沖の小船から浜の小船へと興奮を持って伝えられ、海岸にはおびただしい数の人々が待ち構えていた。人々はみな白い防護服に身を包んでいるので、まるで白アリの群れが固唾をのんでこちらを見上げているようだ。巨人は耳まで真っ赤になり、それから髪の毛の先まで青くなった。あたしは巨人に電線ではしごを作るようにいい、繭のような防護服に邪魔されながらもはしごを伝ってシャツのポケットに入る。

「どうすればいい」

困惑した巨人の顔に、あいさつをしなくちゃ、とあたしはささやく。ヤーハ、ヤーク、さあ。

「……ヤーハ、ヤーク」

巨人は蚊の鳴くような声で言う。その途端、

「ヤーハ、ヤーグ！」

大歓声が返って来た。生きてるか、生きてるよ。ヤーハ、ヤーク。ヤーハ、ヤーグ。白い防護服の人々はお互いに肩を叩きあい、笑い、巨人に手を振り、マスク越しに投げキッスを飛ばし合い、歓喜に沸き返る。

先っちょに防護服の老人を乗せたはしご車が伸び上がり、近づいて来た。

「お待ち申しておりましたぞ、救世主様、西の国長老でございます、……」

長老は巨人に向かって曲がっていた腰を伸ばし、首を突き出し、声をふりしぼって救世主を称え始めたが、すぐにぜえぜえと息を吐いた。まるで声が届かないので、巨人は長老を手

のひらに載せ、顔に近づけた。やせた老人は汗をかいて皺の中の瞳を見開き、全国民をあげて……、とまた話し始めたが、すぐにへなへなとくずおれた。そのまま目を閉じてうんともすんとも言わない。長老、大丈夫ですか、とおそるおそる声をかけたが、なんだか寝息のようなものがかすかに聞こえるだけだ。あわてて地上に降ろすと、すぐさま屈強な男たちが担いで去って行った。

「申し訳ございません、救世主様」

側近の者がすまなそうに声を張り上げるので、あたしも下りて行って聞いたところ、長老のシロハナ花粉蓄積濃度がここ数ヶ月高まっており、今日も首都から急いで駆けつけた疲れと相まって眠ってしまったという。

「長老の場合はそういう症状なのです。ふっと眠ってしまうのです。意識を失った、というわけでもありませんから大丈夫です。またしばらくすると目をお覚ましになるはずです」

「全く、困ったことですな」この町の町長と名乗る中年の男が声を張り上げてやって来た。「長老は高いメンエキを持つことを誇りにしておったのに。それでこその長老ではなかったのですか」

ほかの大臣たちも額に皺を寄せて近づいてくる。

「やはり、完全メンエキ者ではないですからな」

「まあ限界、でしょうな」

「……次をそろそろ考えておかないと」

一同は白い防護マスクをつけた顔を寄せ合ってしばらく何事か話し合っていたが、やがて巨人を仰ぎ見て気を取り直したように感嘆の声を上げた。

「それにしても、やはり巨人は救世主様にあらせられますな。お姿を拝見しただけでも、この国の長い間の闇が晴れて太陽が昇ったような心持ちになります」

「いかにもいかにも」

「首都に比べたら、ここは比較的花粉濃度が低いのですが、そうは言っても、常人でしたら、防護服なしではとてもとても、やってられませんが、まあ、救世主様は本当に平然としていらっしゃる」

「全くそのとおりですな」

町長は車を呼び、あたしとミハウのためにドアを開けた。

「さあ、今夜は私どものところで旅のお疲れをいやしてくださいませ。……みなさん、道をあけてくださいよ、救世主様をお通ししましょう」

町は祭りのようだった。湧きかえる白い防護服の人々の渦を車がゆっくりとかきわけ、その後ろを巨人が進む。人々が手を振り、感謝や祈りの言葉を浴びせかけてくるのに、巨人は大きな体を縮め、当惑を絵にかいたようにのそのそ歩いている。

沿道に立ち並ぶ建物のぴったりと閉じられた窓の向こうにも、やはり大勢の人々がいて、感謝のまなざしでこちらを見つめ、手を振っている。屋内の人々は防護服を脱ぎ、北の国の谷にいた人々のようにシロハナの刺繍の入ったローブを身につけている人が多い。

「あの人々の後ろには、実はもっと多くの人間が、隠れてこちらを見つめているんですよ」

助手席に座った町長が、後ろのあたしたちを振り返りながら、ガラスの向こうを指さす。

「この町は今、首都からの流入民が爆発的に増えておるんです。

昨年、首都のスーパーマーケットでシロハナ花粉テロが起こったことが、まあ始まりなんですが、今年の初めに首都の大気中のシロハナ花粉濃度改ざんが発覚してからは、もうこんなところには住んでいられないと、人口流出の勢いに拍車がかかりましてな、おかげでこっちは大変です。もともとここは海外移住を待つ人々が住み着いてできた町でして、住宅も公共設備もそれほど整ってはいない。住宅不足に治安の悪化、医療費の増大、全く頭が痛い問題です」

町長は分厚い額にくっきりと深い横皺を寄せて頭を押さえて見せた。

窓の外に見える建物は急激な人口増加の波を受けているせいか、いかにもちぐはぐだった。元の建物の上や横や前後につぎ足しながら広がり、広がると同時に崩れていくような危うさをはらんでいる。

そんな中で到着した町長の家は大理石をあしらった立派な建物で、つぎはぎだらけのくたびれた服の並んだクローゼットに、何かの間違いで紛れ込んだ真っ白なドレスのような違和感をぬぐえなかった。町長は巨人を広々とした庭に張ったテントに案内し、使用人たちに命じて料理を運ばせた。それから、あたしとミハウを伴って家に入った。入るなり、天井から水が降ってきて驚いたが、すべての家はこのようにまず花粉を洗い流してから防護服を脱ぐようになっていた。次の間ではシロハナをかたどったダイヤのネックレスで胸元を品よく飾った夫人が出迎えて、あたしを抱きしめ、ほんとうによく来てくださいました、と涙ぐんだ。行儀のよさそうな三人の息子たちが、親しみを込めつつ丁寧にあいさつをし、一番年上の少年が、母は感激体質ですぐ泣くんですよ、でも僕たちもうれし涙を我慢しているんですけどね、と微笑んだ。夫人は笑い声を上げて長男の肩を抱き、それからあたしとミハウを引っ張って趣向を凝らした部屋をいくつも案内した。

「ああ、本当にこの日が来るとは、神さまにお礼を申し上げなくちゃ。お二人ともここではどうぞおくつろぎくださいませ。部屋の中にはシロハナ花粉は一切ございませんから。窓には万全の花粉フィルターがついていますから、開けてくださっても大丈夫ですのよ」

なんだかこれはその昔、あたしが東の国の普通の町で普通に暮らしていた頃に見たテレビドラマに出てくるお金持ちの暮らしの一場面みたいだった。

ミハウはこわばった顔のまま、はしゃぐ夫人に引っ張りまわされていた。

最後に料理が溢れんばかりに並んだ食卓にあたしたちをつかせた夫人は、品のいいサンゴ色のマニキュアを塗った指を優雅に動かして料理を指し示し、ミハウとあたしの飢えた胃袋を大いに刺激した。

「食材はすべて屋内の野菜工場で作られた野菜と、屋内で飼われている鶏や牛の肉、屋内の水槽で養殖している魚介類を使っています。シロハナ花粉濃度はきちんと測定しておりますから、安心してお召し上がりくださいませ」

野菜の緑や赤が目にも鮮やかで美しく、黄金色のスープも、揚げたり蒸したり巻いたり詰めたりして作られた芸術品のような料理の数々はすべてが絶品だった。本当のことを言うと、あたしは西の国の食べ物がほんの少し恐ろしかったのだが、そのみずみずしさや健康的な味わいに不安は消えていき、体の欲するままに口に運んだ。

「うちの料理人はついこの間まで、長老のシェフだったんですよ。もう首都では暮らせないって逃げて来たんですの。ああ、これは長老には内緒になさってね」

夫人は目くばせをして、柔らかな子羊のローストを取り分ける。

ミハウはよっぽど空腹だったのか、ガツガツと咀嚼していく。ここは伐採場の食堂じゃないんだからとあたしは目で訴えようとしてみたが、こちらを見もしない。夫人はそんなミハウに優しく微笑みかける。

「お気に召しまして？」

「西の国で、こんなごちそうは初めてです、おいしいし、安全だし」

「ミハウさんはもうずいぶん以前にここを出られたのですよね。その頃は野菜工場や食肉工場はまだなかったかしら」

「あったかもしれません。だけど、少なくとも聖山孤児院では、こんな食べ物はなかったんです」

一瞬、町長と夫人の顔色が変わるのがあたしにもわかった。

「聖山孤児院にいらっしゃったの」

「ええ、あそこで育ちました」

子供たちの顔がぱっと輝き、お互いに顔を見合わせる。ピンク色の頬をした三男がうれしそうに声を上げる。

「せいざんこじいん！」

「君たち、知っているのか」

「もちろん、有名ですよ、伝説の孤児院って」

長男が言う。

「聖山噴火の後、ふもとの村で死者が大勢出て、親を亡くした子供たちを首都に集めて作られた孤児院でしょ」

一番好奇心の強そうな次男が身を乗り出した。

「じゃあ、ミハウさんも、あのシロハナルーレットとかやってたんですか」

ミハウは瞬間息が詰まったように見えたが、冷めた瞳を子供らに向けた。

「ああ、やってたよ」

「で、どうだったんですか」

「当たってりゃ今ここでステーキ食ってないだろ」

「すっげええ」

子供たちが一斉に騒ぎ出すのに町長は静かにと声を上げ、夫人はまるでミハウから守ろうとするかのように隣に座った三男の手を握り締めた。

「聖山孤児院では、本当にご苦労なさったのですね、ミハウさん。食べ物も着る物も不足して、病気の子ばかりでってニュースにもなってましたわね。わたくしどもも、孤児院にはずっと寄付をしておりましたのよ」

夫人のこめかみに汗がにじんでいる。それはどうも、とミハウはステーキにナイフを入れる。

「あそこを出てからは、シロハナ処理班で働いていました」

「シロハナしょりはん！」

「黙って食べなさい！」

また大声を上げる三男の手をさらに強く握り締め、夫人と町長は声をそろえて叫んだ。子供たちはまだまだミハウに尋ねたいことがあるようでうずうずしているのが見えたが、両親に睨まれて押し黙って食事を続けた。

その晩は、案内された客用寝室で早々に床についた。

夜中に目が覚めたら、自分の血の流れる音が聞こえそうなほど静かだった。船室で毎晩聞いていた白い女たちの不安定な寝息も、背中に響くエンジン音も波の音もなく、寝床は少しも揺れずしっかりと地について、自分がどこにいるのか一瞬わからなかった。しばらく眠れず、頭の中を白い繭にくるまれた人々や夜の食卓の会話が流れていった。あたしはミハウのことを何も知らないのだと、ぼんやり考えたりしていた。巨人のいびきや匂いがあれば、少しは眠れるのではないかと、何度も寝返りを打ちながら思った。

翌朝早く、あたしたちはまた豪勢な朝食をいただき、出発した。北へ向かって進路を取り、途中で首都を通って聖山を目指す。町長に借りた車をミハウが運転し、あたしは防護服を身

につけて巨人のポケットに入ることにした。電線のはしごを登っていくあたしをミハウは見上げて、

「俺が車に入れって言ったら、すぐそうしてくれよ。シロハナ花粉は見えないし、匂いも何もないものだから、それが充満してたって、あんたにはわからない」

「防護服も着てるし、マスクもしてるよ」

「念には念を入れっていうだろ」

怖い顔で言う。

逆に巨人はのんきなものだ。船の上では何も飲まず、何も食べず、太陽に容赦なくあぶられ、雨に打たれ、海風になぶられていたために肌は岩のようであったのだが、昨日と今日で溢れるほどの食事をいただき、ゆったりとした表情に変わっていた。

首都へと続く道は周りに並んだ建物同様状態が悪く、舗装がところどころはがれたり、シロハナの咲く土の道だったりした。途中には小さな町がいくつかあり、そこへ入ると、沿道に膝をつき手を合わせて祈る人々が並んでおり、しっかりと封のされた飲料や食料をあたしたちに差し出す者も大勢いた。

巨人は人々のマスクの下の涙に気づいて、そうっとあたしをのぞきこんだ。

「なんで泣いてるんだ」

「助けてくださいって。巨人なら助けてくれるでしょうって」

「なんで、俺」

「巨人が聖山へ行けばみんなは救われるって信じてる」

「俺、何するんだ」

「山に蓋をするの」

「ふた？」

「昔、聖山が噴火して、そのガスを浴びたシロハナに病気が生まれたの。ガスは今でも漏れ続けて病気は続いている。噴火口に特殊な金属を流し込んで空気を抜けばガスが止まるらしいんだけど、シロハナがたくさんあって誰も近づけない。だから、メンエキのある巨人にその仕事をやってほしいんだって」

巨人は黙ってばさばさ瞬きを繰り返す。少しうつむき、首をひねる。あたしはそのかしげた方の耳にむかってそうっとささやく。

「それに、聖山のふもとの森には巨人のお母さんが住んでいるんですって」

「オカアサンって俺にもいるのか」

巨人はあんぐり口を開けた。

「オカアサンは人間？　巨人？」

「人間、たぶん」

「俺は野原から生まれたと思ってたよ」

遠くに目をやり、息を吐き、また瞬きを繰り返す。一切の係累はいないと思っていた巨人には青天の霹靂に違いない。

「だから、聖山に行こうよ。……あたしたち、いいことしなくちゃいけない。南の国で悪いことしたから、その分、いいことしなくちゃ」

巨人は不思議そうにあたしを見る。

「俺たち、悪いこと、したのか」

「そうよ。だから、いっぱい、いいことしなくちゃいけないのよ」

巨人の前を、あたしの言ったことがただ流れていくのがわかる。

「とりあえず、あたしがうれしい、ここで役に立てたら」

うむ。巨人はうなずいた。

「いいことしたら、キスしてくれるのか」

「もちろん」

「じゃあ、俺もうれしい」

巨人は伸び放題のひげに覆われた顔に笑みを浮かべた。巨人の笑顔はあたしの心にざらざらした石をひとつ積む。

首都に入ると、重厚な建築物が並び、かつては活気のあった街だと思われるのだが、今見る限りでは暴力的な荒廃にさらされていた。

長老の官邸さえも外壁の一部が崩れたままだった。玄関で防護服についた花粉を洗い流すシャワーの水も止まりがちだった。何とか花粉を落として中に入ると、大理石の床はほこりがたまり、廊下の電気が切れていた。出迎えた大臣が使用人が次々辞めていくもので、と謝りながら案内してくれた。

長老は明るい日の差し込む寝室で、ベッドに横たわっていた。息継ぎをするたびにヒュウヒュウと音をもらしつつ、そばに立ったあたしたちと、窓の向こうからのぞきこむ巨人の両方に代わる代わる薄い灰色の瞳を向け、礼を言う。

「私たちの、まちがいを、あなたに、ただしてほしい、蓋を、蓋をしてほしいのです」

長老は巨人に向かって、血管が浮き上がった痩せた腕を上げようとした。ほんの一瞬、腕は浮き上がったかに見えたが、すぐにシロハナ刺繍のついた布団の上に力なく落ち、目が閉じられた。あたしたちはじっと待っていたが、まぶたは動かず、代わりに寝息が聞こえてきた。

大臣は首を振る。

「起きている時間がどんどん短くなってきています。このままではいつ眠りから覚めなくなっても、不思議ではないでしょう」

大臣は窓越しに巨人を仰ぎ、それから深々と頭を下げた。巨人は大きな困った顔をして窓外に立っていた。


首都ではやるせない思いをすることが多かった。

街を歩いている時だ。ミハウの待つ車まであと数メートルというところで、突然、背後から肘のあたりにぶつかってくる者がいた。あっと思ったら、もらったばかりの食糧の包みを奪われ、泥だらけの小さな防護服が野生の小動物のような素早さで人混みに消えた。気づいたミハウが車の食糧の包みをつかんで後を追ったが、しばらくして帰って来た。包みを手にしたままだった。

「あげられなかったんだね」

あたしが言うと、ミハウは片頬でうなずいた。ぶつけられた肘がじんじん痛んだ。

「聖山孤児院へ行こうよ」

何気ないふうを装って言ってみたら、ミハウは変な顔をした。

「首都にあるんでしょ」

「もう閉鎖されたって話だ」

「いいじゃない、行ってみようよ」

「行きたい奴なんて聞いたことない」

「ミハウの居たところでしょ、見たいわ」

ミハウは車に手を置いてしばらく考えていたが、やがて心を決めた。巨人についてくるように言い、あたしを助手席に乗せて走り出した。

「……ノユリ、本当に行きたいか、おもしろくもなんともないぞ」

「この国にまで連れてきて、今更、何」

あたしが笑うと、そうだな、とミハウも苦笑した。

街の外れにそれはあった。

二階建ての石造りの大きな建物だった。もともと何の飾りもない箱のようなものだったのだろうが、年数を経た傷みに人為的な破壊が加わって完全な廃墟と化している。窓ガラスが割られ、中の荒れた様子が見えた。とても中へ入ってみようという気は起こらなかったが、ミハウは当たり前のように大きく開いた窓に体をくぐらせた。

「俺、大きい、入らない」

首を振る巨人を外に待たせて、あたしはミハウの防護服の背中に続いた。

一歩中へ入ると、薄暗い室内にはぞわぞわと背筋を這い上がるものがあった。白と黒のタイルの床は汚れ、子供用の低いテーブルと椅子が転がっていたり、空っぽの本棚やドアの外れた大きなたんす、蓋の開いたままのピアノが埃とともに何かを積もらせてそこにあった。二階へ上がると思いのほか明るかったが、その分悲惨が隅々まで目に飛び込んできた。光の降り注ぐ寝室に切り刻まれたマットレスや布団から引っ張り出された綿が散乱し、カーテンの一部は明らかに火をつけて焼かれた跡が見られた。

洗面台の割れた鏡に防護服姿のミハウが映って、動いていく。もう、出ようかと声をかけたら、ちょっと見ておきたいとこがある、と答えた。一緒に下へ降り、連れていかれたのは、中庭だった。名前もよく知らない針葉樹が一本不穏な気を放って立っているほかは、ところどころに雑草が地面にこびりつくように生えているだけの殺風景な場所だ。

「シロハナじゃなくてほっとする」

ミハウは言って、針葉樹の木陰に倒れた石柱を指さした。石柱は四角く、表面が凸凹していて、座ってみると、じんとした冷たさが防護服越しに伝わってくる。

「これはどこの柱だったんだろうね」

「……昔からあったんだ、俺がここにいた時から」

「ミハウはいくつからここに」

「赤ん坊の時から。両親がシロハナで死んで、ほかの村人に連れられて首都へ逃げてきて、それからここで育った。院長に聞いた話だけどな。十六までここにいた」

「時々この石柱に座ってた」

「食べ物が足りなくて、ふらつく時はここでじっとしてた。そのほかはけんかばっかりして、かっぱらいも少々。他にも同じような連中がこのへんでぼんやり座ってたり、寝転がってたり。体のどっかが壊れてる奴が多くて、日を浴びて、ただなんとなく座ってるんだ、今考えたら、シロハナ花粉も浴びてたんだよな、当時は防護服もなくてマスクをつけるぐらいで、子供だからそれも苦しがってとってるのもいたし。……死んだよ、たっくさん死んだ、いろんな症状が出て死んでいった」

ミハウは石柱の灰色の側面をこつんと叩いた。

「シロハナ・ルーレットもここでやった。シロハナ花粉をつけたタバコを一本混ぜて、石の上に並べとくんだ。一人ずつそこへ行って一本取る。火をつけて、深く吸い込む。運がよければ、食後の一服、悪ければ、さよならだ」

あたしは言葉も出ないでただミハウを見つめる。

「それを作ってる途中に自分がシロハナ花粉にやられる奴もいた。俺は、けっこう平気でシロハナ・ルーレットを作ってた。ある時、一番の友達が死んだ、俺の作ったタバコで、みるみるシロハナに侵されて……」

ミハウはとても苦しそうだった。

「普通にしてたって明日生きられるかどうか、誰にもわからない、ルーレットにあたって今死んだって、同じじゃないかって、そう思ってた、だけど、今日死んでしまうのと、明日死ぬかもしれないっていうのは全然違うんだ」

静かにミハウが泣いている。大きな防護服が震えている。

「ああ、イスラに会いてえな。ルルに会いてえな」

空を見上げたら、建物の向こうに立っている巨人の後ろ姿が見えた。あたしは手をメガホンにして声を張り上げる。

「きょじーん、こっち、こっちー」

巨人が振り返ってこちらをのぞき込む。一人で待たされて寂しかったんだろう、うれしそうに子供みたいに両手を振って言う。

「ヤーハ、ヤーク」

ミハウの顔が泣き笑いに変わる。

「ヤーハ、ヤーグ、巨人」

首都を越えてからは、聖山にまっすぐ向かっていく。

昼間は悪路をどうにかこうにか進み、夜はあたしとミハウは人々のうちで、巨人はそのあたりの野原や、もしあれば倉庫の屋根の下で眠った。どこの村や町でも人々はあたしたちに惜しみなく感謝の雨をふらせた。あたしは一日の終わりに、初めて会った人のうちの玄関でまずシャワーを浴び、防護服のファスナーを下ろす時ほど、くつろいだ気持ちになることはなかった。あの海岸の町の町長宅のように裕福な家族に会うことはまれで、ほとんどは質素で不便な暮らしが垣間見えた。あの町長は流入民に闇の滞在許可証を売りつけて稼いでいるのだという噂が、ぽつぽつと耳に入ってきた。人々はその切り詰めた暮らしの中でも、みな花粉混入の危険性のない高価な食品を使って常に食べきれないほどのごちそうでもてなしてくれた。巨人は一日歩き続けた体に心づくしの食料をいきわたらせ、横にあたしがいないことを寂しがりながらも、ごうごうといびきをかいた。

人々から食料をいただくことはありがたかったが、どこへ行っても救世主扱いされることには巨人もあたしも辟易していた。

ある村で特に熱狂的な一団が飛び出して来た時は、巨人だけでなくあたしも動揺した。彼らはドラを鳴らしながら、巨人の足元で踊りだし、それを受けて沿道の人々がありとあらゆるものを打ち鳴らし始めた。道の消火栓、郵便ポスト、ぼろぼろに崩れた外壁、電信柱、それらを手にしたお玉や鍋の蓋で叩き、声を上げた。

「巨人に祝福を！」

「我らが救世主に祝福を！」

巨人はすっかりおびえ、ついには地響きをさせてその場に座り込んでしまった。

あたしは声を張り上げて落ち着かせようとしたが、喧噪にかき消されて巨人には聞こえなかった。異変を察知したミハウが車から降りてきた。巨人がびっくりしているから、静かにしてくれと人々に呼び掛け、巨人には、ドラは魔除けだ、怖がることはないと叫んだが、どちらの耳にも届かなかった。

人々の熱狂はとどまるところを知らず、音は一層激しくなり、その上に巨人を褒め称える歌が重なった。防護服を身につけた幾重もの渦が巨人の周りで勢いよく波打ち、大合唱のうねりが空へとのぼっていった。

そのうちにある若者らしき人間が「救世主に触れると病が癒える！」と叫んだ。若者は座り込んだ巨人の編み上げ靴の紐に手をかけ、登り始めた。

「救世主のお顔に触れると病が癒える！」

「病が癒える！」

「メンエキが授かる！」

あちこちで声が上がった。人々は我も我もと巨人のシャツの裾やズボンの折り返しに手を伸ばし、それを足がかりにして上り始めた。

「ノユリ、なんだ、これ」

巨人はおろおろとポケットのあたしをのぞき込んだ。

「みんな、下りて、巨人に触らないで」

あたしが言っても無駄だった。座り込んだ巨人の膝まで登った若者がえいっと飛んで、シャツのボタンにつかまったものだから、巨人もたまらない。

「うおおおおっ」

ついに巨人は体を揺すって立ち上がり、無数の白い人々が飛ばされた。あたしはポケットの縁をつかみ、どうにか振り落とされるのを免れた。

人々はそれでも巨人に向かってドラを鳴らし、歌声は止まなかった。巨人の靴に這い上がる者、ズボンの裾にぶら下がる者、飛ばされて地面に転がる者、転がる者を踏みつけて手を伸ばす者、地上は混乱を極め、そして、その中に、あたしはおぞましい者を見つけてしまった。防護服を着ていてもわかる、ずんぐりとした男が地面に倒れた者をためらいなく踏みつけカメラを抱えて近づいて来る。怯えて乱暴になった巨人の姿にレンズを向け、混沌の中、執拗にシャッターを押している。

「巨人、あの男のカメラを取り上げて」

あたしが叫ぶのを当の男も聞いたようだ。

「救世主、万歳！」

男は一声叫ぶと、群衆の中へ飛び込んで行った。

「捕まえて、捕まえて、あのカメラの男！」

巨人は腰をかがめ、地面の群衆に向かって目を凝らす。あたしもうあの男しか見えなかった。あれは、あの記者に違いない。

「みなさん、あの男は救世主の敵です！」

あたしの叫びは人々にまっすぐに届いた。巨人に這い上がろうとして起こっていたうねりは、ねじれて角度を変え、カメラの男へと向かっていった。人々はあっという間に男を取り押さえ、あたしに向かって突きだした。

「こいつが、救世主の敵なんですね、ノユリ様！」

人々に向かって、あたしはうなずいた。恐ろしいことに、ただ、それだけでよかった。何本もの腕が男に伸び、男はたちまちマスクを外され、恐怖にゆがんだ細い目が群衆にさらされた。

「違うんだ、私はただ救世主のお写真を撮っていただけなんだ、わかってくれ、みんな、わかってくれ」

男はどうやって西の国へ入って来たのだろう、どうやって防護服を入手し、この国で生きて来られたのだろう。だが、ここまで抜かりなくきたというのに、最後の最後で男は肝腎のことを忘れてしまったようだ。男の言葉は世界共通語だった。西の国の言葉ができないのか、または恐怖のためにとっさに出なかったのか。

「みんな、あの女は女神でもなんでもないんだぞ、ええ、何をやったか教えてやろうか、人殺しだぜ、でくの坊の巨人を使って、人間二人、殺してるんだぞ」

男は汗を垂らして世界共通語を言いつのったが、人々にはまったく通じなかった。群衆は怒濤のように怒りの言葉を吐き、男を揺さぶった。

「巨人、ノユリを下ろせ、早く、早くしろ」

人々の動きが男に向いた隙をついて、ミハウが叫んだ。巨人はすぐさまあたしを手のひらに載せて下ろし、ミハウはあたしの腕をつかんで車に引っ張り込んだ。

「……お前、あの男に何の恨みがあるんだ」

ミハウの顔は激しくゆがんでいる。

「あいつがどうなるか、一瞬でも考えたか」

「違う、みんなに殺させようなんて、そんなこと、思ってないわ」

「人に殺させる？　はっ、そんな必要はないさ」

ミハウは吐き捨てるように言い、窓外の男に向かって顎をしゃくった。

「顔を見りゃわかる、あいつにはメンエキのかけらもない。そんな奴が、まったくの丸腰で花粉を浴びちまったんだ、……よく見とくんだな」

群衆に取り囲まれた男は、その丸っこい体をすくめて震えていたが、だんだん力が抜けていくのがわかった。白目を剥き、むくんだ黄色い顔が白く発光し始めたところで、人々はあわてて男から離れた。どう、と音がして、男は地面にできた丸い空白の真ん中に仰向けに倒れた。明るい光の中を砂塵が舞い、見開かれた男の瞳に、西の国の乾いた青空が映っているはずだった。群衆はしんと静まりかえり、固唾を呑んで男を見つめていた。何かを待っているのだとあたしにもわかった。

男の体が小刻みに揺れ始め、それはとても不穏な動きに見えた。やがて、男の耳や鼻や口から、緑の蔓が這い出してきた。蔓には細長い葉がついており、体内から這い出る時に器官を傷つけるのだろう、おびただしい血が噴き出した。同じ穴から、続いて小さな白い蕾がいくつも顔を出したかと思うと、天を仰いで一呼吸し、こぼれるように開いた。星屑が集まったかのような可憐な花だ。どよめきが駆け抜け、人々は瞬く間に散っていった。巨人は道に倒れた男から咲いた白い花をただ茫然と見つめた。シロハナはじわじわと流れ続ける血にまみれながらさらに蔓を伸ばし、ゆっくりと花園を形作っていく。

「つまり、こうなるんだよ」

車の中で震えるあたしの横で、ミハウが舌打ちをした。

耳をつんざくようなサイレンが響き渡り、一台の黒い車が現れた。車は後方に不自然に長く、霊柩車を思い出させる形をしている。死んだ男の前で音立てて止まると、中から黄色い防護服の人々がばらばらと出てきた。噴射機を肩にかまえ、死んだ男に勢いよく白い粉を浴びせかける。

「シロハナ死体処理班さ、ご苦労なこった」ミハウが言う。

男の流した血も、しなやかな緑の葉も蔓もさんざめく花々も、見る間に粉にまみれて見えなくなった。十分に粉がまかれると、一人が車のトランクを開け、中からレールを使って鉛の棺桶を引き出した。死んだ男の手足を持ち上げて棺桶の中に放りこみ、蓋をすると、その場で溶接をして蓋は棺桶本体と一体となった。

「自分が殺したくせに青い顔してんじゃねえよ」

ミハウが言う。

「怖い」

「そりゃ怖いだろうな」

「あの人たちは怖くないの」
「怖いさ、怖くないはずないだろ。あんな粉まいたってただの気休めだからな。シロハナ花粉が防護服のどんな隙間から襲ってくるかしれない。毎日自分が昨日より白くなっていないか、確かめてるし、続けて長く働かないように監督にも言われている。だけど、そのうち慣れてきて、病気が出ないかぎり、忘れてしまう。今日死ななければ、きっと明日も大丈夫だと思うようになる」

処理班のうち、男の右足を持って運んだ一人がいとわしそうに自分の手を見つめ、熟練工のような手際の良さで溶接を終えた一人が満足げに棺桶を見ているのが、隙なく黄色の防護服に覆われていてさえわかるような気がしたが、ほかの者たちは特別な動きは全く見せず、ただ淡々と任務を果たし、棺桶はまたトランクに戻された。
「命がかかってる分、実入りはいい。俺もそれで、金をためてイスラと二人、密航したんだ。孤児院育ちの俺にはいい仕事だった」

無言で霊柩車に乗り込んだ処理班に、ミハウは冗談のように敬礼を送る。
「この先、霊柩車が先導してくれるぜ、聖山のそばに政府がでっかい穴を掘って、シロハナによる死者を埋葬している」

ミハウは窓を開け、行くぞ、と巨人に呼び掛ける。

巨人はじっと動かない。

「おーい、巨人、出発だ」

巨人はやはり動かなかった。それは巨大な廃墟のように見えた。何の手入れもされない周りのすすけた建物より抜きん出て大きな廃墟。

あたしは窓を全開にし、笑みを浮かべて巨人に手を振る。

「これから、いいことをしに行くのよ。それが終わったら、キスだよ」

巨人の眉間が開き、目尻がゆっくり皺を作ってゆるんだ。廃墟が巨人になって動き出す。

「あんた、怖い女だな」

ハンドルを握ったミハウがそぎ落としたような頬を向けて言う。

「悪行も、あいつを使って帳消しってとこか」

それから、激しくかぶり振る。

「……いや、いいんだ、なんだっていいんだ、……俺も人のことは全然言えない。……あんたが一言いえばあいつは動く、それで俺たちは万々歳だ、巨人を聖山まで連れて行ってくれさえすれば、あんたは女神だ」

ミハウの言葉に、あたしは前を向いたまま、何も返事ができなかった。死んだ記者の体中に咲いたシロハナが息を吹き返し、棺を持ち上げてこぼれ出るさまが繰り返し繰り返し頭の中を流れていった。

道はだんだんに人の気配を消していき、やがて白い靄の中に聖山の青黒い稜線がかすかに見え始めた。荒れた山道に、この道は聖山に向かう、注意しろという看板が現れ、やがて聖山の半径三十キロ圏内立ち入り禁止、今すぐ引き返せというものに変わった頃、霞の中に山そのものがくっきりと姿を現した。

聖山は山頂が噴火によって飛ばされた台形の山だった。山裾部分には深い森が広がっているが、山のほとんどは岩とシロハナに覆われている。岩は複雑に組み合わさってそびえ立ち、その隙間に連なって咲くシロハナは山に清楚な美しさを与えていた。

山頂から白い煙が湧き上がり、空の青に混じって消えていく。前を行くシロハナ処理班の車が止まり、続いてミハウも車を止めた。ミハウは目を閉じて頭を垂れ、小さな声で祈りの歌を歌った。あたしはただ空を見て、待っていた。歌はあたしにはわからない言葉が多かったが、調べの清浄さが心地よかった。やがて、目を開けたミハウが、その日初めて聖山を見た時にこの歌を歌うのが習わしなのだと教えてくれた。

白い箱のような検問所から銃を背負った男が二人、飛び出してきてゲートを開けた。

シロハナ死体処理班の車とあたしたちの車に向かって敬礼し、息を切らしてやって来た巨人を仰ぎ見て歓喜の声を上げる。ヤーハ、ヤークと巨人に叫び、ヤーハ、ヤーグと返事が返ってくると、二人は肩をたたき合って大喜びし、助手席のあたしにまで、ありがとうございます、ありがとうございますと繰り返す。マスク越しに見える目はあどけなくて、まだ十七、八に見える若者たちだった。あたしたちの車が通り過ぎても、ずうっと手を振っているから、巨人はきまり悪そうな顔をしていた。

「ここに送られる警備兵ってことは」

ミハウが言う。

「よっぽど運が悪いか、頭が悪いか、何かとんでもない失敗をしたかだろうな」

「小さい方、ポンにちょっと似てる」

「ああ、あいつが西の国の兵隊なら、ここに飛ばされてる」

検問所を抜けて行くと、空気が違っていた。

眼前の地面に巨大な穴が広がっている。縦にも横にも大きく深い黄土色の穴の中におびただしい数の細長い灰色の箱が積み重なって並び、その間に赤い防護服の人々が、うごめいているのが見える。箱を運び、別の箱の上に積み上げる。かなり重いもののようで、動作はみな緩慢で、ふらつく者もいる。

そこが巨大な墓場であることに思い当たるまで、あたしの疲労した脳は時間がかかった。

「墓男、仕事だ」

シロハナ処理班の一人が穴の淵から叫んだ。しばらくすると、穴の底から四人の墓男がのろのろとはしごを登って現れた。近くで見ると赤い防護服は土に汚れ、誰もが疲弊した気を漂わせている。一人が差し出された書類にざっと目を通して、外《そと》の野郎だなと呟いた。墓男たちは薄く笑い、何かあたしにはわからない呪いの言葉を言いながら、クレーンに棺を吊した。棺は揺れながら下りていき、穴の底では四隅に取っ手の付いた鉄板を持った四人の墓男がその動きを真剣に見つめていた。棺は板に載せられたが、一人がへまをしたらしく、傾いて落ちた。途端に、穴の上からも下からも罵声が飛ぶ。

「今度失敗したら、お前のマスクをはいでやるぞ、シモン」

その名を聞いた時、あたしは心臓が止まりそうになった。よく見ると、失敗した男の赤い防護服の袖には右にも左にも世界共通文字で大きくシモンと書いてある。男はさかんに腰を折ってみなに謝り、墓男たちは再び棺を持ち上げ鉄板に載せた。

「シモン、この棺はどこに置くか言ってみな」

仲間に言われて、男は首をひねり「Cの34……」とか細い声を発した瞬間、また罵声にさらされた。

「Vの386の01495だろ、ちゃんと覚えとけ、この間抜け」

「次は本当にお前の鼻の穴にシロハナを咲かせてやるぞ」

あたしは穴の上の墓男たちに駆けよらずにはいられなかった。

「あの方はどういった方なのですか」

墓男たちは突然あたしに話しかけられて戸惑ったようだったが、一人が肩をすくめて言った。

「シモンですか、いや、もうずいぶん長く働いているんですが、いつまでたっても仕事が覚えられなくて」

ほかの墓男たちもうなずいた。

「あいつはこの国の者じゃないんです。墓男長の話じゃ、女と漂流しているところを北の国のあの船長に拾われたそうで、……女の方は船乗りといい仲になってさっさと逃げてったんですが、あいつは回り回ってここへ」

「頭がもう少しよけりゃあ使えるんですが、自分の名前も忘れちまう間抜けでね」

四人目の男が仲間たちを制した。

「しかたないだろ、あいつは記憶が片っ端から飛んでいく、そういう病気なんだから。ノユリ様も、シロハナ花粉蓄積濃度をご存じでしょう。あれの数値がずいぶん高いんですよ。五分前のことも覚えていられない。……おい、お前たちもあんまりシモンに、やいやい言うんじゃねえ、お互い、何かしら病気があるだろ」

男たちはやけ気味にそれぞれの病を口にしながら、またはしごを下りて行った。

あたしは穴を覗き込み、もう一度、ふらふらと動く赤い防護服を眺める。棺を置いて元の場所に帰ろうとした時、どうやらほかの者たちに置いて行かれたらしい。高く積まれた棺は迷路の壁となり、シモンはやみくもに動くうち、ますます出口から離れて行く。

あたしは手をメガホンにして、声を張り上げた。

「シモーン、右へ曲がってそのまままっすぐ行きなさい。……迷子のあなた、右へ行きなさい」

シモンは不思議そうに顔を上げ、ぼんやりと声のする方を探し、やっとこちらを見た。

「腕に名前があるでしょう、そう、あなたはシモン」

シモンはしばらくあたしをいぶかしげに眺め、それから防護服の袖に視線を落とした。そこに書かれた文字が今でも読めるのかどうか定かではなかったが、さっきよりは幾分確かな足取りであたしの指示通り歩き出した。やっとのことで出口にたどり着いたら、ほかの墓男たちに囲まれ、ノユリ様に感謝の言葉を申し上げろ、とこづかれた。シモンはまた腰を折ってお辞儀をし、焦点の合わない目であたしを見上げて声を張り上げた。

「ありがとうございます、ノユリ様、あなたは僕の女神です。どうか、僕の映画に出てください」

墓男たちは慌ててシモンを捕まえて、お許しください、ノユリ様、こいつはとんでもない間抜けでして、と口々に言う。あたしは返す言葉もなく、溢れそうになる涙をこらえるしかない。

その時、後ろで見ていた巨人がやって来た。

穴の淵に立ち、腰に巻いていた電線をほどいて静かに垂らした。

「こっちの端は出口の所の杭に巻いて、そっちの端は腰にまけばいい。そうすれば、迷わないだろ」

穴の中から、一斉に墓男たちのどよめきが起きた。

「ありがとうございます、救世主様」

「こんな間抜けのためにお心遣いをいただきまして、本当にもったいないことでございます」

「シモン、何をしてるんだ、早く救世主様にお礼を申し上げろ、ほらこれを腰に巻いて救世主様にお見せするんだよ」

墓男たちはシモンを取り囲み、腰に電線を巻こうとするのだが、シモンはがたがた震えて泣き出した。

「救世主様、救世主様、お願いです、どうか、僕になんにもしないでください」

「この間抜け、お前、何言ってんだ。……申し訳ございません、救世主様、ノユリ様、どうか墓男長の私に免じて許してやってください」

太った男が進み出て頭を下げた。

「ほんっとに間抜けなんですよ、いやあ、シロハナの病気だけじゃないんです。もう間抜けも間抜け、ドキュメンタリー撮るんだって、わざわざ外からこの国に入ってくるぐらいの間抜けなんですよ」

墓男たちの笑いがそのあたりに満ちる。

「いるんだよなあ、そういうバカが、たまあになあ」

「で、たいていはシロハナにやられてあの世行きなんだよ」

「今日の死体もその一人だろ」

「墓男にまでなるのはシモンだけだけどな」

あたしはとっさに懐に持っていた袋を取り出すと、穴のシモンめがけて放った。袋はきれいに線を描き、シモンの目の前に落下した。三万八千四百五十七ツララ、あたしと巨人の全財産。

「シモン、受け取ってちょうだい」

「……何もしないでください、何もしないでください、お願いです、お願いです」

「シモン、ほんのちょっとしかなくてごめんなさい、それにここではつかえないの、ここを出て北の国へ行って、映画を撮ることがあったらつかって」

震えているシモンに業を煮やした墓男長が袋を拾い上げる。

「おい、シモン、ノユリ様がおっしゃってるんだ、ありがたく頂戴しろ、ほら、こんなにいただいたぞ」

シモンは渡された袋を覗き込み、ひいいいいっと叫んで放り投げた。お札や硬貨が飛び出し、そのあたりに舞った。墓男たちが血相を変えて飛びついて、北の国の金はたちまち消えてしまった。

聖山から吹き上げる白煙の向こうに夕焼けが広がった。圧倒的な赤だった。

夕焼けはどこで見てもどうしてこんなに叫んでいるのだろう。一回起こったことは、どうして、なかなか終わらないんだろう。

「お前を見ているだけで救われるよ」

ミハウの言葉に巨人は微笑んだ。くしゃくしゃになった心の皺が丁寧に伸ばされていくような気がした。

太陽が最後の赤を吐き出して森の向こうへと沈んでいく。薄闇にぼやけ始めた聖山を見上げ、ミハウが言う。

「あそこへ上って蓋をしてほしい。……やってくれるかい」
巨人はうなずいた。あたしもうなずいた。
巨人は救世主で、あたしは女神だった。あたしたちにできないことなどあるだろうか。

森の女の話

呪われたとか、天罰とか、運命とか、私はそんな言葉が嫌いです。そうやって、ごまかす人々に憤りを感じます。この国の悲劇は呪いなどではけっしてない。それはしたことの照り返しにすぎません。

私は娘の頃から、時折精神が波立つのです。若かった私は特にそれがひどかった。両親は私を離れに閉じ込め、婆やをつけて見張らせました。けれど、私は夜になると婆やに酒を飲ませて眠らせ、鍵を盗み取って離れを出ました。向かうところは、私の愛する山です。私の波立つ精神はどうしようもなく私を山に連れて行くのです。そんな時は結界を越えることにひとかけらの迷いもありません。太い縄を潜り抜け、頂上へ近づくほど、木は姿を消し、背の低い白い花が岩肌にしがみつくように咲いているだけになります。山はまるで人間が仰向けに寝ているような形でした。私は山の足首や膝小僧や肩や顎、頬や額の山肌をいとおしむように歩いていました。眠くなるとどこであろうとその場で眠り、また朝日が昇る前に山を駆け下りて、ねぼすけの婆やが目を覚ます前に離れに帰っていたものです。

ある日のことです。私はその夜も山で眠り、なにか物狂おしさに襲われて目覚めました。とっさにもう泉に飛び込んで死んでしまおうと思いました。泉は山のいうならば喉元あたりにあり、白い満月を水面に浮かせて優しく私を迎えてくれました。けれど、どうしたことか、何度飛び込んでも沈まないのです。水に押し返され押し返され、ついには水辺の白い花の上に投げ出されてそこでまた眠ってしまいました。飛ぶ夢を見ました。山のすぐ上に浮かんで思う存分飛び回り、美しい花々に手を伸ばし、足裏に梢の震えを感じ、風と生き物たちの呼吸に耳をそばだたせ、降り注ぐ月光の中、頭の先から足の先まで山と一つになりもはや自分の体の輪郭が摑めなくなるような、そんな夢でした。朝になって目覚め、小屋に戻ってしばらくすると、だんだんお腹が大きくなってきました。両親はえらく驚き、お前がついていないがらと婆やを責め立てました。婆やにはかわいそうなことをしてしまいましたが、私は婆やとともに村を追われ、森の小屋で自給自足の生活が始まりました。

やがて月が満ち、私は男の子を生みました。灰色の瞳の小さな息子を抱いていると、物狂おしい心は池の水面のように静まり、この子とともに、この森で生きてゆくことの幸せがしみじみと満ちてくるのでした。息子は飛び抜けて成長の早い子でしたので、一つになる頃にはもう十分に駆け回ることができるようになり、心配性の婆やに小言を言われながらも、ともに岩肌を歩き、泉で喉を潤し、私は山の恵みで息子を育てておりました。

そんな私たちの穏やかな幸せを奪い去ったのが、あの噴火です。それ自体をとやかく言うつもりはありません。それは、西の国のいかなる科学者たちも予測できないほど長い間眠っていた火山であったというだけなのですから。噴火のガスを浴びた白い花はシロハナとなって恐ろしい花粉を有し、驚くべく繁殖力で広がって、奇病を生み出しました。ふもとの村人がまず次々に亡くなり、私の家の者もみな死んでしまい、共に暮らした婆やもあっけなく逝ってしまいました。あの骨ばった小さな体が体中から湧き起こるシロハナによって膨れ上がり、白っぽく輝いていたことをありありと覚えています。私は、婆やを棺に納めて河原へ運び、茶毘に付しました。煙が空高くのぼってゆくのを見て、私の頭の中は乱れました。シロハナが生まれたのはただ火山の噴火だけの問題なのでしょうか。何らかの人為的な間違いがそこにあったのではないでしょうか。聖山だと結界を張って誰も近づくことを許さず、それを乗り越えて山を愛し続けた私の目さえ及ばない地下深くで、白い花を凶器に変えるような何か恐ろしいことが行われていたのではないでしょうか。

漠然とした疑問が私の中で湧き上がりましたが、結局のところ、私には何もわかりませんでした。ただ、胸に抱いた息子の温かさをいつまでもこの山の森で享受していることができないことだけはありありと感じました。

当時、私も息子もシロハナの症状は何も現れてはおりませんでしたが、まわりではどんどん人が死に、不安が募っていきました。当時は奇病の解明もされてはおらず、今のような堅固な防護服もなく、ただマスクをつけてしのいでいるだけでした。今の私のように何年たってもなんの症状も出なければ、メンエキを有するもの、と呼ばれ、奇跡だともてはやされるのですが、あの時の私には明日はどうなるのか、まるでわかってはおりませんでした。ただ一つ、わかっていたことは、私は山を離れては生きることはできないということだけでした。もしそうなったら、私は肉体は生きていても、死んでいるとしかいえない状態になるでしょう。私はついに息子と別れる決心をしました。首都へ避難するという村人に父にもらった宝石を握らせて息子を一緒に連れていってくれるように頼み込み、そうして、さらには他国へ移住するようにと、母の遺した金の装身具をありったけ手渡しました。

別れの日、息子は村人に抱かれて門を出ようとしましたが、私が手を振ると、マスクをむしり取って村人の手にかみつき、私にむしゃぶりついてきました。私は恐ろしい形相で息子をはねのけ、息子は飛ばされて石門で顎を切りました。血が流れるのもかまわず、またこちらへ走り寄る息子の眼前で私はうちへ飛び込んで扉を閉めました。

いつまでもいつまでも、その時の真っ赤に怒って泣き叫ぶ息子の顔が私の脳裏から離れません。

もうすっかり外は暗くなりました。藍色の夜に輪郭線のぼやけた銀の月が出ています。

ああ、暖炉の上のガラス瓶が細かく振動しています。誰かがすぐそこまで来ているのです。門が開く音がします。声がします。ああ、あれは、きっと、愛しい息子の声でしょう。赤ん坊の声が大人の声に変わっても、母親である私にはわかります。

さあ、入って、入ってちょうだい。あんなに小さかったのに、まあ、こんなに大きくなって、こんなに立派になって、もういくつになったのかしら、顔を見せておくれ、私のミハウ。

巨人の話

白い花があっちにもこっちにも咲いてきれいだな。シロハナはこんなにかわいい花なのに嫌われてかわいそうだ。みんなどうしてこの花にやられてしまうんだろう、俺は何ともないのに。ああ、空が近くて気持ちがいいな。森が見える、泉が見える、墓場が見える。

ミハウは計画は変更だって言ったんだ。お前はこれまでずいぶんとよく働いた、南の国のエイガも東の国のサーカスもお前には大変だったろう、北の国ではあんなに寒い中で力仕事をよくがんばった、だから、西の国ではもう働かなくてもいい、重い物を運んだりしなくて

さあ、寝るぞ寝るぞ。

だけど、どうしたものか、ちっとも眠くない。

あやとりでもして、眠くなるのを待とうか。ああ、電線がない、あの墓男にあげてしまったんだった。いや、大丈夫だ、ここに登る途中で見つけた縄がある。ミハウのオカアサンが言ってたケッカイの縄だ。泥だらけだけれど、一振り二振りすればきれいになる。

さあ、寝ころんだまま両手を上げよう、ハシだって、クマデだってなんだってできるぞ。あ、なんだか足の裏がむずむずする。ノミかな、いや、ノミはぴょんぴょんはねるから、こんなんじゃない。さあ、次はあやとりでダイヤモンドを……。なんだ、今度はひざのあたりがくすぐったい。……おい、おなかをのぼってくるのはなんだい。

「ああ、ノユリ、来てくれたのか。ずいぶん、はやいんだな」

「だって、あたしたち、メオトでしょう」

ノユリは俺の胸のあたりに立って両手を広げる。

「さあ、あやとりサーカスの始まり、始まり」

こんなの着ていては動けない、とノユリは白い繭みたいなのを脱ぎ捨てて、縄をするするのぼり、あやとりダイヤモンドのその中で、くるりと回って微笑んだ。あんまりきれいで、夢みたいで、俺はうっとりしてしまった。ちょうど瑠璃色の鳥が飛んできて、ノユリと一緒にあやとりの輪をくぐりぬけて行ったから、俺もノユリもたくさん笑った。
だけどそれ以上、俺たちはいっしょにあやとりを続けることはできなかったんだ。ノユリの小さな耳の穴からシロハナのつぼみが顔を出した。解毒剤を飲んでくれ、って俺は言ったんだが、ここに来るまでにもう全部飲んでしまったってノユリは言った。そう言う口の中からもシロハナがこぼれ落ちてきて、ノユリは見る間に白い花に覆われて動けなくなった。俺はノユリを胸のポケットに入れ、声を上げて泣いた。

あれから、どれぐらいたったんだろう。何度日が昇って何度沈んだか覚えていない。月がだんだん大きくなっていく夜と、だんだん小さくなっていく夜が繰り返し繰り返し巡って来た。どうやら俺のシャツはなくなって、そこは緑の草や木が生えているらしい。ちょうど、ポケットのあったところには、白い花が咲いている。シロハナ、じゃなくて、ユリ、らしい。山に登ってきた若いメオトたちがそう呼ぶのを聞いたような気がするが、俺の耳のあたりはこの頃はサクラが満開なもので、よく聞こえない。

初出一覧

大和川　「雑記囃子」二三号　二〇一八年
贋夢譚　百年　「てる」三号　二〇〇八年
装飾棺桶　『太宰治賞２０１５』　二〇一五年
あやとり巨人旅行記　「雑記囃子」二四号　二〇一九年

〈著書紹介〉

稲葉　祥子（いなば　さちこ）

1967年生まれ。大阪府出身。外国人留学生を対象とした日本語教師。

2007年「髪を洗う男」で第24回大阪女性文芸賞佳作。

2015年「装飾棺桶」が太宰治賞最終候補となり、『太宰治賞2015』（筑摩書房）に掲載される。

2020年「あやとり巨人旅行記」で第14回神戸エルマール文学賞受賞。

あやとり巨人旅行記

定価（本体1600円+税）

2021年 8月24日初版第1刷印刷
2021年 8月30日初版第1刷発行
著　者　稲葉祥子
発行者　百瀬精一
発行所　鳥影社（www.choeisha.com）
〒160-0023　東京都新宿区西新宿3-5-12トーカン新宿7F
電話　03-5948-6470, FAX 0120-586-771
〒392-0012　長野県諏訪市四賀229-1（本社・編集室）
電話 0266-53-2903, FAX 0266-58-6771
印刷・製本　モリモト印刷

ISBN978-4-86265-923-1 C0093

乱丁・落丁はお取り替えします。